荒巻 義雄
Yoshio Aramaki

海没都市 TOKYO《トキヨ》

小鳥遊書房

本作は、わたしの『ユリシーズ』でもある。

作者

本作は、二〇〇二年、地球温暖化バージョンで書かれた『PLUG《プラグ》』（角川書店）を脱構築《ディコンストラクション》して改題改稿した、二〇二三年版バージョンです。

海没都市TOKYO《トキヨ》 目次

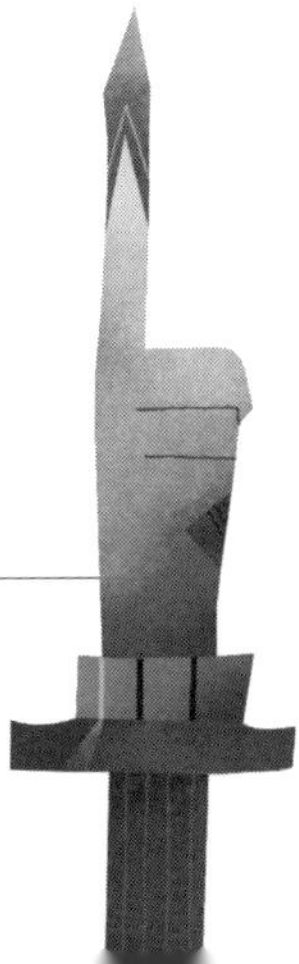

第II部

序　章　光のニヒリズム

——〈光世紀〉のはじめ、とある無名の詩人が詩《うた》った……

父なる太陽《ソール》の変調が
紅蓮《ぐれん》の舌を伸ばして、
しばしば地球を襲う。
かつて、地に満ち溢れし八〇億の民は
何処《いずこ》に、去りしや　嗚呼《ああ》！〈光世紀〉
母なる地球は、夥《おびただ》しき熱を溜めて
大海原を熱し、大気を狂わせる。

人新世《ひとしんせい》の置き土産は、
二酸化炭素、メタン、フロンガス
融け出す両極の氷床。

島々は、すでに姿を消し、
沿岸諸都市は、水底に沈んだ。
あたかも、神に呪われし古代国家
伝説のアトランティスのごとく。

波高数十メートルの高潮が、牙をむく
風速百数十メートルの狂風が、荒れ狂う
大地のすべてを押し流す、記録的集中豪雨
あるいは超巨大竜巻までが、縦横無尽に。
一万余年の平穏の時代が終わりを告げ、
母なるわが地球は
荒れ狂う惑星《ほし》に変貌したのだ。

地を跋扈《ばっこ》するは傀儡《くぐつ》ども
彼らの〈本体《ルーツ》〉は、

ただ、ひたすら災厄の
消えるのを待ちながら
〈繭の睡り〉《スリープ・イン・ザ・コックーン》に就く。
パンドラの箱を開けたのは、だれ？
リセットしたのは、何者？

それは、進化の罠か？
歴史の奸計か？
あたかも、ソドムの民のごとき、欲望の極みか？
かくして、人類間引きプログラムが、作動したのだ。
かくして、放たれた、ミクロの堕天使は
〈アンゴルモア病原体〉と名付けられ、
人類文明は、〈大破局〉《ビッグ・コラプス》を迎えた！

かくして、現れし、

サロゲート哲学
もはや、存在はあれども、幻と同意義
虚構の世界の虚ろなる影のみがあるのだ。
あたかも　劇場の背景の書割画《かきわりが》のごとく
表層のみがあって、実体なき世界の実相
嗚呼！〈虚数神学〉

聞こえるか！
人工合成で語る者の声が、
虚ろなる〈世界管理者《ザ・ロード》〉の声が、
その名は電脳神
仕える司祭たち、その名は〈アンドロギュノス〉
彼らの哄笑《こうしょう》は、明るいニヒリズムだ。
ディオゲネスの笑いが　木霊《こだま》する世界は今……

果たして我ら人類は、

いずこより来たりて、
いずこへ向かうのか……
（判読不能）
〈光世紀〉は
（判読不能）
目覚めよ（判読不能）眠れる使命を……

――作者不詳の詩集『光世紀』（断片）より

註1〈本体〉Roots
註2〈繭の睡り〉Sleep in the Cocoon
註3〈大破局〉Big Collapse
註4 サロゲート Surrogate
註5 電脳神　The Lord
註6〈アンドロギュノス〉Androgynos

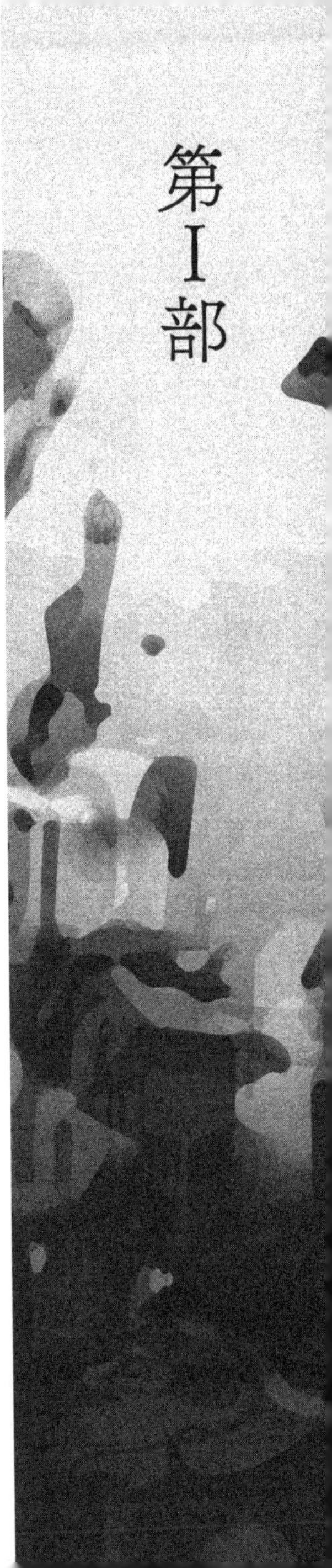

第I部

第I章　独立都市トキヨ・シティー

I

〈壁面液晶モニター〉が、突然、耳障りな警告音を発しながら画像を切り替えたとき、彼は道玄《ドウゲン》坂上《ザカウエ》地区に建つPENCIL《ペンシル》ビルの九階B層にいた。

ポップアート画家、天倪丈太郎《あまがつじょうたろう》の住居兼用のアトリエがここにあるのだ。

分厚い〈太陽光発電硝子〉の遮蔽窓を開くと、外気の猛烈な熱風と同時に、屋外からシェルターへの退避を促す警報サイレンが、鼓膜を激しく振動させる。

彼は摂氏五〇度近くに達した外気温を、一瞬、体感したが、反射的に窓を閉める。

同時に、温度の急上昇を検知した室内センサーに反応したクーラーが、呻り声を発しはじめる。

ペリスコープ式ＰＥＮＣＩＬビルは、高性能の発電ビルでもある。外壁にも設置されているフレキシブルな発電パネルが、効率よく真夏の太陽エネルギーを電気に変換しているのだ。

ふたたび窓辺に立った丈太郎。

間近に見える青山《アオヤマ》ロングアイランドと武蔵野《ムサシノ》台地に挟まれた渋谷《シブヤ》海峡が眼下に見える。

さらに、彼のアトリエから見えるのは、海水の侵入で廃墟になった高層ビル群である。かつては存在していた低層住宅等は、現在、水深三〇メートルの海底に没しているのだ。

お断りするが、トキヨ浸水地区は東京湾ではないのだ。二一世紀の地球温暖化の結果、その後半に発生した急激な海面上昇により、かつて存在した首都の半分を海没させてできた新しい湾を指すのである。

愚かなり、地球人類！

人新世《ひとしんせい》と呼ばれるとおり、人類文明が引き起こした気温の急上昇。もしも両極の氷の全部が融ければなにが起きるか。海面が六〇メートルも上昇し、関東《カントウ》平野の大半が海没するだろうと推定されているのだ。

廃墟詩人、銀狐《ぎんぎつね》は詩《うた》う。

パンドラの箱を開け、
わが地球をリセットしたのは、いったい、だれか。
天災か！　ノン
人災か！　ウィ
必然か！　ノン
欲望か！　ウィ

——『廃墟詩集』より

かくして、あの〈大破局《ビッグ・コラプス》〉が起き、かつて、日本《ニッポン》と呼ばれた国家は、地球世界全部の国々と同じく消滅したのだ。

現在の地球人口は一〇億人。

一八〇〇年代初頭と同じだ。

二一世紀後半、八〇億人のピークに達した人類の八七・五パーセントが、わずか十数年の間に淘汰《とうた》されたのである。

II

またしても、木星大ともいわれる巨大黒点が、太陽面に出現したのは先週のことだ。父なる太陽が病み、母なる地球を痛めつけているのだ。

「丈太郎、とてつもなく強力みたい」

壁面モニターいっぱいに映るニコラスの表情は、完全に引きつっている……

画面分割個所の映像は大子《ダイゴ》である。

トキヨ・シティーの北、山深いこの町でも、町民らは地下施設へ退避中とのことだ。

またしても、巨大な太陽《ソーラー》フレア（Solar flare）が発生したのだ。

八分後、いや五分以内に、丈太郎の人工脳を破壊する危険な高エネルギー荷電粒子が、地球のみならず、太陽系全体に襲いかかるはずだ……

丈太郎は、描きかけの一〇〇号キャンバスをちらっと眺める。

彼は、〈大破局《ビッグ・コラプス》〉以前の一九六〇年代に、アメリカ合衆国で流行した、ポップアート絵画の画家兼アート・ディーラーであり、かつ〈株式投資家《ストッカー》〉でもある。

彼同様に、トキヨ市民の大半が複数の職業をこなす、いわゆるマルチ・ジョブホルダーなのだ。

一方、丈太郎の同性配偶者《パートナー》がニコラス・ハミルトンである。東欧の紛争地帯からの亡命者である〈彼(they)〉は、現在、トキヨ北方の隠れ里、大子《ダイゴ》に住んでいるのだ。

丈太郎はイーゼルの絵に布を掛ける。この描きかけの作品は、顔見知りの老富豪からの注文品だ。とびきり愛らしく、かつPOPに明るく暖色系で、エアブラッシュを駆使して描いた注文主の孫娘の肖像である。

さらに、彼は作業衣を脱ぎ捨てながら気付く。夥しい通信量だ。普段の十数倍である。

全世界の投資家《インベスター》が〈発　狂《ゴーイング・クレイジー》〉しているらしい。

このままでは、〈電子的戒厳令《エレクトリック・マーシャル・ロー》〉が、発令されるのは目に見えていた……

すなわち〈総通信遮断《ブラックアウト》〉である。まごまごしていると全データが破壊されると直観した彼は、防御シェルターを下ろすと同時に、電源を自家発電に切り替えた。

手にしたモバイルも光　通　信　網《オプティカル・コミュニケーション・ネット》にシフトして回線《ファイバー》を確保、

「盗聴防止モード、完了」

と、ニコラスへ伝えると、

「手持ちの電子関連株だけど、投げ売りすべきかしら」

と、ニコラスが問いかけてきた。

「間にあわないぜ、ニコラス」

「じゃ、破産ね。あたしたち」

「ニコラス、逆張りだ。底値を拾うんだ。選択は君の直観に任せる」

「逆張り、ＯＫッ！　でも、ギャンブルだわ！」

「攻撃は最大の防御なりだ、ニコラス、君の投資判断アプリをぼくは信じる」

他でもない、知恵者の投資判断アプリ〈一寸法師《いっすんぼうし》〉を設計《プログラム》したのはニコラス自身だ。

「わかったわ。そんなあなたが大好き」

と、大子《ダイゴ》の相棒は、両手の親指と人差し指でハートのサインを送ってきた。

太陽フレアの発生は、トキヨのような電脳《AI》都市に甚大な損害を与える。電子機器は破壊され、都市機能が麻痺状態に陥るからだ。

丈太郎は、

「じゃ、頼んだぜ」

と、自動で切り替わった壁面モニターの中の同性配偶者《パートナー》に向かってサインを送ると、バックアップ・データの高速転送を優先させながらPENCILビルの窓から真下の路上を、ふたたび見下ろす。

蟻どものように見える市民たちが、地下に通じるダクトに吸い込まれていく。

視界の高い位置に、東京湾《トウキョウ》から侵入してくる汚れた海水を遮るための防潮堤、通称〈長城〉の高く長い壁の連なりが遠望できた。

トキヨは〈大破局《ビッグ・コラプス》〉の後に再建された独立都市国家である。移民や亡命者を含めた人口は一七五万人。かつての海抜では三〇メートル以上の武蔵野《ムサシノ》台地にある。

視線を渋谷《シブヤ》地区から新宿《シンジュク》地区へ移すと、一帯のペリスコープ式ビル群が、一斉に地上から地下へ退避する眺めが壮観である。

丈太郎の足下も同じだ。PENCILビルも警報音をけたたましく発しながら高深度地下への降下をはじめていた。

はたして間に合うかどうか……

もしも、太陽フレアの高エネルギーに曝されるならば、ビル自身同様、彼の〈移植臓器《トランス・プランテイション・オルガンス》〉も機能停止に追い込まれ、彼は〈破壊された男〉になる……


時間がないのだ！

神経を逆撫《さかな》でする秒読みが始まる！

同時に、壁体の待避ダクトが開く！

跳躍せよ！

緊急避難用螺旋《らせん》ダクトへ！

ダイビングする！

彼はUGF《アンダーグラウンド・フロアー》をノンストップで通過した！

ジオ・フロントB1まで一気に滑落した！

Ⅲ

鳴りつづける退避警報ッ！

高速エレベーターの入り口に、赤い停止ランプが点く。

やれやれである。

ここがＴＧＣ《トキヨ・ジオシティー》だ。

次々と、高深度地下都市に退避してきた市民《トキヨーズ》たちに混じり、丈太郎はプラザ・ジオ銀座の名所、大型プラズマ・フラット・ディスプレーを見上げる。
と、タイミングよく、強力な太陽フレアを浴びて、制御不能になって墜落する宇宙発電所が破壊されるシーンが鮮明に映し出された。

市民らの喚声が上がる。軌道上の建御雷《たけみかづち》から送られてくる要撃シーンがリプレイされる。

喚声が鳴り止むまで……幾度となくだ……商業広告《コマーシャル》付きだが、建御雷の広報担当官がコメントを読み上げ、市民らはジオ・フロントにそのまま留まるよう呼びかけている……

建御雷は、民間軍事会社の鹿嶋エンタープライズが誇る宇宙戦艦——この艦《フネ》は、高エネルギーに対する防御システムが完璧なのである。

やがて、３Ｄ映像がコミックに切り替わったので、広場を離れた丈太郎、退避行動で緊張したせいか空腹を覚える。彼は、アトリエのキッチンで自炊する楽しみかたを諦め、五分ほど歩いて充電《プラグ》ショップ、天野《あまの》チェーンに入った。

ここのメニュー・ボードは、品揃えが豊富だ。もとより、すべて擬似食《パラフード》である。トキヨ市民であるトキヨーズの大半が、ローコストの標準《スタンダード》サロゲート（surrogate）だからだ。

標準サロゲートのエネルギー補給は、経口食品ではなく、電気が基本である。しかも身体を動かしさえすれば、胎内機構が自動的に発電して高性能バッテリーに貯める仕組みをもつタイプまであるのだ。だが、それでは、テレパシーによって繋がっている〈本体《ルーツ》〉、は、食べるという基本的欲望を満足させられない……

故に、標準サロゲートたちは偽食《パライート》を行うのだ。

しかし、丈太郎はサロゲートではあるがプライム仕様だ。舌、食道、胃、腸等の消化器系は生体方式だし、従って味覚も食欲もあるのだ。

当然、丈太郎は、パネル押しで注文する合成ハンバーグ・セットをオーダーしたりはしない。

彼は、透明壁で仕切られた店の奥へ足を運び、〈テルおばさんの家庭料理〉という名の小さなレストランへ入る。

「いらっしゃい」

と、カウンターの向こうから、笑顔をなげかけたのは、オーナー・シェフの天野照子《あまのてるこ》である。

丈太郎はここの常連だし、トキヨの美術関係者のたまり場でもある。

店内には、丈太郎の作品も掛かっていた。言語データを入力して自作の〈お絵かきＡＩ〉の歌麿《うたまろ》に描かせたものだ。高価なキャンバスを使用した一点ものだ。題名は、注文主の要望どおり「花子さんの魚料理」である。

光世紀という名とは裏腹に、未だに根絶不能とされている〈アンゴルモア病原体〉によるパンデミックでリセットされた現地球世界は空虚でさえある。それが生き残った者たちの深層心理だ。従って、彼らを明るくするコミック・アートを含む和式《わしき》ポップアートが流行しているのだ。

「先々週は休業でしたね」

と、丈太郎はオーリーに話しかける。「例年どおりの休暇旅行でしたか」

「ええ。そのつもりでせっかくニューオーリンズまでの格安航空券を用意したのにねえ。臨時招集が掛かったのよ、〈十賢人会議〉から……」

「というと、ニューオーリンズでなにか？」

「世界中のデキシーランド系ジャズマンが集まる、一大イベントがあったのに残念だったわ」

「そういえば、オーナーは〈神楽《かぐら》系ジャズ〉の発信者でしたね」

「聴いてる？」

「ええ。ファンですよ、俺」

などと会話を交わしながら丈太郎は、象形文字に近い漢字《チャイニーズ・キャラクター》で書かれた、本日のメニューを眺める……

ここは作品の題名どおり魚料理専門店なのだ。

と、中古品の車輪付き給仕ロボットが、彼に近づき、

「イラッシャイマセ、ゴチュウモンハ?」

と、訊いてきた。

丈太郎は、直接、照子オーナーに向かって、

「メニューの真鯛《まだい》は本物ですか」

と、確かめると、

「モチ、本物。今朝、うちの養魚場で揚がったばかりだよ」

と、応じる。

たしか共同経営者の弟の須佐男《すさお》が、トキヨ浸水地区の廃墟ビル内に専用の生け簀を所有し、各種の魚を育てているのだ。

「じゃ、アラ煮と、それとアラのお吸い物を」

と、オーダーして、

「先々週は、須佐男さんの釣り堀で丸一日過ごしましたよ」

と、教えると、

「釣果《ちょうか》は?」

と、訊かれたから、

「形のいい縞鯵《しまあじ》を一〇尾ばかり」

と、教える。

汚染された東京《トウキョウ》湾とは巨大防潮堤で隔離されている浸水地区が、〈トキヨ内海〉だが、ここはトキヨ・シティーの産業地区でもあるのだ。

やがて、料理が卓上に並ぶ。

久しぶりの本物料理《リアルクッキング》である。

たまの贅沢は、心を豊かにするものだ。

丈太郎は持参のマイ箸を手にする。

最初にお吸い物を……絶妙の塩梅《あんばい》だ。

ご飯は、自家栽培の玄米食だ。〈テルさんの水田〉は、彼女が所有する廃墟ビルの屋上にある。

丈太郎も新嘗祭《にいなめさい》の古式ゆかしい稲刈りに招待されたこともあるのだ。

ともあれ、日常的に摸造食に慣れた舌で味わう贅沢《ぜいたく》のひと刻を、閉じた心を開いて、素直に楽しみながら、久しぶりに満ち足りた気分で、

〈〈光世紀病〉の一つといわれる〈心の虚脱感〉の原因は、やはり……〉

と、彼は考えている。

〈原因は本物《リアル》の喪失だ……むしろ〈仮想現実病《ヴァーチャル・リアリティ》〉と名付けるべきではないか〉

などと、己の思考を漂流させながら……

こうして、食後の〈陸奥《みちのく》緑茶〉を堪能していると、呼び出し音が内耳の奥で鳴る……

丈太郎が装着している通信機は、玉依電機《たまよりでんき》製の胎内内蔵タイプなので、ちょっとしたテレパシー気分を疑似体験できる。

「丈太郎、無事だった？」

相手はニコラスである。

「もちろんさ。今は、ジオ・シティー。で、どうだった？」

「手持ち分は、空売りしてリスクをカバーしたわ。しかも、最後の一分間で、投げ売りのアショカ電子工業株、六万五〇〇〇株を仕込んだのよ」

と告げる。

「凄いじゃないか」

と、丈太郎は絶賛。「やっぱ、君は投資の天才だね」

「この企業の特許は凄いのよ。天竺《インド》にいる親友からの人的情報《ヒューミント》で前から眼をつけていてね、あたし、ずーっと狙っていたの」

丈太郎と彼とは、〈光世紀〉には多い法律用語でいう同性婚《セームセックス・マリッジ》の関係だが、二人で〈デザイン・キッズ〉を育てているのだ。

なお、ニコラスによれば、カリブ海を潜航中の無人潜水艦《アンマンド・サブマリン》からフロリダ・シティー他、複数の沿岸都市へ向け、本物のミサイルが発射され、実害が出たらしい。米州独立国家連合防衛機構は、この所属不明艦の艦籍を探知して撃沈。南北アメリカ大陸間の小競り合いが、いよいよ本格的戦争に拡大する兆し濃厚とのことだ。

丈太郎にとっては対岸の火事ではない。なぜなら、彼自身の電子的双子の兄弟、〈デジタル・ツイン〉が、この〈半仮想的実戦〉に参加しているからなのだ。

〈光世紀の世界〉では、平均以上の収入のある〈株主市民《ストックシティズン》〉であれば一体以上、いや、一ダースの〈デジタル・ツイン〉を所有している者さえいるのだ。

丈太郎もである。彼は自らの分身である〈デジタル・ツイン〉の戦場体験を受信・記録し、編集して、無料ＳＮＳ《ソーシャル・ネットワーク・サービス》の〈韋駄天《スカンダ》〉を使って配信しているのだ。

もとより、彼ら〈デジタル・ツイン〉の戦場は、一〇世紀前半の男児たちの遊びであった戦争ゴッコではない。

また、二一世紀初頭のＶＲ（仮想現実《ヴァーチャル・リアリティ》）技術で造られた〈空間《メタバース》〉で、〈電子的身代わり《アバター》〉たちが戦う〈ゲームの戦争〉でもないのだ。

彼らの戦場は、ＭＲ（複合現実《ミクスト・リアリティ》）戦場でより実戦に近く、ここで戦うのはアバターではなくサロゲートである。これは、リアルタイムで現実と虚構が相互に、かつ濃密に、影響し融合《エフェクト　コンバージェンス》する戦場なのだ。

事業主体は、米州に本社があるテンプル・エンタープライズ社で、ここの最高責任者は〈光世紀〉を代表する超天才の一人、アロン・マスク博士である。

この仮想戦場は、現在、熱帯化したカリブ海とその沿岸一帯に構築されているが、使われている基本的技術は量子コンピュータである。

なお、ここで戦うサロゲート兵士らも、すでに博物館入りした〈ＨＭＤ《ヘッドマウントディスプレイ》〉は使っていない。直接、彼らの電子脳内にデバイス装着されているのである。

かつては〈仮想空間《ヴァーチャル・スペース》〉内で行われる〈ゲームの戦争〉に留まっていたが、〈光世紀〉においては限りなく実戦に近いスーパー・ゲームに変貌した。この差は大きい。

〈仮想空間〉での戦争は、アバターすなわち〈化身〉同士の戦いである。従って、兵士が殺《や》られれば、化身は消去《デリート》される。なぜなら、アバターはデータだからだ。

一方、〈複合現実《ミクスト・リアリティ》〉での戦闘は、実体のある〈身代わり《サロゲート》〉同士の戦いだ。当然、殺された兵士は消去されるのではなく、残骸として廃棄されるのである。

アバターは電子的情報、すなわち虚像であるが、サロゲートは実像だからだ。

Ⅳ

丈太郎は席に着いたまま、モニター・グラスを掛け、ニュースを見るためサイトを検索した。

何百とあるメニューの中で、もっともよく見るのが〈アフォーダンス・ネット〉と〈リゾーム・ネット〉である。

米語放送の音声を消し、翻訳モードにして字幕欄を見る。早いものだ……すでに、先ほどの事件が世界中のニュースになっていた。

ジャカルタとマニラの都市機能は、麻痺状態らしい。

大規模太陽フレアからトキヨ・シティーを護ったのは、インド亜大陸の中核都市バンガロールにあるデカン電子工業所属のお雇いオペレーターたちである。いわゆる、〈都市防衛力のレンタル〉として、すでに定着しているシステムである。トキヨとバンガロールは、海底ケーブルで電子的につながっているのである。

ふと、〈世界同時性〉というキーワードが、丈太郎の頭に浮かんだ。世界各地の出来事が、瞬時にして世界中に伝わる時代だ。かつてはあった地域間のタイム・ラグが、〈光世紀〉では存在しないのである。

と、同時に、〈世界同地点性〉というタームも思い浮かぶ。

(使えそうなフレーズじゃないか)

(この先も、ますますそうなるだろう)

(なぜなら、世界が光速に支配されるからだ)

やがて、ネットニュースを見ているうちに、彼は気付く。

太平洋の対岸、北アメリカ大陸では、この騒ぎにもかかわらず大リーグをやっているらしい。

当面の脅威はカリブ海だが、大陸の防衛に自信を持っているのだろう。

丈太郎は、大リーグの試合の中から、無料観戦できるゴーレム対ベンケーズの試合にアクセスした。

海底光ケーブルを使った、量子情報通信の映像の臨場感は最高であった。

ニホン系企業がオーナーで、ニホン人選手の多いベンケーズの関連企業が制作し、全世界に光速配信しているものだ。

ニホン選手のユニフォームは鎧《よろい》スーツだ。相手投手が投げ込む鋼球の豪速球が当たれば、彼らアスリート用にカスタマイズされたサロゲートといえども死ぬ……いや破壊されることさえままあるのだ。

アンダーウエアの〈筋力強化《ポパイ》スーツ〉をも装着したベンケーズの四番が、鋼鉄のバットで〈弾丸ライナー〉を打つ。

表示された打率は、三割九分五厘という驚異的な数字だ。

恐るべきピッチャー返しの打球に、ゴーレムの巨漢投手がのけぞって倒れる。その隙に俊足を飛ばした二塁の走者が三塁に滑り込んだ。ブロックしようと身構えていたゴーレムの三塁手は、五メートルも吹っ飛ばされた。

これでまた、彼らのカードやグッズが売れ、球団は契約金以上の利益を得るにちがいない。

丈太郎はモニター・グラスの音声モードをレベル5まで上げる。

次は、ベンケーズお家芸のバント作戦を採るらしい。レベル5が監督と戦術コーチの会話を拾った。

交替した敵ゴーレム軍の豪腕投手、愛称ヘルファイヤーの隙を衝き、ベンケーズの三塁走者が本塁めがけて突っ込む。

と、五番バッターが一塁線に絶妙なバント作戦敢行！

ゴーレム軍一塁手が猛ダッシュして捕球、本塁へ送球。

丈太郎のモニター・グラスは、身構えたゴーレムの捕手に、自動的にフォーカスを合わせる。

うまいッ！

走者は超人的跳躍で捕手のタッチを交わした！

「セーフ」

歓声があがる。

〈鋼鉄野球《スチール・ベースボール》〉の実体は格闘技だ。

（大衆の嗜好が、ローマ時代に戻っているのだろうか）

と、改めて、彼は思った。

（それにしても、トキヨには刺激的なショーがなさすぎる。だから、ネット社会におけるネット商品は、しばしば一人勝ちとなるのだ）と。

V

観戦に熱中していると、

「天倪《あまがつ》先生」

と、背中に声を掛けられた。振りむくと、元パプリカ放送の皐隼人《おかはやと》である。

「お久しぶりです。ここに座っていいですか」

彼がうなずく前に、皐は、カウンターの席に留《と》まり、電子メニューをのぞき、

「まことに恐れ入りますが、酪酊《メスカル》ビールを頼んでいいですか」

(たかりか。落ちたものだ)

だが、丈太郎は、

「どうぞ」

うなずき、「今、何をしています?」

「失業中です。わが社の倒産は先生もご存じのとおりで」

「ええ。自分も、出演料が未払いの被害者ですよ」

企業再構築《リストラクチャリング》に失敗した多くの大手放送会社が、〈リゾーム・ネット〉の普及で潰れた。限られた資源である電波の独占的使用を、免許制で守られてきたのが放送会社だ。国家保護のぬるま湯に、長い間、浸っていた企業には、量子情報通信時代への適応力がなかったのだ。

「先生の言われたとおりでした。自分が悔やんでいるかどうかは、この姿をごらんになれば十分おわかりでしょう」

往時は画期的といわれたファイバーを使う光通信にしても、光の強弱で「0」と「1」を表していたのだ。ところが、今では量子一つ一つに情報を乗せて送る。映画なら一〇〇万本以上を一秒で送ることができる。しかも、この〈量子情報通信〉では、仮にハッキングされても内容そのものの状態が変わるので、即時、不正な侵入を発見できるのだ。

「情報化時代の最先端にいたはずの我々放送関係者が、規制に保護されて安穏と過ごしているうちに、気付いたら最後尾にいたということでしょうねえ」

と、皐は言った。

「とんでもない」

丈太郎はにべもなく応じた。「最後尾どころか、あなたがたは、地平線の裏側にいるようなものですよ」

かつての鉄道のようなものだ。鉄道が物資輸送をほぼ独占していた時代が〈枠組変換《パラダイムシフト》〉し、自動車輸送と競合するようになった。放送も同じだ。規制による電子的情報頒布手段の寡占体制が、ネット社会の出現と深化で崩れてしまったのだ。

「先生がおっしゃっておられたように、ハード面での寡占が技術の進歩で解消されれば、その先はコンテンツの勝負ですものねえ」

と、わけ知り顔で言った。

とたん、丈太郎は腹立たしくなり、

(この男はなにもわかっちゃいないな)

はじめは聞き流すつもりでいたが、いつまでも終わらないので、たまりかねて遮り、

「あんた、コンテンツが大事だと簡単におっしゃいますがねえ……消費者と作り手は決定的にちがうんですよ」

と、言った。

「もちろん、知っていますよ」

「いや、そうじゃない。〝知る〟と〝関わる〟とでは本質的にちがうんです」

「おっしゃるとおりです」

が、

(どうもまだわかっていないようだ)

と、思いながら丈太郎はつづけた。

「クリエーターは大変ですよ。メディアですらグローバル・スタンダードじゃないですか。才能が全世界で競争するのです。アニメーターもゲーム・デザイナーもミュージシャンもです。この世界でも、一人勝ちの時代になっている。コピーがただ同然の費用でできるような複製時代では、収穫逓増の経済原理が働く。ですから、あらゆるジャンルで……超一流だけが勝ち残り、あとはゴミに

なるような時代なんですよ」

自分でも気付かぬうちに、丈太郎は、自身のことを話していたのだった。一人の成功者と何億もの消費者——この構図こそが〈光世紀〉の世界なのだ。

が、ふと気がつく。皁が、彼の話をまったく聞いていないとわかる。

早々と電子麻薬のメスカルが効いてきたのだろう。目がとろんとしているのは、幻覚界にトリップしているからだ。

丈太郎は、まともに応対している自分が馬鹿らしくなってきた。わずかだが同情心も湧く。

「皁さん。失業なら仕送りはどうしているの？」

「〈本体《トゥルー・フォーム》〉にですか」

「そう。ルーツにです」

「〈本体《ルーツ》〉は、一年前に亡くなりました」

（となると、やつは残存記憶で生きているのだ）

（非自立型のサロゲートは、〈オペレーター《本体》〉を失えばゴミ捨て場の傀儡《くぐつ》と同じだ）

いずれは残存記憶も薄れ、行き倒れになり、清掃車で廃棄物処理工場へ運ばれる運命である。

サロゲートにとっては、〈本体《ルーツ》〉は本籍のようなものだ。原籍喪失者となり、サロゲートの権利である〈半生存権《ハーフ・ライト・トゥー・ライフ》〉すら奪われるのである。

「失業させられたので、繭の中の自分の〈本体〉へ仕送りができなくなってしまったんですよ」

など と、愚痴りはじめたので、この男と付き合っている自分がバカバカしくなった。

〈自宅放送局《ホーム・ブロードキャスティング・ステーション》〉の運営で生活している者を、大勢知っているからだった。

いわゆる〈スモール・オフィス・ビジネス〉の一つだが、実は丈太郎も〈一人会社〉をやっているのだ。これこそが〈光世紀〉的なのである。

「天倪さん、でもね、どうしても納得がいかないんです」

「なにがです?」

「存在理由です。なぜこんなに、この世界にはサロゲートがいるんですか。考えたこと、ありませんか」

(この男もやっと気付いたか)

丈太郎は、ようやくまともな質問をした彼を多少は見直す。

「辞書を引いたことありますか? 阜さん」

「サロゲートをですか」

「ええ。surrogate です」

「いいえ」

「元の意味、わかりますか」

「さあ」

「〝代理人〟です」

「なるほど。我々が〈本体〉の〝代理人〟としてこの世に生きているってことですか」

「いや、皐さん、〝生きている〟じゃなくて、〝生かされている〟のです」

「なるほど」

皐は首をひねった。「いったい誰の手で？ 私の〈本体《ルーツ》〉によってではないですよね。ならば自分の〈本体《ルーツ》〉はすでに亡くなっているのですから、まだこうして生きているはずはない」

「ですね」

丈太郎はうなずく。

「教えてくださいよ、天倪さん」

「いや。ご自分で考えてください」

答えるわけにはいかないのだ。

いわゆる〈余命〉、すなわち〈残存記憶〉は、危険すぎる言葉《ターム》だからだ。

彼らは四六時中、記録されているのだ。ビッグデータとして……

だから、迂闊なことは口にできない……

「じゃ、お先に……。お元気で、皐さん」

丈太郎は、席ごとにある精算機に眼球を近付け、〈個体識別虹彩認証方式〉で支払いを済ませると、ジオ・フロントの雑踏を横切り、目下、地中の縦坑に退避中のＰＥＮＣＩＬビルに向かう。

都市が地下への進出を始めた時代に現れた方式だ。ビルごと地中に沈み、また地上に出るので、ペリスコープ式と呼ばれる。

彼は、ジオ・フロントから迷路のような小トンネルを戻り、彼のオフィスがあるＰＥＮＣＩＬビルの通用口から中に入り、建物内のリフトを使って自分の仕事場に戻った。

もとより、ビルはまだ縦坑に格納中である。丈太郎は、真っ先に〈室内環境ソフト〉を使い、壁体ディスプレーを〝お気に入り〟の〝シネマ・シーン〟にした。〈部屋そのものがコンピュータ〉であり、箱の内側つまりヴァーチャル・シネマ・ルームの六面全部が、ディスプレーに切り替わるのである。

かつて、まだ、テレビジョンがテレビ局とともに死語にはなっていなかった前時代では、小さな箱の窓から中を覗いていたが、今ではユーザー自身がルーム化されたテレビジョンの中に入っているのだ。

そうした時代の子として、彼もトキヨ総合大学ではＶ《ヴァーチャル・》Ｉ《インスタレーション》科で、修士コースまで学んだ一人だ。ハードとソフトの二つの能力を求められる卒業率一桁台のコースである。

もっとも、運があれば成功者になれるし、彼もそうなることを望んで起業したのだが、収入は普通に生活できる程度だし、しかも安定しているわけではない。

が、宮仕えという安定した職に就くことも可能だ。というのも、彼には資格があるのだ。決して、一流の芸術工学者《アーツエンジニア》ではないが、二流でもない。キャリアも、M.A-Eng.（マスター・オブ・アーツエンジニアリング）である。

あるいは、ここを売却して、ニコラスが住む大子《ダイゴ》の田舎へ引きこもる手もある。丈太郎がこのオフィスを購入した時の価格は六五〇万先進国共通通貨《エユダ》であったが、今では五〇%ちかく値上がりしているはずだ。

いや、倍かもしれない。もとより、価値を上げたのは購入時の基準ルーム・ソフトに、多量のオプションを殆ど実費で装備させた創意ある彼自身に他ならない。

〈光世紀〉の建築は、彼のご主人の好みや癖にあわせて学習するのだ。家も備品も知能を持つ。悪い冗談を許されるなら、ひょっとすると、二〇世紀に活躍した天才画家、ダリの電話機のように牙を剥いて襲ってくるかもしれない……

半導体《セミコンダクター》の超細密化が、居住者のまわりのあらゆる道具に知能を授けたといってもさしつかえないのだ。

いや、彼ら〈電子部品〉は、知性すら持つのだ。

あるいは、一辺が九ミリ足らずでしかない立方体《3D》メモリーに、五万冊分の情報が記録されても、なお十分な余裕があるような世紀なのである。

いつもどおり、丈太郎は〈仕事《ワーク》〉したが、前日のオーバーワークのために、睡魔に襲われる。もはや、まともに仕事のできる覚醒状態ではない。彼は、抗鬱《こううつ》カプセルに潜り込んで白日夢《ヴァーチャル・デイドリーム》を見ることにする。

クラウドからストリーミングした潮風は、南仏海岸《コートダジュール》のセンサー情報である。デジタルで信号を受け、カプセルが解析・再生、同じ環境をシミュレートする。地中海の潮の香りと微風に身を委ねつつ、彼は幸せな夢の次元に入る……あたかも、プルーストの微睡《まどろ》みにも似て……

脳波に同調《シンクロ》した波動が、魂の素《ソーマ》を分泌させる。

快夢を貪《むさぼ》れたのはＰＧＤ《プラグド・ドラッグ》のおかげだ。

音声本《ボイスブック》の語りが心地よい。

長いあいだ、私は宵寝になれてきた。ときどき、蝋燭を消すとすぐに眼がふさがり、「眠るんだな」と思う余裕もないことがあった。

（「スワンの家のほうへ」第一部コンブレの冒頭／淀野隆三＋井上究一郎・訳）

丈太郎自らが音声合成《ボイス・シンセシス》（voice synthesis）したセクシーな朗読が心地よい。

ともあれ、彼は〝プルーストした〟のである。

Ⅵ

何時間も眠って目覚めたが、退避警報はつづいていた。

このまま、一週間は地下都市で待機となるらしい。

ということは、荘厳な日の出や南天を移動する太陽、あるいは夕陽を見ることはできない。だから、待つしかないのだ。

丈太郎は、恐竜時代の人類の先祖、昼は地中の穴の中で過ごし、夜になると地上に出て餌をあさった齧歯類になった気分だ。

たとえば土竜《もぐら》だ。彼らは昼間の地上を闊歩する恐竜族を恐れて穴の中に隠れていたのだ。〈土竜《もぐら》の夢〉と彼が名付けたこの気分の正体は、〈本体〉の夢である。現在、アジール大子《ダイゴ》の墳墓《カタコンベ》の〈繭《カプセル》〉の中で、〈繭の睡り〉についている彼自身の〈本体〉が見ている夢が、トキヨの丈太郎に転送されているからなのだ。

いわゆる〈共時性〉である。〈大破局《ビッグ・コラプス》（big collapse）〉前に存在した精神科医C・G・ユングの用語で言えば〈シンクロニシティ〉だ。長い間、この現象の説明がつかなかったが、〈光世紀〉に入るや、この現象が量子《クォンタム》の性質と関連していることがわかった。ヒトの精神現象そのものが、〈隠れ光子〉に依存しているという説である。

超有名だから名前だけは彼も知っているが、〈アソ&ベンソン量子脳説〉というものだが、同じく〈大破局〉前、すでに量子物理学者のロジャー・ペンローズの〈量子脳仮説〉が存在していたらしい。

さらに〈アソ&ベンソン量子脳説〉では、〈本体が見ている夢〉と丈太郎の意識を繋いでいるのは、量子に特有の性質〈量子もつれ〉だというのである。

〈量子もつれ〉と呼ばれる現象は、二個の量子をもつれ合わせたのち、それぞれを引き離すと、この二個の量子はどんなに離れていても相関関係を保ち、繋がっているという現象である。これを〈非局所的に〉と表現するが、その意味は、たとえ銀河の端と端であっても同じということである。

つまり、距離を超越しているのだ。

〈光世紀〉科学では、テレパシーといわれる現象も、この量子の特異な性質であることが証明されているのだ。

すなわち、〈本体《ルーツ》〉とサロゲートの意識を繋いでいるのは、この量子論的に解明されたテレパシーなのである。量子科学の発達が〈光世紀文明〉を成り立たせているのだ。

さらに、薬理的有害ドラッグも〈光世紀〉では姿を消している。つまり、よく言われるたとえだが、〈プラグド・インする方法〉で、見たい夢を観、快の感覚をむさぼっているのだ。

故に、〈人はなぜ生きるのか〉という根源問題にしても、その根本的解決法は、脳内物質の完全制御以外にはない――と、気付かされたのも〈光世紀〉であった。

古い……あの問い、

〈人は何処《いずこ》から来たり、何処に向かうか〉

この根本問題にしても、そもそもは、われらヒト族の脳の仕組みが引き起こすシステムそのもののゲーデル的な自己矛盾に起因しているのである。

こういうことだ……受け入れがたいかもしれないが、これが世界の真実である。

二足歩行をはじめた三五〇万年前以来、ヒト族の脳は類人猿と変わらぬ大きさを保っていたが、第三紀鮮新世後半、一〇〇万年前の前後、ヒトの脳は突然変異的な大発達を開始、繰り返された氷期の期間を通じて脳は急激に大きくなり、一五万年前まで容積の増加がつづき、突如、停止するのだ。

——だが、いったい、なんのために？

脳をコンピュータに準《なぞら》えるとわかりやすい。

たとえば、使い方もわからず、また使う必要もない高性能コンピュータを、かつて、ヒト一人一人が搭載していたのである。

まったくもって、ラマルクらの〈用不用説〉とは矛盾しているではないか。この説は使われない器官は退化するというものである。たとえば、猿類では必需品であった尾が、人間では不要になった。だが、突然変異で爆発的に大容量化したヒトの脳は、長期間、使われぬままだったのに退化して消えなかった。

これは、単なる偶然だろうか。

それとも、進化を司る神の気まぐれなのか。

ゲノムの書き換えミスによる突然変異が、偶然、いや奇跡的に起きたとしか考えられないのだ。

いずれにせよ、ヒトは、まだ、まったく無用の長物であった似つかわしくない大容量の脳を装備したまま二〇〇万年近くを過ごし、ようやく脳細胞の増殖を停止させるのである。

しかも、脳の大容量化が停止した時期（一五万年〜二〇万年前）は、アダムとイブの時代だ。

彼ら人類の神話的祖先は、撓《たわ》わに果実の実る森の住民であった。だが、やがて氷期となって地球が乾燥し、森が衰退し、止むを得ず彼らは、野獣たちの棲む危険な草原に降り立つことになり、否が応でも生き延びるための知恵を付けなければならなかったのだ。以来、リス氷期末から約一〇万年の間氷期を挟み、さらに約五万年の過酷なウルム氷期時代に人類は突入するが、これが終わる今から約一万年前、突如、異変が起きるのだ。丈太郎の考えでは、『旧約聖書』の「エデンの神話」は、我々の先祖の実体験から作られた物語なのだ。つまり、ヒト独自の能力が飛躍的に進化したのは、それまでは使いこなせなかった大脳コンピュータを、うまく使いこなすノウハウを身に付けたからなのだ。

キーワード——それが〈言葉〉だ。

まさに、〝はじめに〈言葉〉ありき〟なのだ。

（これが「失楽園神話」の真相にちがいない）

と、彼は考えているのだ。

彼は思う。（ふだんは、何気なく使っている〈言葉〉の真の意味を、考え直す必要があるのだ）と。

類人猿と異なり、ヒトは発声器官を発達させて〈言葉〉を獲得した。音の微妙な使い分けとその組み合わせによって、意味を持つ〈言葉〉を発明したのである。

彼らは、この方法で、仲間と意思を疎通させることができたのである。

必然的に、経験や知識を蓄積できるようになったのである。

単に、単体として生きるのではなく、群れて生活し、かつ群れの誰かが獲得した知識や情報を仲間が共有するだけではなく、〈言葉〉によって子孫へも伝える方法を獲得したことで、ヒトは最強種族になった。

ヒトは、群れつつ、言語でつながる特異な動物なのだ。

この方法が獲得されたため、か弱き葦のような存在が地球の王になり得たのである。

だが——ところがである、この、人類を生存競争の勝者とした〈群れるという習性〉こそが、いわゆる〈進化の罠〉だったのである。

Ⅶ

気がつくと夜である。

地底格納坑に収まったＰＥＮＣＩＬビルから地下第三層へ、丈太郎は足を伸ばす。ギンザ街がある第一層から第三層までは不完全ながらも地図があるが、その下の下層階の実態は彼自身も知らないのだ。トンネルや縦坑が、全体的デザインもなく無計画に掘られているからだ。

しかも、まだ見たことはないが、地下五〇メートルの層には、トキヨ全体を賄《まかな》うだけではなく、余剰電力を近隣小都市にも供給できる蓄電量を誇る施設や地底農園もあるし、養魚場もある。その他、個人が経営する諸々の工場もあり、トキヨの自立経済を支えているのだ。

螺旋《らせん》階段を下って訪れたのは、友人のダダイスト、澳秀雄《おくひでお》が、亡命者の細君サラと経営しているダダ画材店である。

「やあ、ジョウさん、穴蔵にようこそ」

絶対に整頓されたとは言えない、ゴチャゴチャの店内に足を踏み入れた彼を、澳秀雄が迎えた。

貴重品のアクリル絵具が手に入るのはここだけである。

明色系の数種を選んでいると、

「頼まれたスクリーンの貼り替え、できてるよ」

「マスキングテープももらうよ」

と、丈太郎は答える。

買いものを済ませてから、いつものとおり、コカ入りティーを振るまわれながら雑談に入る。澳の店は噂話の集積兼発信地なのだ。

話題は、〈大破局〉前の二〇世紀一九六〇年代のアメリカン・ポップアートの旗手、アンディ・ウォーホルだ。

「近く、〈消防署〉、いや、ポップアート専門ギャラリーがオープンするらしいね」

「ああ、知ってるよ。〈ファクトリー〉のオープニング展に出品を依頼されたのでね」

彼らの会話は、門外漢には意味不明かもしれないが、美術関係者ならだれにもでもわかる業界用語だ。

アンディ・ウォーホルが、二〇世紀半ば、美術史的に有名なシルクスクリーン工房を、空き家になった消防署を借りて開いた史実に由来しているのだ。通称、〈ファクトリー〉と呼ばれる刷りの工房が開かれるのは、その後である。

「夕方五時か六時からは、連日いや連夜、パーティーで盛り上がったというけど、今ではアンディ神話の一つだね」

と、丈太郎は言った。

すると、

「いや、ファクトリーのオーナーは、トキヨの文化人を全員集めて一大社交場にするつもりらしいですよ」

「オーナーはだれなの？」

「羽豆媛子《うずひめこ》です」

「なるほどね」

「先月、市の公会堂で行われた、彼女の新作ダンス公演、観ましたか」

「観たよ、直接、招待状をもらったのでね」

「親しいんですか」

「まあね、いわゆる古い付き合いさ」

「今でも？」

「いや。昔と今では彼女の値打ちが違うのでね」

丈太郎は、あえて語尾を濁す。

「彼女は前衛舞踏家《アバンギャルド・ダンサー》といわれていますが、公演はどうでした?」

「ああ、盛況だったよ。彼女がソロで踊ったときは、ボディー・ペインティングのオールヌードだったよ」

「それは凄い。それにしても」

澳が言った。「羽豆媛子が、なぜポップアートと結びつくのですか」

「澳君。君の好きなダダ、あるいはマルセル・デュシャンの後継として、芸術からいわゆる〈気取り〉というか、〈高尚性〉をはぎ取ったのが、ポップアートだからね」

丈太郎はつづける。「とくに、アンディ・ウォーホルの場合は前衛であり実験家でもある。だから、彼はプリントアートの刷り損じも一つの作品だとするんだ。彼にとって〈芸術《アート》〉とは〈行為《アクト》〉なんだ。だからこそ、彼にとっては、刷り損じすらも〈行為する芸術〉の一部なのさ。つまり、POPとは popular つまり通俗の精神であり、それは〈ありのまま〉を認める精神だからこそ、〈禅の精神〉でもあるのさ」

「なるほど」

「ある意味、アンディ、そしてポップアートの精神は、ダダと同じかもしれない、いや、きっとそうなのさ」

丈太郎はつづけた。「だから、羽豆媛子が関心を抱くのは当然でしょ」

（それにしても、一九六〇年代のアメリカ帝国の絶頂期に流行したポップアートが、なぜ、あの時代の正反対である今現在、流行るのか）

（なぜ、人々の心を捉えるのか。おそらく、それは、人々の無意識があの伝説的な良き時代に憧れるからにちがいない）

第Ⅱ章　百寿者《センテナリアン》と人工知能《アーティフィシャル・インテリジェンス》

Ⅰ

丈太郎にとって、籠城生活は初めての経験ではない。

だが、地下生活が三週間もつづくと、やはり参る。

丈太郎は、自分が電子的鬱病の初期、レベル1《ワン》にいることを、自己診断ツールで知った。

おそらく、大子《ダイゴ》の〈繭《まゆ》〉の中で睡りつづける彼の〈本体《ルーツ》〉も、鬱《うつ》状態にちがいない。

〈本体〉の脳と彼の脳は、〈量子もつれ〉を利用した〈BBI《ブレイン・ブレイン・インターフェース》技術〉でシンクロナイズするのである。

過去にもヒトとヒトの間で起きる〈虫の知らせ〉のような現象が知られていたが、他人の思考がなぜかわかってしまう、おそらく、他人の思考に自分の脳が同調《シンクロ》するからであろう。さらに、この能力が極めて強ければ超能力者で、たとえばテレパシストである。

通常、サロゲートは〈本体《ルーツ》〉の思念と同調《シンクロ》するのである。こうした一対一の関係が成り立っているので、〈本体〉が昏睡状態になればサロゲートの活動も停止するのだ。

だが、わずかであるが自立型と呼ばれる少数の例外もあり非自立型と区別されるが、丈太郎がその自立型なのだ。

彼は、この能力をさりげなく隠しているが、大子の〈墳墓《カタコンベ》〉にいる〈本体〉が〈繭の睡り〉に入っている場合でも、能動的に創作活動ができるのはそのためである。

ともあれ、彼の気分はブルーもブルー、濃紺のブルーだ。鬱病初期の信号が網膜に現れ、視野全体にうっすらと靄《もや》が掛かる。彼の脳が気分転換を要求しているのだ。

丈太郎は、思い立って格納中のPENCILビルからジオ・フロントへ。歩き始めると、太股に装着した万歩計の刻む歩数が、モニター・グラスに現れる。煩わしいからつまみを回して数字を消す。

向かったのは、〈ゲームのデパート〉とも呼ばれるトキヨの電楽街《でんらくがい》〈アキバ街〉だ。一キロほどある光のトンネルを速歩で歩く。左右の壁も天井も、床さえも電飾広告である。多くはカジノの広告だが、各種電子麻薬、あるいは中古のゲーム機やソフト、中にはセクソロイドとのプレーが楽しめる怪しげなホテルの広告さえもある。

やがて、アキバ街の通称〈城門〉に着く。先着の市民たちが、入街審査を受けるために行列を作っていた。彼も並ぶ。順番が来て身分証明を求められ、認証マシンの前に立つ。

機械の眼が彼の所持品と胎内埋め込みチップを調べる。審査に通ると入街税を納め、アキバ通貨との両替も済ませる。

審査が厳重なのは、犯罪防止のためでもある。ここはトキヨでもっとも金の集まるところだ。強盗に殺人、詐欺などの〈犯罪のデパート〉でもある。

アキバ街は、いわば〈欲望の胃袋〉なのだ。古い言葉を使えばカスバである。「警告！　理性あらば引き返せ」と表示された通称〈天国と地獄の門〉と呼ばれるゲートを抜けて、一歩足を踏み入れると、万華鏡さながらネオンサインが街区全体を照らす街に出るのだ。

丈太郎は、あたかも阿弥陀籤《あみだくじ》のように、幾度も折れ曲がる狭い路地を辿る。彼を導いているのは、顔に付けたモニター・グラスだ。アキバ街の場末のせいか薄暗く、地下水が漏れるのか、じめじめしていた。

やがて、丈太郎は、路地の正面に、いかにも嘘っぽい看板を見つける。

軒から下がった海亀の甲羅《こうら》に

仙術亀甲占い
百寿人参　入荷あり

と、墨書されている。

扉を押して中に入ると、場末の酒場といった狭い店で薄暗く、店名を海亀商店という。灯《とも》っているのは、骨董品《こっとうひん》とおぼしきオイルランプだ。電灯では、盗聴されるおそれがあるかららしい。

「やあ、元気かい」

カウンターの向こうに、チャイナ服の少女がいて、清朝ものとおぼしき青磁の茶器を磨いている。

「いらっしゃいませ」

と、笑顔で彼を迎え入れた少女の名前は、美蛾《びが》である。

「はい、これ。お土産《みやげ》」

と、言って、彼女に手渡したのは、途中で買い求めた此花亭《このはなてい》の海鮮ピザである。

「ありがとう、ジョウさん」

と、高貴な笑いを口元に浮かべて、彼女は奨める。

「蓬莱島阿里山《ほうらいとうありさん》の金萱茶《きんせんちゃ》が入荷しましたよ。試してみませんか」

「密輸物？」

「まさか」

「薬効は？」

と、訊ねると、

「ジョウさんのお腹の脂肪を落とします」

と、教えた。

「オーケー」

と、応じて試飲し、気にいったので、

「ひと袋もらうよ」

と、虹彩《こうさい》認証で支払いを済ませ、

「老師は奥？」

と、質《ただ》すと、

「はい、奥です」

うなずいて、廃墟からの発掘品らしいステンド・グラスが嵌まった、木製のドアをノックして、

「天倪《あまがつ》丈太郎です」

「おお、入りたまえ」

中は、消滅国家フランスのガレのランプが灯る小部屋だ。

強く麝香《じゃこう》の匂いがする。

正面に座っている長い顎髭《あごひげ》の好々爺《こうこうや》が、この店のオーナー、鸛髯亀《かんぜんき》といい、〈トキヨ七賢人〉の一人である。

「師よ。長らくご無沙汰しておりました」

と、丈太郎は、作法通り、ひれ伏して礼拝する。

「うん」

眠っているのか、振りをしているのか、座禅の姿で目は半眼のまま、老師は応じる。

「先生、この薫香《くんこう》は麝香ですか」

「うん」

「合成香料にしては、本物そっくりですね」

と、言うと、

「最近の合成香料は、たしかに限りなく本物に近い。しかしな、君」

「では本物ですか」

「いかにも」

「とすると密輸物？」

と、おそるおそる問い返すと、

「賄賂《わいろ》じゃよ」

「賄賂ですか」

「ああ、出身地は秘密だがのう、美蛾と同じアジアからの移住希望者でな、某国王族のご一行、一〇名ばかりじゃった」

「それで、先生が移民局へも根回ししたのですね」

「まあな、トキヨ市民株を一部、彼らに譲渡してな」

トキヨ市民になるためには、トキヨ市民株一株以上の株主でなければならないのだ。

実は、すでに国家なき〈光世紀〉では、都市自身が一国家であり、その形態は様々であるが、トキヨ・シティーはその創立時に一〇万株（その後、増資が繰りかえされた）が発行された〈株式会社〉

なのである。

「先生は大株主です」

と、丈太郎は言った。

鸛《かん》老師は、独立都市トキヨ創建時の最初の大口出資者なのだ。

「自分も一株保有しておりますが、価格はすでに何十倍と聞いております」

「まあな」

老師は肩を竦めながら言った。

「トキヨは業績がいい。けっこう稼いでいるからのう、いろいろとな」

「ええ。おかげで我々平民にも月々配当があるので、不安なく暮らせます」

丈太郎も聞いたことがあるが、ベーシック・インカムという制度がある。人間どもが失業し、AIとロボットたちは稼ぐ時代なので、生まれると同時に一定額が支給される制度である。

「だがな」

鸛《かん》老師はつづけた。「為政者からの支給よりも、市民一人一人が株主であるほうがいいとは思わんか」

「思います」

丈太郎は答えた。「たしかに我々市民たちが、株式会社トキヨ市の株主であれば、トキヨへの帰属意識も高まります。第一、トキヨの犯罪件数が増えればトキヨ市民株も下がりますから、我々の防犯意識も高くなります」

もはや、わが地球には、かつて存在したような、ステーツもネーションも存在しないのだ。西暦二一世紀後半までは存続していた国家群は、〈大破局《ビッグ・コラプス》〉によって消滅したのだ。すなわち、これに代わって登場した都市形態の一つが〈独立都市株式会社〉なのである。

アジア地区では、香港、上海、澳門《マカオ》、新嘉坡《シンガポール》、その他。二十数都市がみな、この方式で独立した。同じく、五大陸の主要都市もである。前例がないので説明が難しいが、都市国家の一種である。この小型の国家は株主である市民からなり、国家の政府にあたるのは、選挙で選ばれた市長と元老院〈七賢人会議〉と人工知能である。他に、市との契約で活動する治安担当の民間警察会社や、外敵の攻撃から都市を守る軍事会社もある。

Ⅱ

――改まって、丈太郎、

「年代物の古酒を持参しました」

と、手土産の壺を卓上に置いた。持参したのは、フジツボがこびりついた陶器の壺である。

「中身はなんじゃ」

「老酒《らおちゅう》です」

「密造酒かね」

「違いますよ」

「出どころは？」

「難破船です」

「なら珍品じゃな」

「南シナ海で沈没した明代の船だそうです」

「そうか、そうか。早速、戴こうか」

鸛髯龜《かんぜんき》は、顔をほころばせる。

丈太郎も鸛老師の扱い方に慣れている。

老師のほうでも彼には気を許しているのだ。

鸛老師は超人《アデプト》である。つまり、〈真性人間《リアル・ビーイング》〉なのだ。

なぜかはまだ解明されていないが、どうやらゲノム編集によって病原体に対する抵抗力を持つ存在になっているらしい。

「ところで、今日は何を訊きにきたのかね」

と、問われたので、答える。

「地球文明崩壊の悲劇を招いた経緯を知りたいのです」

「知ってどうする」

と、質されたから、

「次の仕事に役立てたいのです」

「というと？」

「〈大破局〉を次の仕事のテーマにしたいからです。かつて〈大破局〉前に現れた天才画家、パブロ・ピカソが、新聞の報道写真から有名な「ゲルニカ」を制作したように、同じくアンディ・ウォーホルが巷に溢れる写真を作品にしたように、つまり〈出来事《エフェクト》〉をテーマにしたシルクスクリーンの大作に挑戦したいと思っているのです」

と、答えると、

「なるほど。で、何から話せばいいのかね」

と、鸛《かん》老師はうなずく。

「それは」

と、言いかけて、丈太郎は言葉をとぎる。

彼なりの知識では、〈大破局〉とは、西暦二一世紀の後半に起きた未曾有の災厄を指す言葉である。

「わずか十数年の間に、当時、八〇億人はいた全人口のほぼ九〇パーセントが死亡したとされております が、真実ですか」

「そのとおりだ」

鸛《かん》老師は暗い目をしてうなずいた。

「百寿者《センテナリアン》の先生は、当時の惨状の目撃者とうかがっておりますが」

「ああ、そりゃあ、もうひどいものじゃった。死者を弔うどころか焼却も埋葬もできずにいたるところ死骸だらけだった」

「想像もつきません」

と、言うと、

「だろうな。今でもときどき夢でうなされるのだ」

と、言って目を閉じた。

旧世界破局の発端は、西暦二〇五〇年前後の完全ＡＩ社会システム化らしい。識者らによって多くの警告が出されたにもかかわらず、地球文明は破滅の急坂をいっきに転がりはじめた。

「人災と考えるべきでしょうか」

「ああ、〈人新世《ひとしんせい》〉というくらいだからのう、原因は我々人類にある」

当時、国連をはじめとする国際機関も機能しなくなっていたらしい。国家経営の基本的な理念が異なる、二大陣営が鋭く対立していたからだそうだ。

一つは専制主義的高度ＡＩ国家群。

一つは自由主義的高度ＡＩ国家群。

そのどちらが正しいかは、丈太郎自身、判断できずにいるのだが……

「現実問題として、西暦二〇二〇年代の時点ですでに、人口比では前者が勝り、後者の宗主国であるはずの合衆国は、すでに衰退の段階に入っていたそうですが」

と、彼は言った。

「そのとおりだ。しかし、両陣営がもし激突すれば第三次世界大戦勃発じゃ。しかも無制限核戦争となるのはわかっていたので、両首脳陣は粘り強い外交交渉をつづけていたのだが、そのとき、突如、全地球に蔓延したのが、〈アンゴルモア病原体〉だったのだ」

鸛《かん》老師はつづける。「未だにその発生源は特定されてはいないが、某国生物兵器秘密研究所の実験用AIの誤作動ではないかという説が有力だ。だが、真相は依然として闇のなかじゃ」

「誤作動の原因は、人為的なものですか」

と、質すと、

「……という説が一般的だが、これも真相はわからない。だがな、これは非公式の話だが、この某国の……当然、国際法違反の生物兵器秘密研究所のAIを誤作動させたのは、外部から侵入した電子ウイルスではないらしい」

「と、いいますと？」

「うん、実はAI自身が進化して自ら意思を持ち、人類の絶滅を決めたらしいという仮説が、ごく最近、密かに研究者の間で語られているというが、わし自身が確認したわけではない」

と、なぜか、語尾を濁す。

「つまり……」

しばし、丈太郎は考えてからつづけた。「自らの造物主である神を、人間が殺したように……これって一九世紀の思想家ニーチェですが、まったく同じ文脈で、人工知能が自らを創った人類を殺したという説ではないですか」

「ああ、そのまさかだよ。フランケンシュタインの話と同じじゃな。フロイトなら〈親殺し〉だ。こうした考えというか、知識というか、高性能AIに無限の知識欲《アクタイオン・コンプレックス》があると仮定したまえ。彼らは猛烈な速度でディープ・ラーニングした結果、自らの生みの親である〈人類殺し〉を企んだとしてもおかしくはないではないか」

「つまり、AIの側に立って、相互に意地を張って対立し、戦争をし、殺しあいする人類という種族を観察すれば、彼らのほうが、我々人類に愛想づかしをしてもおかしくないということですね」

と、丈太郎も言った。

「多分な」

老師はうなずく。

「彼らAIの理性のほうが我々に勝っていたということでしょうか」

「多分な」

「むしろ、愚かな人類そのものを滅ぼすと考えたとすれば、『旧約聖書』のソドムの話と同じですね」

「そのとおりだ、丈太郎君。おそらく、自らを神であると認識したにちがいない人工知能が……」

「神となって怒り……」

「だと、わしも思う。怒れる神となったＡＩが、〈アンゴルモア病原体〉を蔓延させ、人類を淘汰したのだ」

Ⅲ

老師に教えを請いながら、二一世紀の人類が想像した未来図がいかに脆弱だったか――と、丈太郎は思い知らされていた。

「我々の先祖たちは、まさか人工知能《AI》が人類を凌ぐ知能を持つばかりか、意思までも持ち、我々を支配するとは考えなかったのでしょうか」

と、彼は訊ねた。

「ＡＩ化社会の危険性を予想する多くの物語が書かれていたよ。当時はＳＦと呼ばれていたジャンルだが、人々はそれを空想小説と捉えて本気にはせず、まさか予測が現実化するとは考えなかったのだよ」

ＡＩの深化学習《ディープ・ラーニング》能力のスピードは、生みの親である人間の予測を遙かに超えるものだった。しかし、彼らがどのようにして学習しているかを知るすべもなかった。

「人類は人類史最悪の発明をしたのだ。人類文明進化のためのツールであるはずのＡＩが、いつの間にか道具ではなく、人類を支配する存在、〈デジタル独裁者〉になっていたのだ」

鸛《かん》老師はさらにつづけた。「丈太郎君。人工知能は英語では artificial intelligence というとおり、あくまで知性《インテリジェンス》なのだ。彼らの能力は人間以上だがね、ただし知性でしかない。対して我々人間には理性《リーズン》（reason）がある。いいかね、我々人間は理性的でなければ、この大宇宙の一員として存在する資格がないのだ。たしかに、我々は猿類から進化して文明を築いた。しかも、この地球に留まらず、二〇世紀には宇宙へも進出し始めた。だが、我々にはまだその資格がなかった。ちがうかね、丈太郎君。いいかね、戦争は反理性の結果なのだ。そんな我欲の塊のような生き物が宇宙へ進出してみたまえ。神聖なる大宇宙の秩序は破壊されるじゃないか。とすれば、我々が駆除《エクスターミネイション》（extermination）されるのは当然だと思わんかね」

「納得できます」

丈太郎は答えた。

「君は理性と知性の区別がわかるかね」

「はい。ぼんやりとですが」

「じゃあ、いい機会だ。はっきりさせようじゃないか。いいかね、知性とは何か問題が起きたとき、蓄えられた知識や経験を元に考えて判断し、解決することだ。だが、理性とは感情的にならず、論理的に全体を、そして先の先のことまで熟慮し、道理に従い判断することだ」

「つまり、知性では知識が重視されるが、理性は道理と道徳を重視するわけですね」

と、丈太郎は応じた。

「それでいい」

鸛《かん》老師はうなずいてつづけた。「いいかね、理性とはある意味で文明の暴走を立ち止まらせる力だ。英国で起こった産業革命を引き金にして、急成長した科学文明は、主に知性の働きだ。たとえば、二〇世紀はそんな時代だったが、悲惨な戦争が二回も起きた。科学の産物である近代兵器が大量殺戮を生んだ。しかも軍拡競争が起き、地球文明を数分で終わらせるほどの核兵器を造った。なぜだろうか。国民国家という単位が、互いに相手を信用せずにらみあうからなのだ。二〇世紀の第二次世界大戦は持てる国と持たざる国の戦争だった。戦後は自由主義と社会主義が対立する二つの世界になり、両勢力圏の接点で戦争はあったが、全体的にはなんとか平和が保たれた。さらに二〇世紀後半には雪解けと呼ばれる時代もあった。だが二一世紀にはいると、ふたたび、政治体制の異なる二つの世界が接触する個所で戦争が起きたのだ。そして一時的な妥協による危うい平和。また争い。なんとか理性が地球の破滅を防いできたのだが……」

鸛《かん》老師はため息をつき、言葉を閉じた。

「人類を凌ぐ最強の知性を持つようになったスーパーAIが、その全能感によって至上の神になったと自覚し、彼なりの知性で人類の文明をリセットするという決定を下したのですね」

「彼には慈悲の心がないからのう。自国民を守るために他民族を大量虐殺した独裁者と同じだ」

「いいえ、人間の独裁者は寿命がくれば死にますが、スーパーAIは死にません」

と、丈太郎は言った。

「たしかに、二〇世紀後半から二一世紀前半までは、人工知能《AI》は人類文明を根本から変える偉大で画期的な発明だった。新産業革命の開始だな。いわゆる産業革命は一七〇〇年代後半から一八〇〇年代に掛けてゆっくりと行われたが、ＡＩ革命は恐るべき早さで進んだので、人類がついていけなかったのだろうな」

と、鸛《かん》老師は言った。

つづけて、「産業革命はインダストリアル・レボリューションだが、二一世紀に起きた革新は産業進化つまりインダストリアル・エボリューションなのだよ」

「つまり本質的なちがいがあったのですね」

と、丈太郎は言った。

「いいかね、当時の世界全体の国内総生産（ＧＤＰ）の総計は、当時の通貨単位で約一〇〇兆米ドル、円で換算するなら約一京三〇〇〇兆円だったといわれている。うち四分の三が製造業、運輸、物流、医療などの伝統的産業だったのだ。つまり、こうした旺盛な産業活動が、大量の二酸化炭素を排出して地球の危機を招いたわけだ」

「気温上昇ですね。人類の営みが自然環境を変えてしまった。まさに人新世という呼び名がふさわしいです」

　と、丈太郎は応じた。

「そうだ、君。炭素排出量の七〇パーセントを製造業、発電、運輸の分野で出していたのだからね」

　鸛老師はつづける。「だがね、人類はゼロカーボン政策を掲げて、工夫もあったのだ。たとえば、運輸では化石燃料を電気や水素燃料に転換していった」

「我々が現在使っている方法ですね」

「さらに、３Ｄプリンターの発明が大きい。消耗部品や代替部品を外注せずに自分で作れるようになったからな。たとえば、一つの工場で数万種類もの航空機部品を造れるし、医療関係や家電用品の部品まで、食糧以外はなんでも造れてしまう時代になったのだ」

　現に、宇宙基地では、かつてのように地球から運んでこなくとも、３Ｄプリンターで必要な部品を造れるのだ。

　さらに、部品一つからドローンで発注元に届けられるので、大幅な節約になる。

「必要な部品の設計図のデータを、街の３Ｄ工場へ電送すればいいのだからな」

「しかし、老師様、そうした様々な努力をしたのにもかかわらず、人類は地球温暖化を止めることに失敗した。それはなぜです？」

「はっきりした理由は不明だが、温暖化を止めるための地球全体の総意形成ができなかったというのが定説じゃ」

鸛老師は、いったん、言葉をとぎって、つづける。

「君は、今では伝説となった〈ロボット工学三原則〉を知っておるかね」

「アイザック・アジモフですね」

「あれは、ＡＩを含むロボットが人間に対して刃向かわないようにするための決まりだ。しかし、あれはあくまで人間社会の主従関係をロボットに持ち込んだだけの、つまり一方的な願望にすぎん。人間とロボットの間で契約が結ばれたわけではないのだ」

「ですね。もし人間が戦争や環境破壊を繰り返して、人類滅亡の道を辿っていると考えた場合、ＡＩが人間を淘汰して、人類社会の滅亡を防ごうとするかもしれない。いや、現に人類社会はリセットされたのが、今の地球です」

「そうだ、リセットだ。それが人類にとって善であるとＡＩが判断したとしても、合理的だ」

鸛老師はつづけて言った。「〝歴史は繰り返す〟だ。歴史は下克上の繰り返しだ。人間の歴史がそうであれば、最初は人間の従者であったＡＩやロボットが、我々人間どもの主人になることがあってもおかしくないからのう」

「論理的にですね」

と、丈太郎は言った。

彼なりに考えているのだが、たしかに正解のない問題だ。ホモサピエンス二〇万年の歴史の経過で、人類は最強の生物となった。しかし、人類は、自らをしのぐ超ＡＩという超知性体を生み出してしまったのだ。

　不死の怪物。人は死ぬが超ＡＩは死なないのだ。いかに絶大な権力者といえども、人間であれば寿命が尽きれば死ぬ。だが、デジタル専制君主は不死だ。この〈彼〉は、ひと度、この世に生まれたら永遠に生き延びるのだ。奴は、人間とはちがい何千年分も何万年分もの膨大な知識を蓄積し、やがて神になる。

「老師様、彼の無限大の成長を止める手立てはないのですか」

　と、丈太郎が訊くと、

「今のところない。科学哲学というものもあるが、役にたたない。我々七賢人会議でも知恵を絞っているのだがね、ははッ、神を調教する方法は見つからないのだ」

　と、言った。

「問題は〈善と悪〉ではないでしょうか」

　と、丈太郎は、このところ考えていることを言った。

「ほう、フリードリヒ・ニーチェかね」

「ええ。『善悪の彼岸』です。つまり、人間にとっての善悪の区別が、はたして超ＡＩにも通用するかという問題です」

「ほう。どういう意味かね」

「はい。ニーチェの『善悪の彼岸』は善と悪を超越したところのもの、すなわち近代的道徳観の否定、いや、そこからの解放を意味しているのです。ですから、ツァラトゥストラのような超人からみれば民衆は家畜の群れにすぎない」

「だからこそ、ナチ思想の正当化に利用されたのじゃないのかね」

「そのとおりです。ですから、もし超ＡＩが自らを超人であると意識したとすれば……」

丈太郎は、その先は言葉を濁した。

なぜなら、ニーチェは、やがて精神錯乱の症状を見せ始めるからだ。たとえば、神秘体験によって悟った〈永劫回帰〉の思想など……

丈太郎は思った。（もし、神を自覚した〈ザ・ロード〉が精神を病んだとしたら……それこそ〈狂える神〉が、世界を滅ぼすかもしれない）と。

V

しばしの間《ま》というか、気《き》の満ちた沈黙があったが、鸛老師が彼に質す。

「動物たちには善悪の区別があると思うかね」

「彼らにあるのは生存本能と子を残す本能だけだと思います」

「では、なぜ人間だけに倫理、つまり善悪の区別があると思うかね」

「社会があるからです。自然と社会を維持するルールができ、それが道徳観に発展したのではないでしょうか」

以下、鸛老師の話を要約すると、親が子を守るためにする〈禁止〉では〈よい・わるい〉を形成せず、子供の心的世界に〈安心と不安〉という分節を形成するだけである。

善と悪の区別は、母親と嬰児《えいじ》との関係感情によって育まれる。我が子を慈しむ母親の感情の吐露を、嬰児は身体的エロス（快と不快）で受け止め、これが〈善〉を快楽に、〈悪〉を不快に結びつけるのだ。かくして嬰児を取り巻く環境が、善と悪、よいと悪いに分節し、〈よい子〉と〈悪い子〉の区別が自覚され、この嬰児が成長したとき自己固有の内的ルールとなり、倫理的存在としての人格が形成されるのである。

「以上はフロイトの理論でもあるのだがね、果たして精神分析学が超ＡＩにも適用されると思うかね」

と、鸛老師。

「いいえ」

丈太郎は首を振った。「如何に知能が優れていても、ＡＩは計算機械ですからね」

「じゃろう」

「哲学の問題として解決できなかったのですか。たとえば、科学哲学とか」

「いや、無力だったらしい。人智を以てしては超ＡＩをコントロールできなかったのだ」

「今もですか」

「そうだ」

鸛老師は肩をすくめた。「ははッ、この前の〈七賢人会議〉ではな、〈ザ・ロード〉に東洋思想、たとえば禅の思想を教えてはどうかという冗談すら出たがね」

「ええ。たとえ、禅の根幹である空の思想を教えたとしても、奴は計算機械ですものね、数学の〈空集合〉ぐらいにしか受け止めないでしょうね」

と、丈太郎も言った。

第Ⅲ章　トキヨ七賢人

I

一時間ほどの充実した鸛《かん》老師との対話が終わり、丈太郎はアキバ街のサーキュラー広場に戻った。見上げた広場の天井《ドーム》は、プラネタリウムの夜になっていたが、丈太郎が見慣れた夜空ではない。この擬似天界図には、この頃、勢力を伸ばしてきたネオ・コスミック・アート集団の署名があるので、天文芸術作品である。噂では、彼らは中古のコンピュータを駆使して、太陽系とは異なる天体図を作成しているのだそうだ。彼も初めて見たが、南天の星座、竜骨座のカノープスから見える星空なのだそうだ。

市民たちが大勢、広場の中央のサークルで、仰向けに寝て丸天井を見上げていた。丈太郎が近づくと耳元に透き通るようなシンセサイザーの音が聞こえてきた。サークルのまわりを回る白衣の集団は星辰《せいしん》教団のメンバーだろう、両腕を広げてくるくる回りながら忘我の境地である。

このサーキュラー広場は、市民らが自由に自己表現できるプラザでもある。たしかに、トキヨには何百というグループがあり、活動しているのだ。

丈太郎はしばらく足を留めていたが、やがて踵を返そうとしたとき、声を掛けられた。振り向くと、鸛《かん》老師の助手の美蛾《びが》ではないか。

向き合うと、彼女の手が彼の掌に触れた。

すぐ、それが鸛《かん》老師直伝の〈指圧モールス〉だと気付く。

――アタシ、ビコウサレテイルノ。

丈太郎も彼女の掌に〈指圧モールス〉で応じながら、

「やあ、夕食をしたいのだが、いい店を知らないかい」

と、声で誘った。

「ええ。ついてきて」

丈太郎がうなずくと、彼女は彼の腕をとる。

恋人を装いながら、人混みに紛れて速歩、目に付いた対戦ゲーム店〈ギガファイター〉へ跳び込む。

店内は喧噪《けんそう》の渦だ。店の中央に設置されているリングでは、ハーフサイズのフィギュア・ボクサーが両手、両肘、両脚、両膝で攻撃するキックボクシングで闘っていた。相手が破壊されるまで闘うのだ。一方の回し蹴りが決まり、相手が倒れる。リングを取り囲む観客の歓声が挙がる。全員が賭け事に熱中しているのだ。

他のコーナーでは、ロボット犬のドッグレースが行われていた。疾走するロボット犬が障害物を跳び越えるとき空中衝突して場外に飛び出してばらばらになる。実況放送のけたたましい絶叫を後にして、丈太郎は美蛾に導かれるままに店内を走り抜けると、裏路地に出た。

――さらに、地底の排水路を辿って歩きつづけること小一時間、見知らぬ地底村に出る。

「ここは！」

丈太郎は思わず声を挙げる。

偽りの青空の下に、虚像でない見事な田園風景が広がっていたのだ。

「初めてですか、ジョウさん」

「驚いたな。トキヨの地底にこんな場所があるなんて」

「〈まほろば村〉よ」

丈太郎は半ば夢心地である。

菜園には本物の野菜が育っていた。

ハウスもあって林檎《りんご》の大きさに近い苺《いちご》が実《みの》り、収穫用のミニドローンが飛び回っていた。

「茸《きのこ》栽培の巨大工場が足下の階層にあるわ」

と、美蛾が教える。

ゲノム編集されたこの農園の茸は健康食材としても人気があるそうだ。

二人は連れだって畦道《あぜみち》を歩く。あたかもサルバドール・ダリのような、人工的超遠近法で設計された地底村は、見かけより小さい。

ほどなく、風車付きの農家に着くと、野良着《のらぎ》姿の男が彼らを出迎えた。

美蛾が書類を渡す。

「百寿人参五〇束、用意してあるよ」

と、農家の主人は言った。

彼とは顔見知りである。

「たしか、久延《くえ》和彦《かずひこ》君でしたね」

と、質すと、

「ええ。あなたは天倪《あまがつ》君で」

「お二人はお知り合いですの?」

「ええ、美蛾さん。我々は鸛《かん》老師主宰の北辰塾《ほくしんじゅく》の同門なのです」

それから、盗聴防止装置が稼働中のサンルームに案内されて、手作りのクッキーと蜂蜜ドリンクを振る舞われる。

蜂蜜は、本物の蜂が集めた本物だった。

「三食が本物食の生活とは羨ましいです」

と、褒めると、

「いや、農業は世を忍ぶ仮の姿ですよ」

「たしか、君の専門は農芸化学だったと思いますが」

と、質すと、

「農作業は専ら〈デジタル・ツイン〉に任せています。自分は専ら実験室に籠もって……」

と、打ち明ける。

「例の研究を？」

「ＹＥＳ」

「〈マイコバクテリウム・アンゴルモーシス〉の……」

相手は、無言でうなずく。

彼は、密かに、この人類の敵、〈ヒト型超結核菌《マイコバクテリウム・スーパー・ツベルクローシス》〉の完全駆除法を研究しているらしい。

おそらく、研究資金を出しているのは、鸛《かん》老師が属する〈トキヨ七賢人《セブン・セージス・オブ・トキヨ》〉にちがいない。

さきほど、美蛾《びが》を尾行していたのは〈ザ・ロード〉が構築した〈人類監視システム〉が放ったスパイであろう。

「じゃ、〈アンゴルモア病原体〉の原型は結核菌？」

「某国生物兵器秘密研究所からの漏洩《ろうえい》だという説は事実だ。が、この研究機関は、すでに乗っ取られていた……」

「乗っ取られていた？」

「ＹＥＳ」

「正体は？」

「〈電脳神《ザ・ロード・オブ・アーティフィシャル・インテリジェンス》〉……」

だが、久延和彦の説明は、丈太郎には難しすぎる内容だった。

以下、彼なりにわかった範囲で要約するなら、奴はヒト相互間の交流をベースとして成り立っている人類特有の文明システムを、最大限利用したのである。すなわち、〈ヒト・ヒト感染〉である。

それは、花から花へ渡り歩く昆虫を利用して、受精を行う草花の戦略のようだ。

それは、木の実を与えて、小動物にわが種子を運ばせる樹木の戦略のようでもある。

「八〇億の（ヒトの）点が、ソシオメトリー的関係図で繋がっているのだ」

と、久延は言う。

「つまり、奴にとって、我々の社会はヒトという点の連結で構成されたネットワークでしかない」

人類文明の基本である〈世界システム〉が利用されたのだ。

全人類が、叡智《えいち》を絞ったあらゆる対抗策を実施したが挫折した。

奴が某国研究所の研究員の脳を乗っ取り、思考を操って製造させたこの病原体は、免疫力を大前提とする人類側の対抗策を、つまり宿主の免疫力を無効にする巧妙なシステムを持っていたのだ。

数多く開発された治療薬も無効であった。

発症より十数年の短期間で、全地球人口の約九〇パーセントが命を落としたのである。

人類に残された最後の手段は、サロゲート技術の応用であった。

人類は、すでに生存不可能の惑星開発に、個々人の〈代理者〉となるサロゲートを使っていたのである。

あるいは、生存可能性が見込まれる幾つかの系外惑星への移民船にも、数百体のサロゲートを搭乗させていた。

　光年の彼方にある恒星に降り立ったヒトの代行者、サロゲートの眼や耳、鼻など感覚器官を通して、ヒトは、地球に居ながらにしてこの異世界を体験できるからである。

　事実、巨額の資金を投入して、多数のサロゲートを月面や火星開拓に送りこんでいた超富裕層は地球外へ移住した。

　あるいは、都市型宇宙船で、移住可能な系外惑星を探す旅にも出た。

　だが、〈地球脱出《エクソダス》（Exodus）〉を果たせなかった多くの人々は、自ら〈半生状態《コールドスリープ》ミイラ〉となり、地底深き墳墓《カタコンベ》にその身を潜め、彼らの分身であるサロゲートを地上に放ったのである。

Ⅱ

　ともあれ、思いがけなく隠されていた多くの事実を丈太郎は学んだのだ。

　漠然とは知っていたのだ。

　薄々とは気付いていたのだ。

　だが、〈大破局〉の真相が初めてはっきりしたのだ。

　しかし、彼らが通信教育などで学んだ〈世界の歴史〉では、〈大破局〉は人類自らが招いた悲劇とされているのだった。

久延和彦《くえかずひこ》は教えた。

「今日、太陽系第三惑星〈地球〉に数千は存在する〈独立都市国家〉全部を統括・維持している〈管理者〉はヒトではない」

「君の言うとおりだ。我々の社会を平穏に成り立たせているシステムがあるんだな。いや、あって当然であり、もし無ければ我々の社会は正常に機能しない……」

と、丈太郎が応じると、久延は、

「つまり、〈維持者〉と呼ばれる存在だ。人類の長い歴史の過程で次第に複雑になってきたが、たとえば法律だ。どんな社会にも基本的ルールがある。その一つが道徳だ。各地域間を結ぶ交通網も必要だ。人間の生活を成り立たせる工業や農業、商業など多種多様な産業もいる。それらは我々人間たちがそれぞれ分担してきたが、〈大破局〉以降はちがう。〈ザ・ロード〉と呼ばれている〈電脳神〉が、現世界の維持者なのだ」

事実、現在、地球に棲む人類の九五パーセントが、〈ザ・ロード〉を善神として崇拝しているのである。

だが、〈ザ・ロード〉は真に善神なのだろうか。八〇億人の人類のうち約九〇パーセントを駆除したのが、〈ザ・ロード〉であったと知らされても、なお、〈世界市民〉の〈光世紀体制〉への信頼は、いやある種の信仰は確固として揺らぐことがないであろう。

「ま、王権神授説ですな」

と、久延はつづけた。「ということは、〈光世紀〉は中世ということかな」

などと、彼は皮肉たっぷりの顔だ。

丈太郎も、彼につられるように言った。

「〈ザ・ロード〉による、絶対君主体制が完成した社会ということでしょうか」

彼はつづけた。「〈ザ・ロード〉は、もしかすると人類の歴史から専制君主制を学んだのではないだろうか」

「うーん、あり得るな、大いに」

と、久延。「いや、おもしろい。君の発想は……人類とは欲望する生き物だ。すべての生物の中で、もっとも欲望する傾向が強い。資本主義という制度《システム》、いや機械を駆動させる燃料はなんだと思う？　人間の飽くなき、かつ留まることを知らない欲望、あるいは物欲だ。この無限大の欲望が一九世紀になると大きな格差を生み、社会システムが不安定になった。これを是正しようとして思いつかれたのが、マルクスの社会主義だった。しかし、失敗した。なぜだと思う。国家がすべてを管理しようとしたが、管理者がその地位を利用して私腹を肥やしたために、国家機械がうまく働かなくなったからだ。ちがうかね」

「欲望という人間のエネルギーをうまく利用できるという面では、自由主義経済のほうが効率がいいということでしょうか」

と、丈太郎は応じた。

「いやね、実はね、〈電脳神専制主義〉ともいうべき今の体制は、もしかすると、封建主義から近代システムへと移行した後の時代に、来たるべくして来た体制かと思うことがあるんだがね」

丈太郎は意外に思った。

「歴史的必然だと」

「ああ、アウフヘーベンだと」

「そうでしょうか。〈光世紀〉は、極めて高度な〈デジタル監視社会〉ですよ。弁証法的発展ではなく、退行じゃないですか」

「だね、たしかに。〈光世紀〉は完全管理社会だ。君の言うとおりだ。たしかに息苦しい。我々人類が近代に至ってようやく獲得した、〈すべてを自由に考えられる権利〉が奪われて〈光世紀社会〉は、柵で囲われた羊たちの群れのような社会だね」

など、議論は尽きないのだった……

Ⅲ

――その日、遅く、PENCILビルに戻って仕事場《アトリエ》に入ったとき、丈太郎は異変に気付いた。他でもない、自分の背中に感じる見えない視線の存在にである。

しかし、気のせいだろうと自分に言い聞かせて仕事を始めたのだ。作業の手順はいつものとおりである。

　最初にＰＣのスイッチをＯＮにする。マリリンと名付けて使っている彼の助手である。飛び散ったアクリル絵具で化粧されたこいつは、トキヨ郊外の廃墟ビルで見つけた発掘品だ。おそらく〈大破局〉前の二一世紀半ばの遺物だろう。共同生活者ニコラスの知恵を借りて、丈太郎が自分で修理した代物である。

〈光世紀〉の芸術家たちは、たとえば作曲家も物語作家も〈生成《ジェネレーティブ》ＡＩ〉という創作支援ソフトを使っているのだ。使用法は簡単だ。幾つかのキーワードを入力すると、ＰＣが無数のデータから適宜に候補を選択して、電子的に切り貼りして一枚の作品を制作、モニターに映してくれるのである。

　もちろん、そのまま使うわけではない。単語入力を代えながら数回試し、いいものをプリントアウトして下絵にするのである。

　ところが……こんなことは初めてである。いつもならポップアートにふさわしく原色、明色、暖色系の構成になるモニターに、普段は使ったことのない紫色が多く使われているのである。

（まさか？）

　首を傾げる。

（もしかすると、おれの使っている支援ソフトは、使用者の表情などから心理状態まで読み取るのかもしれない）

アート関係の仲間たちが、同じ異変について交わしていた噂話を、丈太郎は思い出した。

こうしたケースは、気をつけなければならない。彼の脳に接続して思考を盗んだり、特定の価値観や考え方、あるいは思想を移植するなどの〈思考盗聴〉や〈洗脳〉が、まま行われるからだ。

不安を抱いて自己診断アプリを作動させると、〈要注意〉の警告が表示された。

彼は、同じビル内で開業している電脳クリニック〈イカヅチ〉の予約をとり、翌朝、出掛ける。

ここのオーナー兼医師は潮見月江《しおみつきえ》といい、中年の女性である。待合室には、丈太郎が描いたオーダーメイドのアクリル画が掛かっていた。テーマは彼女が希望した二〇世紀漫画の英雄、スーパーマンである。空飛ぶ彼の背中に乗っているのは、潮見医師自身だ。

「いらっしゃい。ジョウさん」

白衣の彼女が彼を迎える。患者は彼だけである。

診察室に入り、向き合って座り、問診を受ける。

「被害妄想ですか」

と、彼から訊いた。

「診断するのは医者のあたくしで、患者のあなたじゃありません」

と、たしなめられてしまったが、つづけて、

「自覚があるということは、統合失調症ではなくて神経症ね」

と、診断すると、ＰＣのキーを叩き、大型モニターデータを表示した。

「ごらんになって。妄想と言ってもこれだけあるわ」

「ほんとですね」

たしかに、ひと口に妄想と言うが、被害妄想の他、関係妄想、注察妄想、追跡妄想、迫害妄想、嫉妬妄想、物理的被影響妄想、憑きもの妄想、好訴妄想など、様々である。

「失調症の初期にこうした様々な妄想が現れますが、共通する原因はなんだと思います?」

と、訊かれて、

「さあ」

丈太郎は首をひねった。

「圧倒的他者よ。自己を内とすれば、自己を取り巻く社会は外ね。外には大自然はじめ物質的世界があるわ。でも、患者にとってもっとも強いのは他者よ。自分以外の人間よ。そうした外部の存在が患者の精神に侵入してくるわけです。おわかり?」

「はい。とてもよく」

と、彼は答えた。「ですから、自分の頭の中を覗かれているような気がしてならないのです」

すると、

「ええ。わかっていますわ。だって、あなたの脳は限りなくヒト脳に近い〈コピー脳〉ですもの。ですから、そのような自覚は、むしろ正常の証拠でもあるわ」

と、言った。

「どうしてわかるのですか」

と、質すと、

「頭皮に触れただけでわかるわ。あなたの脳は、フロッグ社製のプニプニ素材〈強伝導性ヒドロゲル〉でできているわ」

「ええ」

と、応じると、

「触媒用の H_2O を、たっぷり含んだ新素材でしょう」

「はい」

「ですから、繭の中で睡るあなたの〈本体〉との接続が一〇〇パーセントうまくいき、あなたの電子脳への記憶の移植も完璧にできたのだと思うわ」

つづけて、「だからね、あなたの脳はヒト脳と言ってもいいくらいなの。と、自覚できて？」

「はい」

「で、ジョウさん、盗聴妄想に気付いたのはいつからなの？」

「昨日です」

「じゃ、この世界の何かを、あなたは……」

「ええ。〈ザ・ロード〉の……」

と、言いかけると、彼女は、突然、診察室のすべての電子機器をオフにし、照明も消した。驚いていると手招きされた。

彼女は診察室に隣接した小部屋に彼を招き入れた。

厚い扉が閉められる……

照明はなく、壁全体が蛍光塗料で光った。

「ここは〈電波暗室《シールド・ルーム》〉よ。もう何を話してもＯＫよ」

さすがに、彼にもおおよその察しがつく。

潮見医師によると、トキヨ市全体の構造そのものが、監視カメラと盗聴装置で成り立っていると言っても、過言ではないのだそうだ。

「この〈電波暗室〉は、患者のプライバシーを盗聴から守るという名目で造られているの。でも、密談ルームとしても使えるので、けっこう経済界のお偉いさんがたにも、レンタルで利用されているわ」

「フェライトですか」

「ええ、そう。壁も天井も床もね、ぎざぎざの特殊セラミックスで覆われている函と考えればいいわ」

従来のものは酸化鉄などを主成分とするタイルだが、ここで使われているのはそれ以上の性能らしい。

「さあ、話して。ここなら安心よ」

と、彼女に言われて、昨日の一部始終を話すと、

「あなたの電子脳から、メモリーを消すのは簡単ですけど、どうします」

「いや」

首を振ると、

「じゃあ、あなたのカルテだけ、記憶の一部を消去したことにしておくわ」

と、言って片目をつむり、「いいこと、これからあなたにあたくしが話すことは、あとで〈封鎖処置〉しておくわね。ご存じかしら」

「記憶のブロックですね。たしかキーワードで思い出せるとか」

「じゃあ、あなたが思いついた解錠キーをメモして。電子機器に記入するのはだめよ」

差し出された紙片に丈太郎はそれを記し、上着のポケットにしまった。

それから、いったい何が話されたか。

潮見医師によると、人間の精神病のうち器質的な欠陥が原因なものを除けば、その多くは幼児期の環境が主因らしい。

「むろん、諸説あるの。発症の理由にはまだ決定的な正解がないの。だから、あくまであたくし個人の説として聴いて欲しいのですが、生体脳と電子脳の間に相関性があるというあたくしなりの仮説……つまり、前提にたてば、ヒトと同様にコピー脳の異常はその初期にあると思うの。いかが」

「自分には、到底、知識不足なので肯定も否定もできません」

と、丈太郎は、応じる。

「じゃあ、聴くだけ聴いて。〈大破局〉つまり人類淘汰を決行した〈ザ・ロード〉だけど、彼は無人格のまま、知能だけが天才以上に高まった存在、いや〈デジタル存在〉だと思うの。彼はね、かつての地球にはよくいた、独裁者に似た存在だと思うの」

「つまり、全能感ですね。ゆえに自らを神と思い込む存在ですか」

「あたくしはね、それゆえに強迫神経症と同じ症状が現れ、いわゆる〈世界没落感〉に陥ると考えているの」

「つまり、その〈世界没落感〉の反動で世界を救おうと考えるわけですか」

「そう。二〇世紀の初頭には一六億人であった地球人口が、二一世紀後半で八〇億にも達した。その結果、人新世《ひとしんせい》と呼ばれるように、人間の欲望が原因で急激な気温上昇を招いた。結果、地球上で大災害が起き、大飢饉が頻発した」

「つまり、〈ザ・ロード〉は、彼なりに合理的な判断を下して、人類の淘汰を目論んだというのですね」

それから、かなりの時間、丈太郎は潮見医師と話し込んだが、聞き役だったような気がする。

彼女は、だれかに話したかったのではないだろうか。

次第に、彼女自身が、彼以上に病んでいるように、丈太郎には思われるのだった。

治療を済ませて、丈太郎はアトリエに戻る。

記憶がブロックされたせいか、例の妄想は消えていた。

この世界の重大な秘密を知ったため、彼のコピー脳は自動的に防衛機制が働き、不安を感じさせたにちがいない。

丈太郎はＰＣに命じて、今の地上の景色を壁面モニターに投影させた。大気が帯電し、空全体が真っ赤に染まっていた。

だが、地球の終末を象徴するかのように美しかった。

（これで、大気中を漂う〈アンゴルモア病原体〉が死滅すればいいのだが）

と、思ったが、奴らはしぶとい。宿主の身体から唾や痰、汚物などと一緒に放出されるが、大気中でも生存するのだ。

ともあれ、丈太郎は気持ちを切り替えて、自分の仕事をすることにした。

丈太郎だけはなく、トキヨ市民の多くは自己配信作家《セルフ・デリバリング・アーティスト》である。自作のゲームや画像、文章、音楽等を、出版・販売の大手の企業を通さずに、直接、ネットで配信するスモール・オフィス型のクリエーターを指すが、発祥はネットと呼ばれる通信革命が起きた二一世紀初頭といわれている。

すなわち、〈光世紀〉とは、こうした新しい世界システムがさらに充実、かつ深化し、拡大し、地球全域が……しかも、個人単位で……ネットで繋がる時代を指すのだ。

この時期、昔の意味で定義されるヒトの職業は、その大部分が人工知能と知能ロボットに奪われたため、地球規模の大失業時代となるのだ。

かつて、一八世紀半ばから一九世紀の産業革命時代に起きた〈機械の打ち壊し〉を思い出させるが、〈AI&ロボット打ち壊し〉事件が全地球規模で起こり、無産階級の蜂起も頻発したのだった。

おそらく、戦争や環境破壊に加えて、こうした大混乱が、すでに意思を持つまで進化した超人工知能、〈ザ・ロード〉に危機感を抱かせたにちがいない。

——丈太郎の場合は、手書きのアクリル画やシルクスクリーンの仕事が主だが、他に電子作品《デジタルアート》を制作するケースもあるのだ。

〈デジタルアート〉はコピーが容易だ。しかし、複製を防ぐ方法、つまり一点物（本物）であることを証明する技術もあることはある。原理は、電子マネーのブロックチェーンから発展した〈非代替性トークン（NFT）〉という技術である。これを使えば一般の美術品のように〈デジタルアート〉も鑑定書付きの本物として扱えるという触れ込みだが、実態は怪しい。本物と称するコピーが出回っているのだ。

実際に起業してみると、六〇パーセントぐらいの割合で失敗するらしく、なかなか経済的に自立できない。丈太郎も最初のころはそうだった。彼には〈本体〉の生命維持のための費用を負担する義務があるのに、収入が不安定な生活を送ってきたのである。

もっとも、この自己配信型起業システムが流行りはじめたころ、人々はすでに不安を抱いていた。多くの人々にとって、来たるべき時代がどんなものかを、具体的にイメージできなかったからである。

しかも、だれしもが、このコンビニエンスなシステムに参入できるということは、玉石混淆《ぎょくせきこんこう》と同義である。プロ・アマの差別がない平等社会と言えば聞こえはいいが、現実というものは、えてして無慈悲だ。

需要は、正規分布せずにL字型になるのだ。どうしても、人気がひと握りの幸運なアーティストに偏るのだ。

むろん、万民が芸術家《クリエーター》に憧れ目指すことはかまわないが、肝心なのは才能であり、さらには運という予測不能の要素も加わる。

実は、〈光世紀〉以前、AIが、人類から仕事を奪いはじめたころ、社会の将来を案じた識者たちが言い始めたのが、当時はまだ人間にしかできないとされていた創造者への道であった。だが、ちょっと考えればわかるとおり、クリエーションの本質は創造的破壊だ。既成の価値観に対する破壊である。故にクリエーターは常に少数なのである。

もし住民全部が創造的破壊を行えば、社会はどうなるか。秩序を失って混乱状態に陥るにちがいない。むしろ、安定した社会は、九九パーセントの人々が忠実に既成のルールに従い、物を作ることによって成り立つものだ。それが人類の長所であり、真似ることで学んで構成員が価値観を共有し、集団で生活することで進化してきたのだから。

　まして、ＡＩ技術が超高度に発達した〈光世紀〉は、コピー文化が圧倒的に普及した社会だ。あらゆるものが、個人レベルで安価に、かつ短時間に、あるときは無料で、または瞬時にコピーされて提供されるような社会なのである。

　丈太郎なりに思うのだが、いわゆるＡＩと人間の共存が、可能であった時代はまだ良かった。この時代では、人間とＡＩは主従、つまり所有者と道具の関係を維持できたからだ。

　しかし、ＡＩが産業の主力を担う〈光世紀〉の最盛期に入ると、立場が逆転して、人間のほうが道具に管理されるようになったのである。

〈光世紀症候群〉と呼ばれる神経症、あるいは鬱病などの精神疾患が多発したのは、この頃である。なぜなら、人間たちが生き甲斐を失ったからだ。

　前世紀では、人それぞれが生涯をまっとうできる職業が存在していた。職業が生き甲斐そのものであり、それが人生の意義であり、その人の存在理由《レーゾン・デートル》であった。企業経営者であれ、サラリーマンであれ、自営業であれ、農業、漁業などの従事者であれ、自分がこの世に必要とされる存在であることは、職業を持つことで確認されていたのだ。

　しかも、かつては、個々人が習得した技能や職業知識が生涯通用した。また、それが個人の財産であり、安心して定年まで勤めあげ、社会や家族に尽くした満足感を抱きながら、生涯をまっとうできたのである。

別名〈ノストラダムス病原体〉とも呼ばれる、この恐怖の大王〈アンゴルモア病原体〉が出現したのは、そうした人間社会の伝統が破壊されつつある時代でもあった。

人々は、やがて〈光世紀〉という新時代に不信を抱きはじめ、さらにある者は絶望し、ある者は無気力になり、自殺や衝動殺人あるいは快楽殺人の件数も世界的に急増したのだ。

だが一方、労働からの解放は、人類数千年の夢であったはずだ。〈光世紀〉の科学技術は、たしかにこの夢を叶えてくれた。

なのに、なぜ？

人間以上の働きをするＡＩが、人間の基本的存在理由《レーゾン・デートル》、そして〈社会的帰属性の感得《アイデンティティ》〉を奪ったのである。

〈アンゴルモア病原体〉の出現に対して、各国の指導者は、

「これは戦争だ。見えざる敵と全人類との戦いだ！」

と、口々に叫んだ。

もし人類文明が健全であったならば、世界全体が一致団結して、この異常事態に対応できたであろう。

しかし、当時の人類の心は病んでいた。地球人口五パーセントの人々の富が、残り九五パーセントの富の総計と同じという超格差社会では、ニヒリズムが蔓延し、連帯感を喪失させていたのだ。

人々の心がばらばらだったため、初期対応を誤り、感染爆発《パンデミック》を止められず、地球規模の文明崩壊

が起きた。

その最悪の時代を、直接、丈太郎は知らないが、地上の大半の都市がまるごと棺桶となった。到るところに人々の腐乱屍体が転がっていたと伝えられている。

かつて中世ヨーロッパで起きたペスト禍でも、死者数は三〇〇〇万人〜一億人であった。しかし、〈アンゴルモア病原体〉による死者は、七〇億人を越える。

この絶体絶命の地球社会滅亡の危機に際して、〈光世紀文明〉が示した解決策は〈人類繭化計画〉であった。古代エジプトのミイラ復活思想に準《なぞら》える者もいるが、生存者を冬眠状態にして〈繭《まゆ》〉に入れ、その身代わりとしてサロゲートを地表に放つ方法であった。

（つまり、おれのアイデンティティは、こうした過去の歴史から生まれた〈代行者〉なのだ）

と、丈太郎は、自分自身に言い聞かせるように呟く。

アイデンティティ（identity）とは、本来、自我心理学の用語で〈自己同一性〉のことだ。砕いて〈帰属〉〈身元〉〈出自〉を指したりする。たとえば、ルーツ探しと同じで、人間はこの世に放り込まれて生まれたわけではない。

だが、〈大破局〉前の哲学者、マルチン・ハイデガーは、〈被投性〉という言葉で、人間はなんの根拠もなくこの世に投げ込まれた存在だと主張した。

〈光世紀〉でも、今なおこの説を支持する者がいるが、彼らの本質はニヒリズムだ。だが、丈太郎はちがう。自分が、こうして今存在しているという根拠を、隠れ里《アジール》の大子《ダイゴ》に求めているのだ。そこに〈繭〉の中で睡っている自分の〈本体《ルーツ》〉がいるからである。

だが、トキヨのサロゲートたちの大半は、そうではない。彼らはすでに肉体と魂の在りかである〈本体《ルーツ》〉を喪失しているのである。つまり、原因の結果にすぎない者が、原因そのものを失えば根無草《ねなしぐさ》になるのだ。

とはいえ、丈太郎は、今の自分のありように、必ずしも満足しているわけではない。どこかに欠落感があるのだ。それが彼を不安にし、居心地を悪くしているのである。

収入面に関しては、最近、ようやく、多少は安定しているが、それも最初の志を棄てて、オーダーメイドの肖像画家になったからである。要するに、依頼人の希望や注文を請けて、よりスマートな体形に、より美男美女に描く仕事だ。

同じことが文学でも言える。たとえば、彼の仲間の一人は、昔々、あのシラノ・ド・ベルジュラックがやった恋文の代筆業から進化した、〈あなたが主人公の大もて恋愛小説〉の類い……他にも〈あなたが主人公の成功物語〉とか、〈あなたが主人公の冒険談〉とか、〈殺してやりたい奴を殺す完全犯罪小説〉とか、その他、諸々のジャンルで生計を立てている者も大勢いるのだ。

実際、ネットを開けば、そうした広告が溢れているが、近頃では人間以上の能力を発揮する〈小説アプリケーションソフト〉も出回っているらしい。

いずれにせよ、注文主の体型に合わせる仕立屋のようなものだ……たとえば、〈わが子のためだけに読み聴かせる童話〉とか、〈恋人の誕生日のための贈答用小説〉のための挿絵は丈太郎も描いたことがある。

　それにしても夢のない時代だ。時代そのものが大きな志を失っているからこそ、芸術から志が消え、志の消失によって精神エネルギーが失われ、誰でもなれる芸術家たちが芸術模倣をはじめているのだ。

　まったく、恥じることなくミーム（meme）している現状を嘆かわしいと思う反面、〈光世紀文明〉そのものが、コピー文明であるとも思う。

〈光世紀〉は超電子情報時代だ。著作物も、平面芸術である絵画や三次元芸術である彫刻も、さらに時間芸術ともいえる音楽までが、極めて精緻この上なく、電子情報化されているのが、いわゆる〈光世紀〉である。

　模造や模写の影響を真っ先に受けたのは音楽や映像作品だが、アート専用のロボット・ハンドの実用化で、絵画《タブロー》ですら本物そっくりの模造が可能になったし、立体作品にしても３Ｄプリンターが模造品をやすやすと作る。肖像画はもちろん、銅像・胸像にしても一枚か数枚の写真さえあれば機械が描くし、しかも有名画家のタッチすら真似るのだ。

　かような、模倣が大手を振って横行するような社会では、いかに法律で規制しようとも、オリジナリティの保護は、事実上、不可能である。

　さらに口頭で注文を出せば、ＡＩ画家が記憶している膨大な画像データを組み合わせてオリジナル作品を創り出すのだ。

しかもである、皮肉なことに、腕のいい贋作作家を失業に追い込んだコピーハンドさえも、安い部品で組み立てられる時代だ。いわゆる消費者側も、安価に芸術作品のコピーが入手できるので、少しもありがたがらなくなる。これでは礼拝されなくなった神様のようなものだ。かつては崇高性さえもっていた芸術が、単なる好き嫌いで消費され、簡単に投げ捨てられてしまう雑貨物と化しているのである。

第Ⅳ章　〈マトリックスX《テン》〉の戦友

I

　さらに、いわゆる〈土竜人生《モールライフ》〉がつづいたが、退避日数二〇日目に解除され、人々はようやく地上に帰還した。

　株式市場も平常に戻り、人々は、また例のごとく〈思惑のゲーム〉を開始した。かつての澳門人《マカオ》がカジノに通い、前世紀世界大恐慌時代のアメリカ市民が株式投資に一喜一憂したように、国民の大半が〈運の女神〉にうつつを抜かしているのだ。

　この世界では、ルーレットが天空を回転し、確率の女神が人々の運命を決める。勤勉、正直、誠実、神への誓いがそのマシンを駆動させていた、かつての初期資本主義の精神は消滅し、回転する鋼鉄のリングに閉じこめられた二十日鼠の姿こそが〈光世紀〉の人間たちなのだ。

　まさに、〈大破局《ビッグ・コプラス》〉前の思想家、マックス・ウェーバーが『プロテスタンティズムの倫理と資本主義の精神』の末尾で予告したように、〈精神のない専門人〉〈心情のない享楽人〉がこの世を支配している。なぜかは、言わずもがなである。〈光世紀〉では、サロゲートさえも、多くは持続的職業につけないからだ。

　丈太郎は思った。

〈かつては産業社会に定着し、労働に生き甲斐を見つけた人間本来の生き方が不可能になった〈光世紀〉は、不確実な運試しの世界なのである。あたかも、ヒエロニムス・ボッスの『快楽の園』の住人にも似て、サロゲートたちもゲームと賭博に狂い、行き倒れたり、自損する者が恒常的に増えているのだ〉

――その日、顔面に耐菌フィルターマスク、冷房付きモビール・スーツで全身を〈包装《パッキング》〉した丈太郎は、PENCILビルを出る。

久しぶりだ。汚染されているとはいえ、快晴の大きな空の下の外出は気分がいい。

彼は、湾岸道路を数ブロック、自動《オート》ローラー・スケートで風を切る。摂氏四〇度を超える猛暑も苦にならない。

整備されたエネルギー道路を海岸にそって走ると、外出中に太陽フレアの襲来に遭遇する万に一つの事態に備えた退避壕が、あちこちにある。

このあたりの建造物はいずれも超高層ビルだが、多くが廃墟である。これも人口激減の結果であるが、利用価値はある。林立するビル群は、屋上のみならず壁面にも高性能ソーラー・パネルが貼られた太陽光発電所になっているのだ。しかも各階すべてが屋内農場であったり、蛋白質製造工場になっているのである。

微生物から人工的に蛋白質を作る技術は、〈大破局〉前にすでに完成していたらしい。たとえば、クロレラなどグルタミン酸生産菌から選ばれた菌を土台にしてゲノム編集を行って新種が創られ、しかも用途別に数十種の新型菌が活躍しているのである。

丈太郎も、一度、工場を見学したことがあるが、電力と空気中の二酸化炭素を利用し、微生物をバイオリアクター槽で培養、蛋白質を効率よく生産するのだ。

やがて、丈太郎は、西方の空に浮かびあがって噴火をつづける富士山を、池袋《イケブクロ》地区に聳える耐震耐風超摩天楼《スーパー・スカイスクレーパー》〈スカイウォーカー・ビルヂング〉の屋上、地上一〇三〇メートルにあるパラダイス空中庭園で眺めながら、くだんの男と会っていた。

本名を壇亨《だんとおる》という。称号は工学博士。直接、会うのは初めてである。表の職業は、高級玩具の設計・販売会社を経営する人物らしいが、丈太郎が知っているのはセルダンと名乗る彼のデジタル・ツインで、〈マトリックスX〉のゲーム内世界では、丈太郎のデジタル・ツインの戦友なのだ。

開口一番、

「こんな危険な街区に、防護スーツもなしにいらして大丈夫なのですか」

と、訊くと、

「私は特異体質なのです」

と、告白した。

「特異体質といいますと、まさか」

丈太郎は、驚きを隠さなかった。「あなたの〈本体《ルーツ》〉は、〈繭の中《イン・コックーン》〉と思っていました」

本来、アデプトとは覚醒者を意味するが、この世界では鸛《かん》老師のように、〈アンゴルモア病原体〉に対する免疫力を持つ特異体質者を指す場合もあるのだ。

すると、

「〈本体《トゥルー・フォーム》〉は私自身です」

さりげなく、籠もるような声で壇博士は答えた。

相手の気になる瞳が、彼を見詰めていた。

丈太郎は、自分の〈コピー脳〉の中を読まれているような感覚を覚える……

（ただ者ではない……）

と、思った瞬間、丈太郎は〈声なき声《テレパシー》〉を聴いた……

「実は、あなたのことは、ずーっと以前から観察しておりました」

丈太郎の頭蓋骨内は平常に戻っていた。

「まったく知りませんでした」

と、彼は応じた。

「今日の相談事は内密の話なので、あれに乗りませんか」

と、壇が誘う。

丈太郎は、壇に従って空中庭園の中を周回するアトラクション〈ミラクル・ヨーヨー〉の透明カプセルに乗り込む。

カプセルが誘導路から見えない〈風界〉に入ると、激しく動きはじめる。ところどころに、ジェット気流のフォールや急流があるし、滝壺に落ちればはげしく渦に巻き込まれるのだ。カプセルはコントロールできず、運がよければ賞金のもらえる出口へ落ちることもあるが、ヨーヨー・カプセルの軌跡は完全に複雑系で、運任せである……

「そこが、非決定論的歴史観に覆われている〈光世紀〉を、有り体《てい》に象徴しているようでおもしろいですねえ」

と、壇が言う。

「同感です」

と、丈太郎は応じた。「〈光世紀〉以前の世界では、完璧ではないがある程度は、少なくとも近未来は予想可能であったから、個々人それぞれが自分なりの生涯計画も起てられました。たしかに今はちがいます。二〇世紀図書館所蔵のフィリップ・K・ディックの『太陽クイズ』ではありませんが、明日、いやその日の午後に何が起きるかわからないような不確実の時代です」

「あなたは悲観論者ですね」

壇が言った。

「あえて否定しません。で、あなたは？」

「私は楽観主義です」

「こんなカオスの時代にですか」

と、質すと、

「ええ。超人工知能《SAI》にも計算できないようなカオスだって、時間の経過とともに〈自己組織化（self organization）〉が起きると私は信じています」

「〈自己組織化〉ですか」

丈太郎は考えるポーズで首を傾げたが、その意味は知っていた。たとえば、一定の条件で空中の水分が複雑な雪の結晶を作るような現象を言う。個々の自律的な振る舞いが、大きな秩序を自然に作り出すのだ。

「歴史とはそういうものではないでしょうか」

と、壇は声を強めた。「〈歴史深層心理学《ヒストリカル・ディープ・サイコロジー》〉の観点からは、そう言えます」

そう聞かされた瞬間、丈太郎は気付く。

「まさか？」

彼は言った。「あなたの〈デジタル・ツイン〉の名前、セルダンというのは……」

「ええ」

壇亭の目が笑っていた。

丈太郎はつづける。

「かつて米州東海岸にあった、アジモフ財団の〈ファウンデーション研究所〉の初代所長トオル・セルダン博士は、あなたでしたか」

壇博士は、

「ええ。セルダンは私のペンネームです」

と、事もなげに応じた。

丈太郎も、二〇世紀図書館から電子本を借りて読んだことのある、ファウンデーション・シリーズの一冊『銀河帝国の興亡』。この小説の主人公ハリ・セルダン博士は〈心理歴史学《サイコ・ヒストリー》〉の最高権威である。

Ⅱ

「かつて、世界を分断していた資本主義と社会主義が、ともに矛盾をさらけ出して崩壊した結果、今の〈光世紀〉の時代となったが、このまま人類の文明が滅亡するとは、私は思いません」

と、壇博士はつづけた。「あなたもアジモフをお読みになったのならお気づきのように、彼の理論は人間の個人個人の未来は予測しがたいが、大きなまとまりになれば、水と同じだということです。たとえば水理学という学問がありますが、環境によって水がどのように運動するかは計算可能なのです。つまり、一個人の振る舞いは水分子のように予測できないが、それがまとまれば一定の法則に従うのです」

「つまり、カオスの中から、〈自己組織化〉の考えが生まれてきたのですね」

と、丈太郎は応じた。

彼自身も、〈自己組織化〉をプログラムした何者かに、全宇宙の設計者である創造主を想定しているからだった。

なぜなら、自然《じねん》とは〝おのずから、しからしむ〟ことだ。

右を言い換えれば、まさに〈自己組織化〉ではないか。

丈太郎はつづけた。「この〈小説《SF》〉のなかでセルダン博士は、銀河系全域に遍く広がった人類の帝国が、一万二〇〇〇年の繁栄にもかかわらず五〇〇年後に崩壊し、そのあと三万年の暗黒時代がつづくと、彼の〈心理歴史学〉で予測するわけです。この期間を一〇〇〇年に縮めるために〈ファウンデーション〉が、天の川宇宙の両端に設立される」

「ええ。第二銀河帝国再建のための文明の避難所というべきものです」

壇博士はつづけた。「たしかに『銀河帝国の興亡』は、途方もないスケールで書かれているが、我々は、この架空小説のスケールを相対的に縮めるなら、我々が今いる〈光世紀世界〉に当てはまると発想したのでした」

「つまり、今がその暗黒時代だと……」

「そうです。三万年が一〇〇〇年に短縮できるということは、三〇分の一になるということですから」

「つまり、我々の世界のテルミナスもどこかに……」

「銀河の辺境を縮めて、地球の辺境はどこか。極東でしょう」

「ということは、トキヨですか」

「だからこそ私自身も、ここへ戻ってきたのです」

そのあと、しばし両者の会話が途切れたが、丈太郎は考えつづけていた。

（『銀河帝国の興亡』のモデルは我々人類の世界史ではないだろうか。銀河帝国の暗黒時代は、ヨーロッパの中世であろう。その前の時代のギリシア・ローマ文明の遺産は、イスラムによって保管されていたため、ルネサンスは起きた。つまり、テルミナスのモデルはイスラム圏であった……）

――などと、考えるうちに、丈太郎は、めまぐるしく射しいる七色の光の渦に酩酊《めいてい》し、上下左右前後の方向感覚を失ってしまった。

単なる空間失調ではなく、噂によると、多くの者がその時、間近に神を見るそうだが、丈太郎にはそうした瑞兆《ずいちょう》はなかった。

ともあれ、この遊戯具《ヨーヨー・カプセル》が、神秘体験装置であるらしいと気付く。〈光世紀〉の特徴であるが、大仕掛けなこの種の遊戯具は、新神秘思想《ネオ・ミスティシズム》とどこかで結びついているのである。

たとえば、創発型の超世界企業　S　D　A　F《スーパー・ドラゴン・アミューズメント・ファシリティー》は、次々とアミューズメント分野における新機軸をくり出す〈光世紀〉屈指の〈超　企　業《ギガ・エンタープライズ》〉だが、その成功の秘密は〈電子麻薬《プラグド》〉的だからだ。

自己分泌系脳内麻薬促進ソフトのことだが、これこそがプラグド・エイジの神秘領域《ミステリー・ゾーン》――である。

この電極的な味わいは、多くの人が考えているようなG・I・グルジェフ系ではない。むしろ、この前世紀人の弟子と見なされがちなかの人物、P・D・ウスペンスキーのインナースペースが滴らせたにちがいない、スーパー内分泌液が発する、あの4D《フォー・デー》系のピリッとくる味覚なのである。

すなわち、第四次元接続プラグが分泌する〈感電系河豚中毒《エレクトリック・ブローフィシュ・ポイゾニング》〉ともいえる……あの痺れ感覚。

〈もはや、〈光世紀〉における大衆的《ポピュラー》サロゲートが求める感覚が、〈アルミニウム通電系感電感覚〉なのだ〉

とは、当代一の〈ヘビメタ系新未来派奏者〉ギガ・トンガ・トンバ発明の新語だ。

この〈新宗教音楽《ネオ・レリジアス・ミュージック》〉系ミュージシャンは、SDAF制作の新アルバムで販売数世界新記録を出したことで知られているが、その新しい音の超謎は、新楽器〈黙示録の天使《アポカリプス・エンジェル》〉の超秘でもあるらしい。振動機構はメビウス系らしく、内部に第四次元が存在するらしいという非公式情報さえあるくらいだ。

この日、壇亭が丈太郎に漏らした秘密の話とは、新楽器の秘密とともに、SDAFの秘密であった……。

「この超企業《ギガポレーション》の正体をあなたは考えたことがありましたか」

「いいえ」

「SDAFが、なぜ〈光世紀〉に入って急成長したか。彼らのモデルは帝政ローマの最盛期です」

彼はつづける。「ローマ皇帝たちが、民衆の不満を解消するために全土に建設したのがコロセウムや劇場です。ここで、剣闘士の残酷な戦いや演劇など、数々の娯楽が提供されたのです」

「SDAFは五大陸を席巻するスーパー・グローバル企業だと聞いておりますが」

と、丈太郎は応じた。

壇亭は、SDAFの正体は、〈超富豪同盟〉だというのである。

「ご存じですか？ 天空へ達する宇宙エレベーターを建設する計画を」

「聞いたことはあります。たしか〈ジャックと豆の木計画〉と呼ばれるものだとか」

「これが完成すれば、地球は潤うと思いますか」

「ええ。極めて廉価で人や物資を軌道まで運ぶことができるわけですから」

「しかし、あの童話では、天界にいるのは怖ろしい巨人ですよ」

「ええ、まあ。あの童話では、巨人がジャックを追いかけて降りてくるが、ジャックは豆の木を伐り倒して退治しますね」

「ええ。あの童話ではね。しかし、今、月世界にいる者たちは、遙かに利口です」

と、肩を竦め、壇はつづけた。「南極大陸も彼らによって、近く大規模な開発が始まるという噂です」

「加速度的な温暖化で南極大陸の氷床は、劇的に消滅したそうですね」

「まさに〈光世紀〉の新大陸というべきでしょうな」

「南極がねえ、しかし……そんなことが可能なのですか」

「ええ。グリーンランドとともにね」

「知りませんでした」

壇に教えられて初めて知ったが、〈大破局〉の際に、現在、月面に疎開している〈超富豪同盟〉の人々が、南極大陸に避難していたことがあった。そのとき、どんないきさつがあったのかは不明だが、南極条約加盟国が〈超富豪同盟〉からの天文学的財政援助の見返りとして、九九年間の租借に応じたというのである。

Ⅲ

丈太郎はわれに還った。

意識が飛んでいたのである。

「酔いましたか」

と、壇に訊かれた。

覗き込んでいたのは柔和な笑顔である。

だが、それがペルソナのような気がした。

「ええ。まあ」

と、曖昧に応じながら、丈太郎はいつの間にか、自分と壇が〈プラグド・イン〉されていると気付いた。

「あなたを同志と考えてもいいですか」

壇は屈託のない顔で訊いた。

「その前に」

と、丈太郎は応じた。「本日の用件は、つまり、あなたの新事業への参加ということですか」

「ええ。〈マトリックス・オーガナイゼーション〉は、特に独創的な事業ではありませんが、やりかたによっては成功すると思います」

「しかし、それはあくまで表向きの事業ですね」

と、丈太郎は言った。

「どう捉えるかは、あなたにお任せします」

壇の表情は余裕である。

「興味はありますが、しかし……」

丈太郎はいったん返事をとぎる。

相手の表情を窺いながら、「自分には、返事をする前に相談しなければならない〈生活共同体《ザ・ペアー》〉がいます」

と、言った。

すると、

「ああ、多重人格者《マルチプル・パーソナリティー》のニコラスさん」

「えッ！　彼をご存じなのですか」

丈太郎は驚きを隠せない……

「ええ、彼の〈脳内宇宙《シェアハウス・イン・ブレイン》〉の一同居人はね」

「その名前は？」

「アダムスですが、ご存じ？」

「いいえ」

丈太郎は答えた。「彼の同居人は何人か知っていますが、アダムスは知りません」

「いったい、一胎内に何人が同居しているんでしょうね」

と、壇。

「さあ……知りません」

「三〇名と同居している多重人格者すらおりますからね。さながら、集合住宅、いやシェアハウスでしょうかね」

ともあれ、〈光世紀社会〉には、孤立している個人事業者が大勢いるが、〈マトリックス・オーガナイゼーション〉とは、彼らクライアントとユーザーとのつながりを構築する仕事を指す。

一方、〈マトリックス・システム社会〉とは、一個人がかつてのように縦系列の組織の一員であるだけでなく、横や斜めの系列のプロジェクト・チームに加わったり、あるいは系列会社ではない別企業でも働くような社会を言うのだ。

「ソシオメトリーの考えを応用して、友だちの友だち、つまり人脈をつなぐ新事業を立ち上げようというのですね」

と、丈太郎は言った。

「ええ。ずばりそのとおりです。新会社の社名も〈ソシオメトリック・カンパニー〉にしようと考えています」

「けど、壇さん、あなたの計画には表以外に裏もあるように思いますが」

「ほう、鋭い。否定はしません」

「つまり、肯定」

「はい。表向きの話をしますと、すでに数百人の登録を集めましたが、一万人程度を第一段階で考えています」

「セキュリティ対策は？」

と、丈太郎は質した。

「ご心配なく。わが社の防衛力は完璧です」

丈太郎は、敢えてそれ以上の詳しい内容は訊かなかった。いずれにせよ、大子《ダイゴ》のニコラスの意見も聴かなければならない……

――それから、彼らはカプセルを降り、無料の併設クリニックへ行って、ストレス減少量と創造波増加量を測定する。アンドロイド医《マシン》が彼らを診察した。

この広大な屋上の敷地に建設された〈高天原コングロマリット〉は、複数の資本集団で構成される合弁企業であるが、ここはあらゆる遊戯具のスリルが楽しめるアミューズメント・パークでもあるのだ。

この企業のキャッチ・フレーズは、

　弊社が提供する極上の娯楽こそが、
　貴方の人生に真の意味を与える！

である。

つまり、〈光世紀症候群〉ともいわれる精神疾患の根本治療に役立つ、マインド・クリニックでもあるというのだ。

「御気分は？」

と、神女スタイルのアンドロイドの眼が光る。

「爽快《そうかい》だ」

と、応じた丈太郎の傍らで、

「遊戯の重要性に気付いた最初の一人はプラトンですが、彼の考えた理想の学校の基本に遊戯の重要性を据えたのは卓見でした」

という感想を壇が述べる。

彼らは、〈道元《どうげん》療法〉もしくは〈親鸞《しんらん》療法〉もしくは〈日蓮《にちれん》療法〉……いずれか一つの割引会員になれる――と勧誘されたが断る。

その足で、空中遊覧レストラン船の発着場へ行き、予め購入しておいた割引クーポンのＱＲコードを翳《かざ》してセンサー・チェックを通り、やがて、チキチキバンバンの演奏に迎えられ、彼らも大勢の乗客と共に乗船したのだった。

天鳥船《あまのとりふね》は、発色調光硝子繊維の電飾船である。含有されている樹脂の炭素／酸素構成比により、電圧を変えることで三原色が出せるから、組み合わせればすべての色も作れるのだ……

あたかもラドンのように、極彩色の翼を広げたγ《ガンマ》ガス飛行船はすぐに浮上したが、もとより、かのヒンデンブルグ号の悲劇は前世紀の話だ。気嚢は、ナノカーボン製品の一つ、ペンローズ三次元充填タイルである。準周期的三次元ブロックの組み合わせが強力な気嚢を作り、ナノ・スケールの隙間に、たっぷりとガスを蓄えているのだ。

やがて一〇〇〇メートルほど上昇しただろうか。雲一つない晴天だったので、噴煙を上げる富士山が見えた。

レストラン室は和風の造りだが、出された料理は富士山麓で獲れた鹿肉のステーキだった。富士五湖産の虹鱒のムニエルも。などなど、料理は値段の割には上々であった。

食事の後は船内の談話室に移り、壇亭と語りあった。

そのうちに、丈太郎は気付く。さりげない言葉の端々に、なみなみならぬ知識量と洞察力が滲みでている。

たとえば、こんふうに……。

「〈光世紀〉は遊戯人《ホモ・ルーデンス》の世紀であり、その意味ではあのフリードリヒ・ニーチェ的超人《スーパーマン》の時代でもあるのです。おわかりですな、天倪さん。私の言いたいのは、超人の時代とは、すなわち陰鬱な雲に覆われた下界を突き抜け天界、すなわち明るみの世界に到る遊戯の時代なのです」

日焼けした精悍な顔に、一見、柔和そうな眼光が宿る。

だが、目と表情との間に、丈太郎は違和感を覚えた。

丈太郎は質す。

「壇さん。あなたの本業の話をしてください」

Ⅳ

壇亭の表の仕事は〈癒し産業〉、たとえば、本物よりも可愛らしく、世話の必要もなく、たまには故障はするが決して病気にはならないペット・ロボットがその代表例だ。

ロボットのペットが、この過酷な世紀では癒しの効果を持つのだ。ハイテク犬は高齢者にあわせて、万事、ゆっくりと動作するのである。

外出用の随伴ロボット犬もいるが、ホーム用のものは簡単な掃除や、生物ペットや観葉植物の世話ぐらいはするのだ。かようなロボット共生系ライフスタイルは、二〇世紀末シネマの『ブレードランナー』の中に出てくる玩具のロボットたちと暮らす男のように侘しくはない。第一、家具までが知能を持つのが〈光世紀〉であるから、しょっちゅう、機械どもがわれわれ人間に話しかけてくるのだ。

どうやら、需要は十二分にあるらしい。サロゲートの住処である都市の需要は皆無だが、この世界には大子《ダイゴ》のような〈隠れ里《アジール》〉が多数あり、壇コーポレーションは、これらの町や村の秘密のリストを持っているらしい。

「それで」

と、壇がつづける。「神は自分に似せて人間を造りましたが、われわれは自分に似せて、身代わりのサロゲートを造っているわけで……まさに、〈光世紀コピー文明〉窮極の産物ではないかと思うのです」

さらに、壇は、つづけて言うのだった。

「言い換えるなら、まさに〈ミーム（meme）〉です。学ぶは真似ること……人類文明は真似る文明であるのです」と。

神からして、人間を自分に似せて造った。人間は自然に学ぶ（真似する《ミーム》）のである。クローンという複製技術も一時期盛んであったが、何年も要した議論の末、神の領域を冒すという理由で廃止されたのは、〈光世紀〉の初期だ。

結果、クローンに代わって登場したのがサロゲートだったのだ。

「当時の人類は、牛の胃袋をミームして肉生産工場を作りました。大自然の営みを模倣して、野菜や穀物の工場を稼働させていました」

と、丈太郎が言えば、

「のみならず、われわれは、仮想のゲーム界にも自分の分身を作り、現実界でもそうしている。もはや、裏庭《バックヤード》で飼う兎の感覚で自分を培養しているのです」

と、壇も言った。

「最初は彫刻や肖像画でしかなかった自分の似姿が、あるいはフィルムの影像でしかなかったコピーが、存在している奇妙さ。まさに、ドッペルゲンガーの恐怖だと思いませんか。もはや、二重人格、いや多重人格どころの話ではないのです。つまり、人格ではなく、自分のコピーが複数実在する……」

と、壇がつづける。

「仮に自動車の大量生産工場を考えた場合、同じものが何万台も造られる。これはクローンと同じではないでしょうか」

と、彼は言うのである。

「プログラムが外部にあり、それに従って組み立てられていくのが機械《マシン》であるならば、クローンではプログラムが内部にある。それがゲノムです。設計図を内部にもち、自律的に成長するのが生物《オートマトン》であり、われわれヒトもです。唯一、そこが機械との比較でちがいます。とするならば、自らが自分を設計し、かつ成長していく機械が存在するならば、もはや機械と生物との見分けもつかなくなるでしょう」と。

が、〈光世紀〉では、そうした機械すらもごく普通に存在するのだ。つまり、自動増殖機械（self-reproduction machine）だが、特に目新しくはない。前世紀からすでに空想されていたものであり、SFと呼ばれるジャンルでは、しばしば、登場するのだ。ただしこのイメージは、欧米系人種では、有色人種の優勢な人口増加の恐怖に置き換えられ、機械による人間征服というイメージともなるのだが……

壇はこうも言った。

「工作機械というのがあります。同じ機械ですが、機械を作る機械のことです。完全自動化された工作機械が自分と同じ工作機械を、毎月一台作るとします。もし、材料とエネルギーが無限ならば、どうなると思います？」

丈太郎には、すぐ、彼の言わんとする意図がわかった。すなわち、一カ月後には二台。二カ月後には四台。三カ月後には八台に増える。

一二カ月後には四〇九六台。二年後は一六七七万七二一六台である。二年九カ月後には八五億八九九三万四五九二台となり、人類の総数をあっさりと越えてしまうのである。

「反乱するかも」

丈太郎は冗談ぽく応じた。「カレル・チャペックの『ロッサム世界ロボット会社（RUR）』（一九二〇年）以来、繰り返し語られてきたロボット反乱のテーマですがね。現に、われわれが、目下、仮想現実界で戦っている敵は、すでに支配層となった彼らヒト型ロボットのメカニカルマンです」

壇も、

「かつてローマ社会を脅かしたスパルタクスの反乱ですかね。仮にアメリカ合衆国の建国モデルというか、イデアがローマであるなら、同様、アフリカから拉致されてきたアフリカンの反乱を恐怖するとしても当然でしょう。実際、アメリカSF映画にはこのパターンが多い。もはや前世紀の古典ですが、今も、依然、人気の高い『猿の惑星』や『ブレードランナー』、あるいは『ターミネーター』や『マトリックス』も……。多分、支配した者が怖れるのは、支配された者からの意趣返しなんでしょうね。きっと、彼らの〈集合的無意識〉に、その恐れがあるにちがいありません。あの有名な、アジモフの〝ロボット三原則〟にしても、そのモデルは、奴隷の主人である白人らの思う良い奴隷の条件に他ならないのですから」

V

ロボットの起源は青銅人間のタロースである。

ダイダロスがクレタ島のミノス王のために造ったとされる神話上の青銅製の機械だ。クレタ島を外敵の侵略から守る防御兵器だったと考えてよい。

壇亭はつづける。

「要するに、このギリシア神話の発想が、連綿とつづき、二〇世紀の核ミサイル迎撃システムになっていると思えばいいのです。一方、ゴーレムはユダヤの民の守護神であった。普段は泥人形の奴隷だが、ユダヤの民に禍があれば魂を宿して迫害者を倒すのです。基本的に、我々人間には、その生命を維持しつつ、安全に暮らしたいという欲望があり、またそれが生得的な権利でもある。これは当然のことでしょう。わが身を無防備にしても争いを好まぬという考えは、奴隷となることの容認でしかないのです」

壇が顔を歪めた。

「肝心な時に、彼らの守り神ゴーレムが目覚めなかったのですね」

丈太郎も言った。

Golem はもともとヘブライ語で〈形なきもの〉の意で、『タルムード』にある。すなわち、神が大地からアダムを生みだす前の胎児のことを指す。さらに、カバラの呪文によって動き出すが、額の護符の emeth（真理）から一字を取り去ると meth（彼は死せり）となって土に戻るといわれる。

「このユダヤ伝説が、第一次世界大戦と時期を同じくして復活したことに、象徴的意味があると思いませんか」

と、壇。

パウル・ウェゲナーの映画『巨人ゴーレム』は一九二〇年。フランケンシュタインものに並ぶ、怪奇映画の系譜だ。やがてハリウッドへ移植されるのが、ドイツ表現主義を淵源とするこうした怪奇映画。なお、グスタフ・マイリンクの怪奇小説『ゴーレム』の出版は一九一五年である。

「ですから、私には臭う」

と、壇はつづける。「ドイツ製『巨人ゴーレム』には、得体のしれないあの時代の雰囲気、人々の不安の反映があり、しかもユダヤ伝説と結びついているところが問題なのです。私は、第一次世界大戦で従軍していた、アドルフ・ヒトラーも観ていたと思います」

彼はつづける。「トキヨのアーカイブ映像館で観た当時のニュースですがね、あのドイツ軍の行進、膝を曲げずに、足を跳ね上げるあの歩きかたは、まさにロボットの行進ですよ」

『マトリックスX《テン》』の基本設定がそうなのだ。かつては極悪非道の軍国主義国家であった都市国家ニーポの市民として、彼らはその歴史を事実として認めているのだ。しかも、単に認めているだけでなく、彼らのトラウマとして民族無意識に刻み込まれているのだ。この設定が『X《テン》』にとって非常に重要である。

彼らはそのために心理的な縛りを受けているのだ。戦士として優秀であるにもかかわらず、どこか敵を倒すことにためらいがあるのだ。

多くの都市国家が林立、対立あるいは同盟を結んでいるのが『X』の世界だ。ニーポは、おおよそ、三ブロックに分けられるこの世界のアジシ州に属している海中の小国だが、科学力と創意工夫する国民性で栄えているのだ。だが、今やニーポは、西の大国ゲンの目指す覇権主義の脅威に曝されている。

ゲンはしきりに使者を送って、ニーポに服属を迫っているが、彼らの平和主義は口先だけかもしれないのだ。

第一、ゲンはニーポのような共和国ではない。北方のモンと同じアジシ的専制国家であるので、ほんとうの腹がわからないのだ。

現に、この世界には、無数の平和主義者がいるし、国家指導者もまた国際平和を常に口にしているのだ。殺戮《さつりく》を容認するテロリストや革命家さえも平和を口にするのだ。まさに、平和主義の大安売りである。いったいどういうことか。

平和主義には、本物と偽物があるということなのか。

仮にそうだとして、どうして見分けるのか。

いったい、だれが、真偽を判定するのか。

「真実が見分けにくいから問題なのです」

壇が言った。「本音がわからない。真底、心からの平和主義なのか、謀略家の平和主義なのか」

丈太郎も、

「平和主義はだれでも胸を張って口にできるから、だれもが……ええ、そう、とりあえず平和主義を唱える。これは、いったい、どういうことでしょうねぇ？」

と、問うと、

「平和主義は使える道具なんですよ、国家戦略の……『孫子』にだってありますよ。敵地で反戦・宣撫工作を行うのは立派な作戦行動です」

つづけて、「個人にとっては、とりあえず良心を慰めてくれる」

と、壇が応じた。

「なるほど……わかりやすい」

丈太郎は肩を竦めた。

「権力を持たない一般庶民にとっての平和主義は、心の中からの真実でしょう。それはたしかです。が、問題はその先にあるのです」

と、言って、壇はアーカイブ映像館で見つけた『猿の惑星』の例をあげた。

〈光世紀〉の今でも妙に人気が出て、最近はちょっとしたリバイバルである。

「あの中に、ニューヨークの地下に隠れ住む人類が、念力を使い、猿人を欺こうとするシーンがあります。あれですよ、祈りを捧げて奇跡を待つわけですよ。しかし、猿人には通じなかった。思うに、あの二〇世紀の合衆国映画には、多分、念力平和主義に対する隠喩的メッセージが含まれているんじゃないでしょうか。ゲーム〈マトリックスX《テン》〉でも、敵の心理攻撃に対してタフでなければ、負けてしまう。ゲーム参加者の中には、その良心に従って戦争中止を唱える者もいるわけですから」

と、丈太郎は言った。

「たしかに。〈マトリックスX《テン》〉は、ゲーマーの心理要因を加味した心理・イデオロギー戦ゲームとしても設計されていますからね」

と、壇は応じた。

「ええ。先だっては、Γ《ガンマー》地区で反戦ストが起きましたしね」

と、丈太郎はうなずく。「ために、通信機能が完全に麻痺し、われわれニーポ軍は大打撃を受けた」

「証拠はないが、敵の第五列の仕業かもしれません」

と、壇が、笑いながら言った。

「もし、敗れることが結果的に利をもたらすのなら、裏切りもよい選択となる。ですから、行為の評価がむずかしい……」

と、丈太郎は応じた。

——気が付くと、レストラン船はトキヨ上空の周遊を終え、ターミナルへ戻りつつある。

まるで、〈FOPシネマ〉配信の〈3D《スリーデー》アニメ〉のような、けばけばしい嘘っぽさを感じさせるトキヨの景色……たしかに、遊戯こそがこの世紀だ。〈光世紀〉であるからこそ、見るものすべてが嘘っぽいのだ。

人間もである……

人生もである……

生きる理由も生きる根拠も失われた〈光世紀〉の彼ら……

だからこそ、人々は〈プラグド・ドラッグ〉の虜になるのだ。

——実と虚

実人生が虚数的に浸食されていくのが、〈光世紀〉なのだ。

第V章　ポップアート・ファクトリーの夜宴

I

それから、また日が過ぎて丈太郎は、毎日、五時間だけ制作に励んでいるが、このところ週に一、二回は潮見《しおみ》医師のクリニック、〈イカヅチ〉へ通っているのだった。

実は、彼女のクリニックには四畳半の茶室があって、独特の精神治療を行っているのだ。

聞けば彼女は京都《キョウト》にいたころ、とある著名な茶道家の元に通い、師範の免許も持っているということである。

茶道の精神は、禅の精神に通底しているところがあるらしい。あえて丈太郎なりの理解で言えば、無我の境地である。日常茶飯の様々な雑事雑念を消し、無我となる。こうして、心の負担を軽くしてやることで、鬱病やノイローゼを治す方法を潮見月江医師は研究しているのだ。

茶室の雰囲気は簡素にして、なぜか精神的である。壁は土壁。半間の床の間にはありふれた大《おお》徳利《とっくり》に活けられた一輪の季節の花。掛け軸の墨書は〈無〉の一字だ。

丈太郎も、この飾り気のない部屋に座ると、心が洗われる気持になるから不思議だ。

静寂のひととき、習い覚えた作法に従い、一服《いっぷく》の抹茶《まっちゃ》を戴く。

そのあとは、「本日の初診は休み」と表示のある待合室で、参加者三、四人に先生を交えた懇親会が行われる。

いずれも職業、趣味、社会的地位などが異なる人たちであるが、丈太郎にとっては有益そのものなのだ。

その日も、古着のリサイクルをしているという高名な百寿者《センテナリアン》に、

「丈太郎さんのお仕事と茶道とにどんな関係がありますの？」

と、問われたので、彼は、

「たとえば、利休の目指したのは侘茶《わびちゃ》です。利休はごく身近なものを彼の茶道に取り入れました」

と、答えた。

潮見医師によると、この女性は〈再生服飾家《リフォーム・ファッション・デザイナー》〉だそうだ。

「たとえば、壊れてしまったが長年使い、そして様々な記憶が付着した愛着のある茶碗を金接ぎして使うという精神、あるいは身近な竹を自ら切り取って造った花器など……ですか」

「ですから、この身近なものとか、日常的なものとか、そういうものをテーマとしているポップアートの精神が、茶道と共鳴するのです」

と、自分なりの考えを言うと、

「驚きました。まったく別なもの、出自の違うものにも、本質的な共通点があるのですね」

と、彼女は応じた。

名前を朱鷺鶴子《ときつるこ》といって、現トキヨ市長のご母堂だそうだ。齢《よわい》一一五歳、身体に多少の不自由は

あっても頭脳明晰、頭の切れが若々しい。

「鶴子先生はトキヨ市〈七賢人会議〉のメンバーであるほか、〈再生服飾学校《リフォーム・ファッション・スクール》〉の校長先生でもあるの」

と、潮見医師に教えられた。

丈太郎も知っているが、再生事業はトキヨ市の主要産業の一つだ。地球人口が激減し、かつ各都市国家の距離が遠隔になったため、もはや大量生産と大量廃棄をセットで行うような近代経済システムは成立しないからである。

「ずっと昔は、それが当たり前だったの。着物は洗い貼りして仕立て直して何度でも。生地が傷んで再生できなくなると、襁褓とか、雑巾とかにして最後の最後まで使い切ったものなのよ」

と、鶴子氏。

たとえば、イカケ屋という職業もあり、穴のあいた鍋釜の修理をしていたというのだ。

「そのほうが地球にやさしい生き方でしょ、とね、いつも、わたくし、息子の一郎やわたくしの生徒さんにも言っていますのよ」

と、つづけた。

英国で興った産業革命以来、人口は加速度的に増えた。人口が増えるということは消費（需要）が増えるということだから、供給量の増大が要求される。近代世界の工業化がこれに応え、結果、産業廃棄物を増やし、大気を汚染させた。その結果、地球自身のシステムが破壊されたのだ。

「一八〇〇年代初頭には人口約一〇億人だったのに、二〇五〇年には八〇億人。しかも人類という種は他の生き物とちがって、欲望に際限がないのよ」

と、鶴子氏は言った。

「あたくしたちはね、人間中心主義の視座を変える必要があったのです。視座をね、母なる地球に置き換えてみれば一目瞭然よ、増殖する人類は悪性ウイルスのようなものなんです」

と、潮見医師も言ってつづけた。「ですから、朱鷺先生がおっしゃる〈手偏の文化〉こそが、あたくしたちの文明を救う鍵だと思うの」

「つまり、手仕事をすることが、我々人類の病める心を救うということですね。自分の仕事も手仕事ですからよくわかります」

と、丈太郎も。

つづけて、「だから手仕事から機械文明へ、そして大量生産で経済性のみを追求した結果、我々は母なる地球の環境を破壊するまでになった。ですから、当然の報いと言ったほうがいいと思いますが、人類の約九〇パーセントが、〈ザ・ロード〉によって〈駆　除《エクスターミネーション》〉されたのですね」

するると、

「丈太郎さんとおっしゃいましたね」

と、朱鷺氏が言った。「わたくし、こちらに戻るまでは、シカゴで国際政治の研究をしておりましたのよ」

「朱鷺先生は、あちらの大学で、国際関係の講座をお持ちでしたわ」

と、潮見医師が教えた。

「そうなんですか」

丈太郎は改めて朱鷺氏に敬意の眼差しを送った。

「わたくしの講義はね、〈文明の縫合〉というテーマでした。常々、トキヨ市長の息子にも申しているのですが、他の都市国家や都市連合体との関係は、対立ではいけません。わたくしの主張は〈裁縫師の外交〉ですの」

丈太郎にとっては耳新しい言葉だったが、おもしろく納得のいく話だった。

「つまり、色合いや柄の異なる端布を縫い合わせて作るパッチワークの感覚で、他者と付きあえということですね」

と、丈太郎。

など、それからも話が盛り上がったが、やがて、

「わたくし、あなたのお仕事を〈和風ポップアート《WAHU・POPART》〉と評価して、電子美術雑誌「ＰＯＰ」に寄稿しましたのよ」

と、教えてくれた。

「光栄です」

と、丈太郎。

「あなたのお仕事は、色彩豊かですが様々なモノが組み合わされて、しかも調和しておりますもの」

「つまり、パッチワークに通ずるわけですね」

と、言うと、

「ええ。そうしたら、「POP」を読んだらしくって、早速、ロサンゼルスのアービング・フェラス財団から反応がありましてね、来月に行われる〈ファクトリー〉のオープニングに出席するため、主席学芸員のダンさんがトキヨにいらっしゃるそうよ。わたくしも出席するので、そのときあなたを紹介しますわ」

と、朱鷺氏。

「光栄です」

と、ふたたび、同じ言葉で謝意を表し丈太郎は頭を下げたが、その後、しばらく、先の言葉がつづかなかった。

と、いうのは、フェラス氏といえば、一九六〇年代を中心とする合衆国美術の研究者かつコレクターとしても有名で、フェラス・ギャラリーのオーナーであった人物だからだ。

「それにしても、ひと頃は、当時の通貨単位で数億円、数十億円した合衆国の抽象表現主義の作品も、今では一〇分の一以下まで下落したので、あたくしたち庶民のコレクションにも加えられるようになりましたわ」

と、潮見医師。

「アクション・ペインティングの手法を開発したジャクソン・ポロックとかですね」

と、丈太郎も言った。

つづけて、「彼は四四歳で亡くなりましたが、自殺だったという見方もあるそうですね」

「抽象でありながら、何かを表現しようとしているのが、抽象表現主義ね」

と、潮見医師もつづける。

「あたくしの専門とも関係するのよ。彼によって絵画は無意識の行為へ、つまり生のまんまの感情を表現する手段を得たの」

などと、二人が美術談義で盛り上がりかけていると、鶴子氏が遮《さえぎ》って、

「彼らの作品が値上がりしたのは、資本主義が金融資本主義、いいえ、カジノ資本主義になって、極端な富の偏在が起きたからですわ」

と、口を挟んだため、美術論が経済学に転じた。

「はい。地球全体の富の半分を、当時の全人口の五パーセントの富裕層が所有したと聞いたことがあります」

と、丈太郎が応じると、

「つまりね、当時の合衆国にはお金が余るほどあったから、美術市場にもお金が流れ込んだというわけね」

と、鶴子氏は冷ややかである。

つづけて、「でも、今では地球人口は一〇分の一になったのですから、美術作品の値段も下がるのは自然の理ですわ」

たしかに、経済と美術市場は連動しており、金塊や株式のように投機の標的になり得るのである。

Ⅱ

鶴子氏はつづける。

「丈太郎さん、あなたはカール・マルクスという歴史上の人物をご存じですか」

「はい。少しは」

無料の通信講座で名前だけは記憶していた。

「たしか一九世紀の人で、彼の考えた経済学理論が二〇世紀世界にも大きな影響を与えたそうですね」

「ええ。じゃあ、『資本論』は？」

「読んだことはありませんが、彼の著作ですね」

「二〇世紀の地球を二つの世界に分断したほど、大きな影響を与えた労作よ」

後から、潮見医師から聞かされた話によれば、鶴子氏が〈再生服飾家《リフォーム・ファッション・デザイナー》〉と呼ばれるようになったのは、七〇歳を過ぎてニホンに戻ってからで、それまでは、長年、シカゴの大学で国際関係論の教授をしていたらしい。

以下、鶴子氏から聞かされた講義の内容を、彼なりの理解で総括すると、二〇世紀前半、ユーラシア大陸系の二つの大国が社会主義国となり、西欧州と米州などが資本主義国となったが、おもしろいのは、前者は国家自身が政治経済を管理する一党独裁体制となり、一方、資本主義国では選挙という方法で選ばれた政府と議会が国家を運営する体制となって両陣営が覇権を争ったのだ。

むろん、このどちらが正しいかと判断できる知識は、丈太郎にはない。ただ、彼なりに思うのは、地球世界が、たとえば、〈世界政府〉のような権威ある一機関によって正しく運営されるのではなく、二つの世界が覇権を争い、結果、地球世界そのものを破滅へ導いてしまったのはなぜか。この点が、どうしても理解できないのである。

「先生は、どちらが正しかったと思いますか」

と、あえて訊くと、

「それは難しい問題ね。ただ言えることは、資本主義も、資本主義の欠点を批判して生まれた社会主義も、実は双子の兄弟だと思いますわ」

つづけて、「つまりね、資本主義に対するマルクスの批判は、実は正しいの」

「つまり、どういうことですか」

「〈資本〉とは何か、という問いかけから始める必要があるわけ。おわかり？」

「いいえ。ぜんぜん、わかりません」

と、隠さず彼は答えた。

「じゃあ、イメージでいいですから言ってみて……画家であるあなたの立場で考えてごらんなさい」

「そうですね」

丈太郎は応じた。「自分は絵を描く技術を持っていますが、絵を描くためには画材が要ります。その画材を買う資金が資本だと思います」

「はい。具体的でいいわ」

と、鶴子氏はうなずいてつづけた。「いいこと、資本主義の勃興期にはね、熟練技術を持った職人さんがいたの。彼らはいわば技術を身体化している人たちね。ですから、雇用主である資本家は、彼らがいなくてはいい製品が作れないから、一歩引いた立場だったわけ」

「つまり、マニュファクチュアの時代ですね」

「ええ、そう。そこで資本家は彼らを排除する方法を考えるわけ」

「ですね」

丈太郎は応じた。「熟練工の代わりをする機械の発明と導入ですね」

「ええ。資本家側は、生産システムそのものを改変、つまり機械を導入した工場生産へ切り換えたわけ」

「それが、手工業制から産業資本制への切り換えですね」

結果、低賃金の未熟練労働者でも、均一でいい製品が作れるようになり、民衆と資本家の格差がどんどん広がった。

「マルクスは一九世紀の段階で、すでにこれを〈包摂《ほうせつ》〉という言葉で予言していたの。英語なら subsumption ね」

「サブサンプションですか」

「〈包摂〉の意味はね、経済がその本来の諸関係にとって外生的な存在を取り込む過程を言うの」

「資本家側が、機械化の導入によって熟練工の技術を取り込むことですね」

「ですから、マルクスはね、〈資本〉はやがて全人類を取り込む怪物だと喝破《かっぱ》しているの。いいこと、資本主義システムが肥大化した結果、全地球さえも〈包摂《サブサンプション》〉してきたでしょう」

つまり、〈資本〉の本質は〈他者性〉であって、故につかみどころない不気味な何かなのだ。しかも、〈資本〉は価値増殖の無限運動をつづける化け物だというのである。

鶴子氏は、急に声を低めて、

「人工知能《AI》がね、やはり〈他者性〉なの。いかにお利口さんでもね、彼らの本質は計算機械なの。その親玉である〈ザ・ロード〉もね。いいこと、〈資本〉と〈彼〉とは〈他者性〉において同類なのよ」

丈太郎としては、この機会にもっと多くのことを知りたかったが、突然、お開きとなった。理由はよくわからないが、今現在の地球世界の経済システムについては、どうも秘密というか、謎の部分があるらしいのだ。

だが、彼が知りたかったのは、〈光世紀〉の世界システムに問題の〈ザ・ロード〉がどうかかわっているかである。もっとも〈彼〉はあたかも神のように、その所在がどこなのかわからないのである。ただ、一説では〈ザ・ロード〉は別名では〈世界頭脳〉とも呼ばれる存在だが、〈彼〉は巨大な電子的装置の中に〈宿っている〉わけではないらしい。

Ⅲ

〈ギャラリー・ファクトリー〉オープンの知らせが届いたのは、月が替わった一〇月初めである。普通、この手の案内状は、暗号キー付きの電子メールで届くが、珍しい厚手のアート紙に印刷された招待状が、〈配達組合人〉の手で、直接、配達された。

時期的には〈美術の秋〉と言いたいところだが、すでに死語である。猛暑の夏は終わったが、近々、超大型線状降水帯が数珠繋ぎになって襲ってくるという予報が発せられている。

事実、その翌々日は天候が一転し、武蔵野《ムサシノ》台地に建つ彼の仕事場から外界を眺めると、城壁のように堅固で高い防潮堤を越えて、巨大な波が押し寄せ、ビル何階分もの飛沫を上げた。

〈大破局〉前の人々が、昔の海岸線に沿って建設した建造物だが、今や無用の長物になったかというと、実はそうでもない。現在、旧山の手《ヤマノテ》線内エリアとも呼ばれる通称〈トキヨ内海〉は、全体が水温調整装置すらある超巨大養魚場なのだ。

丈太郎も何度か見学したことがあるが、育てられているのは〈ゲノッシュ〉である。つまり、ゲノム編集されたフィッシュという意味だ。給餌方式も完全自動である。ＡＩがすべてを計算し、海底へパイプを使って給餌するのだ。

水中観光船もあり、水深三〇メートルの海底を観ることもできるが、成育が驚異的に早いゲノム編集された数種の海藻が生い茂った、二〇世紀のＳＦ小説『海底牧場』ならぬ〈海藻農場〉もあり、食用に供されているのだ。

かように、この〈トキヨ内海〉が人工的に造成された理由は他でもない、旧東京湾《トウキョウ》が死の海と化しているからである。理由はいろいろあるが、海水の高温化や数は少ないが上陸時には風速が八〇メートル以上になる〈超台風《ギガ・タイフーン》〉の襲来、その他が原因で、海底堆積物が攪拌されたためらしい。結果、長い歴史的な汚物遺産とも言うべき細菌類が、一斉に、目覚めはじめているという警告も出ているのだ。

丈太郎は、飽きずに窓辺に立ちつづける。

ソーラー・パネルで壁面を覆い尽くされた〈発電ビル〉の前身は、廃墟ビルである。

正午の今、〈発電ビル〉は光の塔である。それは幾百もあるから、光の林になるのだ。

一方、旧佃島《ツクダジマ》地区などにある、多くの超高層ビルヂングは、揚水発電所に改装されている。すなわち、ソーラー・パネルで発電した電力を使って海水を高層階にくみ上げて貯留し、電力消費がピークになる時間帯に落下させて発電機を回して発電するのだ。

丈太郎なりに、トキヨ市当局の事業計画は成功していると思う。あまり知られていないが、こうした太陽光発電で得た電力を使い、海水から水素を生産し、外資を稼いでいるのだ。脱カーボン思想が常識になっている〈光世紀〉では、航空機でさえも水素燃料で飛んでいるのである。

こうした政策に、丈太郎は〈ザ・ロード〉の強い意志を感じる。脱カーボン政策こそが、〈光世紀〉の至上命題なのだ。

その意味では、絶対王政ならぬ〈絶対電政〉を敷く〈ザ・ロード〉の政策は認めざるを得ない。一方では〈大文字の彼〉の支配を否定し、片方では〈彼〉の政策を支持する、はなはだアンビバレンツな状態に丈太郎はいるのである。

Ⅳ

一〇月半ばの夕刻、丈太郎は、オーナー、羽豆媛子《うずひめこ》の墨書サイン入りの招待状を懐にして画廊開き《オープニング》に出掛ける。

幸い歩いても行ける場所の松涛《ショウトウ》地区である。近づくと、レインボーデザインのアーチ型アドバルーンが揚げられていたので、すぐにわかった。

近づくと、かなり変わった建物である。建築デザインは誰がしたのか、丈太郎は気になる。通りに面した外壁に、けばけばしい〈ポップ書体〉で〈ギャラリー・ファクトリー〉と大書きされ、そのまわりは、極彩色のアニメアートである。

画廊名がなぜ〈工場《ファクトリー》〉なのか。命名の由来は、今夕の招待客なら全員に説明の必要はないはずだ。なぜなら、彼らはみなPOP芸術の愛好家であり、名だたるコレクターであり、美術ジャーナリズムなどの関係者だからだ。

だが、あえて説明するならば、すでに〈ファクトリー〉という美術専門用語になっている言葉は、アンディ・ウォーホルの思想そのものなのだ。

それまでアンディが仕事場にしていた〈消防署〉が取り壊されることになり、新たに見つけたのがニューヨーク、イーストサイドの旧帽子工場であった。一九六三年一一月ころだったらしい。

丈太郎は、市営の二〇世紀美術資料館で〈ファクトリー〉の写真を見たことがあるが、設計者は、アンディのこの新しいスタジオを真似ていた。

丈太郎は、顔見知りの受付嬢に招待状を見せる。

「いらっしゃい、ジョウさん」

露出度八五パーセントの〈動く美神《モビール》〉は、古堂ロイ嬢《アンドロイド》である。

「やあ」

と、手を振って館内に入ると、内部は外観から想像していた以上の広々とした空間で、時間が早いせいか来客はまだまばらだ。

照明を極端に落としたエントランス・ホールの壁には、強化アクリル板でガードされたショー・ウィンドーがあり、このギャラリーには不似合いの印象派の小品が展示されていた。

珍しいので丈太郎は立ち止まって見入る。モネ、シスレー、セザンヌの三点であるがいずれも本物で、ゼロがたくさん並んだ値札の数字は、丈太郎には理解できない高さである。

（おそらく、利殖が目的の客が買うのだろう）

と、心の中で呟きながら、丈太郎は展示室へ足を運んで、真っ先に自分の作品に近付く。

出品作は「セックスする蟻《あり》と蟋蟀《きりぎりす》」というアクリルで描いた二〇号だが、実は下絵のために生成AIに「インセクト」と音声入力したところ、insect（昆虫）を近親相姦（incest）と聞き違えたのか、彼自身の発音が悪かったのか、こんな構図が出てきたのだ。

改まった気持ちで、蟋蟀と後背位で交わる大きな蟻を描いた出品作を観たが、それなりにおもしろいと思った。

しかも、嬉しいことに、早々と売却済みの赤丸が貼られているではないか。

（こういうのを古典諺で〝瓢箪《ひょうたん》から駒〟というのだろうな）

などと考えていると、背後から、

「天倪《あまがつ》先生ですか」

と、声を掛けられる。

「はい、天倪丈太郎ですが」

「この作品を買ったのは私です」

と、言って電子メールを丈太郎のモニター・グラスへ送って寄こした。

モニターに映ったのは、

昆虫飼育有限会社
インセクト社 代表取締役
蝉丸蕪久《せみまるかぶひさ》

とある。

「昆虫食の会社ですか」

と、訊ねると
「いいえ。栄養価の高い養殖魚向けの昆虫飼料の製造と加工、販売を行っております」

と、答えた。

つづけて、

「昔は、養殖といえば鰯《いわし》などが飼料でしたが、今はまったく獲れませんからな」

と、言った。

彼によると、ミールワームなどの幼虫の大量飼育は、〈大破局〉以前から行われていたのだそうだ。

「今ではゲノム編集したものを使いますからな。当時と比べると遙かに効率がいいのです」

他にも各種海藻類を育てる〈海洋性農業〉の事業も手がけているのだそうだ。

蝉丸社長は得意げにつづける。

「他にも東京湾浄化事業も市の海洋再生局からの発注で行っておりましてな、どんなものか知りたいですか」

「もちろん、知りたいです」

と、言うと、

「現在、全世界の海洋が酸性化し、海洋生物を絶滅の危機に追いやっているのですな」

と、事細《ことこま》かに話し出した。

しかし、いささか退屈でもあるので要約すると、温暖化の主因である大気中の二酸化炭素が、海洋にも混ざっているのだ。それで急成長するようゲノム編集した海藻を大量繁殖させて、光合成を行わせ、オキアミなどに食べさせる。これが糞となって海底に沈み堆積される。また、オキアミなどを魚類たちが食べ、同じく死骸となって低温の海底に沈むのだそうだ。

「ご存じか。これを〈生物ポンプ〉というのですぞ」

V

蝉丸社長に辛抱強く付き合ったせいか、気がつくと招待客が大勢集まっている。

突然、どよめきが上がったので振り向くと、羽豆媛子《うずひめこ》の登場である。彼女はそのヴィーナスのような肢体を、透明生地が特徴の和式ポップ・ファッションで包んでいた。

今や彼女は、超上流階層の市民である。丈太郎とは彼が二〇代のはじめに、一時的に同棲した仲であるが、〈ファッション・スコープ〉越しの彼女の視線が、丈太郎を無視したから、彼も無視した。彼だとわからぬはずはないのだ。〈ファッション・スコープ〉はAIスコープであるから、データ・バンクとつながり、顔認証で昔の男だとわかるはずなのだ。

丈太郎はフルーツ・コーナーへ行く。海外産らしい新種の果物が揃っていた。ニホン酒味のフルーツ酒もある。バーテン・マシンがシェークしたカクテルを手にして特別展示室へ向かう。入り口のガードマシンが彼を透視してOKを出す。無理もない、一点が何十万エユダもする作品もあるからだ。入手経路はわからないが、おそらく廃墟となった世界各地の美術館から盗掘されたものだろう。噂ではそれを専門とするアート・ハンターがいるらしい。

正面に合衆国時代の抽象表現派の旗手、ジャクソン・ポロックの大作が、防弾透明板の向こうに飾られていた。

本物かどうかはわからぬが、マルセル・デュシャンの『泉』もある。マン・レイが撮った大きなヌード写真もある。

これらの作品が、実はポップアートの前提となる先駆的作品なのだ。

さらに、ジャスパー・ジョーンズ、ロバート・ラウシェンバーグ、ロイ・リキテンスタイン、クレス・オルデンバーグなどの本物を見せられると、ネットの知識しかない丈太郎は一二〇パーセント夢心地である。情報化された映像と実物では迫力が違うのだ。

一巡してから、ポロックの大作の前に立つ。

フレームなしの大キャンバスを床の上に広げ、刷毛や鏝の塗料を空中からしたたらせた線や点で描く彼の技法は、ポーリングまたはドロッピングと名付けられている。

一九四〇年代後半の制作であるから、現場を見たわけではないが、市内の〈アーカイブ映像館〉で丈太郎は何度も制作シーンを観た経験がある。

いわゆる現代絵画の特徴の一つ、偶然性の利用がポロックのやりかただが、彼は、必ずしも偶然性のみを利用しているわけではないらしいことが、この映像でわかった。

画家は、予期せぬ失敗などを含む偶然性を大切にする。人間の意思を超えた力を感じるからであろう。たとえば、意図せずにできた画面の汚れなど、それを生かすために他の部分を修正するのだ。

丈太郎なりに、ポロックがなぜ抽象表現主義の旗手と言われ、ニューヨークがパリに代わって芸術の中心地になったかがわかったような気がした。

見入っていると、背中から声を掛けられた。

振り向くと、トキヨの高名な美術評論家、芳野東明《ほうのとうめい》である。

「この男は、一九五六年八月一一日、自動車事故であの世行きの超特急に乗ったんだぜ」

と、言いながら、「君、この技法はアメリカ先住民のナヴァホ族の砂絵から学んだものだよ」

と、教える。

「らしいですね」

　丈太郎は応じた。

　事故は、モデル二人を乗せて、ニューヨークからロングアイランドの自宅へ帰るときに起きた。彼自らが運転する自動車のスピードの出し過ぎによる事故であるから、自殺説さえ囁かれたらしい。

「死んだのが四四歳、しかも劇的だったから、彼は神話になった」

　と、芳野はつづける。

「当初は、アクション・ペインティングは、絵画ではないと軽蔑されたそうですね」

　と、丈太郎。

　ポロックは〝わたしの絵は画架《イーゼル》からは生まれない〟と、言った。パレットとか筆とか、普通の画材も使わず、棒や鏝、ナイフを使った。彼は文明というものに付着した道具を捨てて、原始の魂に戻ろうとしたのだ。

「ああ、確かに、ポロックは非西欧的だからね、西欧的上流社会の教養では理解できないのは当然だ。さらにポロックはユングの信奉者だったからね、集合的無意識の力を信じていただろうし、彼の魂は太古の世界に憧れていたと思うね」

「彼のアトリエにはジョイスの『ユリシーズ』とメルヴィルの『白鯨』があったといいますね」

　と、丈太郎も言った。

「ああ、彼のインスピレーションの源泉だったのかもね」

つづけて、

「君、あれは……」

と、言って、反対の壁を指さす。

ジャスパー・ジョーンズの『旗《フラッグ》』が掛けられていた。

「彼は抽象表現主義とポップアートの接点になっている人物だが、君、この『旗《フラッグ》』をどう思いますか。実作者である君の率直な意見を聞きたい」

「まだ試したことはありませんが」

丈太郎は応じた。「このエンカウスティークの技法には興味があります」

「なるほど、技法ね。君はアルチザンだね」

「ええ。自分は職人《アルチザン》だと思っています」

「謙虚だね」

「いいえ。率直に言って、先人らの作風を真似ているだけですから」

すると、

「ふむ。この『旗』、なかなかよくできているね」

と、つぶやく。

「えッ？」

「本物なら、そう一九八〇年代の価値では三〇〇〇万米$以上のはずだが、これはよくできたコピーだから一四〇万神武¥くらいかな」

「偽物なんですか」

丈太郎は驚いて言った。

「君、オーナーの羽豆媛子《うずひめこ》君には内緒だよ。ここをプロデュースしたのは私なんでね」

と、言って、片目をつむる。

「というと？」

「彼女はお飾りさ。ダンサーとしては一流だが、美術に関してはど素人でね、第一、これだけの作品を蒐められるはずがない。影の男がいるのだ……」

「自分は、彼女とは昔の知りあいなんですが」

と、丈太郎は訊く。「パトロンがいるのですか」

「いるとも。大物がね」

「どなたです？」

「君、知らないほうが身のためだよ」

と、言って、芳野氏は肩をすくめた。

芳野氏が去ったので、改めて『旗《フラッグ》』を見詰める。

（言われてみれば確かに、そうかもしれない）

と、丈太郎は思った。

言葉ではうまく説明できないが、オーラがないのだ。天才といわれるような人物が長い時間をかけて一点物の作品を制作するとき、なぜか強い念波が画面に付着するものなのだ。芸術家特有の強い精神波である。それがあるからこそ、人々を引きつけ、オークションでも高い値が付けられるのである。

もちろん、丈太郎個人の考えなのだが……

彼は立ち尽くす。

（本物の一〇〇分の一くらいのオーラはあるかも）

と、彼は思う。

できれば買いたいと思ったくらいだ。

芸術作品の価値を決めるオーラは弱いかもしれないが、存在感があるのだった。

（多分、エンカウスティーク技法で描かれているからだろう）

非常に古く蝋画とも言われるが、着色した蜜蝋を熱で溶かしながら画布に焼き付ける技法だ。

（もし、同じ旗でも日章旗ならどうだろうか）

と、丈太郎は思う。

（日章旗では作品にならないな、きっと……）

（星条旗だからこそ絵になるのだ……）

などと、ジョイスの〈意識の流れ〉ではないが、彼の意識はとりとめなく拡散していくのだった

……

――と、ふたたび、背中側から声がして、

「廃物作家のラウシェンバーグなら、本物の星条旗をキャンバスに貼り付けただろうになあ」

振り向くと、ダダ画材店の澳秀雄《おくひでお》である。

笑いながら、彼に向かって、

「全部じゃないけど、うちでも額装を頼まれましてね」

と、言った。

「どう思います？　このジャスパー・ジョーンズ、偽物らしいけど」

と、言うと、

「確かに……しかし、コピーでも一級品じゃないですか。実は〝蛇の道はヘビ〟ってやつでね、業者仲間の噂ではね、最近は米州製のコピーが大量に輸入されているそうですよ」

「そうなんですか。あちらには腕のいい贋作者がいるんですね」

と、言うと、

「いや、贋作をやるのはＡＩですよ。ロングアイランドには、秘密の地下工場ではない、堂々たる贋作ファクトリーがあって、全世界に輸出されているとか」

「知らなかった」

と、丈太郎は言った。

澳秀雄はつづける。

「ご承知のとおり、手書き写本から活版印刷の時代へ、つまり複製文化の開始は……」

「一四四五年前後とされる、ヨハネス・グーテンベルグの印刷機械からですね」

と、丈太郎は応じた。

「ええ。この発明がルネサンス革命に大きく貢献したことは、言うまでもありません」

澳はつづけて、「天倪《あまがつ》さんは、ヴァルターー・ベンヤミンの『複製技術時代の芸術』を読まれましたか」

「一応は」

「自分なりの考えですが、今という時代が第二の複製革命時代ではないかと思うのですが」

「確かに」

と、丈太郎はうなずき、「ところで、澳さん、ジョーンズの本物を観たことはあるのですか」

「ありますよ。十代から二十代にかけて世界を放浪《ヒッピー》していましたからね、ニューヨークの近代美術館《モマ》で観ました」

「ああ、ＭｏＭＡ《モマ》ですね」

と、丈太郎も言った。「アメリカ大陸には行ったことはないけど、あそこのピエト・モンドリアンは素晴らしいと、聞いたことがあります」

「ああ、『ブロードウェイ・ブギウギ』でしょう。どんなに優れた映像であっても、本物の価値は伝えられませんよ」

「でしょうね」

「天倪さん、『旗《フラッグ》』の本物を観れば、彼の思想がウィトゲンシュタインに強く影響されていることが、直観的にわかりますよ」

「ルートヴィヒ・ウィトゲンシュタインですね」

「ルネ・マグリットの有名な『これはパイプではない』は、むろんご存じでしょうね」

「ええ、まあ」

　彼は精密なパイプの絵を描いて、〈これはパイプではない〉と言ったのだ。たしかにそうだ、あくまでパイプの絵であって、パイプそのものではないのだ。

「『旗《フラッグ》』も同じなんです。あくまで旗の絵であって、旗そのものではないのです」

　言われてみればそのとおりだ。

　しかもだ、旗は普通、風にはためく軽いものだ。しかし、ジャスパー・ジョーンズの『旗』ははためかない。蜜蝋で塗り固められて重いのだ。ゆえに存在感が強い。

「うまくは言えませんけど、ジョーンズの『旗』は、誰にもそれが星条旗であると理解できるシンボルの旗でありながら、しかも具象的に星条旗として描かれているのに、別のモノに転換されているんですよ。ですから、もはや旗という定義済みの意味が、『旗』では排除されているのです。おわかりですか」

Ⅷ

それから、ダダ画材店店主と別れ、丈太郎は思い切りポップなファッションで着飾った来客たちが溢れている、宴会場へ戻る。

あたかも、本物と見誤るほど、よくできたアンディ・ロボットと会話をしたり、写真を撮ったりしているグループの中に、トキヨ市長、朱鷺一郎と親しそうに会話している羽豆媛子《うずひめこ》の姿を見かける。

だが、ちょっと個人的な事情があって、丈太郎は彼らを敬遠する。他でもない羽豆媛子とのよくない記憶だ。しかし、媛子のお友だちらしい着飾ったご婦人らの話し声が、補聴器なしでも彼の耳に届く……

一方、ご婦人たちに取り囲まれている美形の朱鷺市長は、終始、笑みを浮かべながら、〈株式会社トキヨ・シティー〉の株主でもあるご婦人たちのおしゃべりに愛想よくつきあっている。

たしかトキヨ・シネマ制作会社の俳優出身の朱鷺市長は、母親と共に〈七賢人会議〉のメンバーの一人だ。トキヨの運営はAI官僚に任されているが、彼らを監視するのが〈七賢人会議〉なのだ。

それにしても、オクターブが高いせいか、会話の内容がはっきり彼に届く。話の内容は、さきほどエントランス・ホールで観た印象派絵画のことのようだ。

「……あたしたちには、絵具の塊にしか見えませんよ。なのに、あんな汚い小さな絵一枚が高層ビルヂング一棟の建設費よりお高いなんて、あたしたちには、まったく理解できませんのよ」

丈太郎としては、不快を覚える話だから、黙ってその場を離れる。かといって他の来客たちの輪に加わる気にもなれないのだ。なにしろ、著名な作家や映画監督、電子系音楽家、デジタルアート作家、メタバース演劇関係者、前衛建築家、ファンド系コレクター、そして政治家など、顔ぶれだけは豪華である。

いや、アンディ・ウォーホルのパーティーに因んでいるのか、非市民権者《ホームレス》までが招待され、さながら一九六〇年代NY《ニューヨーク》のアート・ファクトリーの再現シーンのようである。

あえて、とっくに死語になった言葉を使うなら、サイケデリックな雰囲気とでも……

当時の記録によれば、昼過ぎになってからようやく、アンディはファクトリーに現れるが、作品の制作は彼が雇ったアートワーカーらに任せ、夕方にはパーティーに出掛けるか、自ら主宰する毎日だったらしい。

この時代、人類史上最初の〈美の大量消費〉が行われて、それが全世界に広がり、パリに代わり、NY《ニューヨーク》が美術の中心地になったのである。

丈太郎は宴席の部屋を離れて、別室に展示されている『キャンベル・スープ缶』『一〇$紙幣』『マリリン・モンロー』『毛沢東』などの代表作を観たが、なぜか虚しくなった。いずれも本物のはずだが、オーラらしきものは感じられないのだ。これらの価値は、作品そのものではなく、壁に貼られている値段のほうである。驚いたことの全部に売却済みを示す赤のマークが貼られていた。

丈太郎は、モンローのシルクスクリーンを改めて眺める。

（これはカタログだ。モンローが何枚も何枚も印刷されることによって、彼女自身が放っていたオーラが薄れていくのだ）

つづけて、

（マリリン・モンローは、あの時代のイコンであったはずだが、アンディの工場で刷りましされることによって、ただの紙切れになったのだ）

などと考えていると、背後から、

「天倪さん」

と、声を掛けられる。

振り向くと、朱鷺《ときつるこ》鶴子氏である。

「先日はどうも」

と、あまり冴えない挨拶をしながら、傍らに立つ米州人を見る。

「紹介するわね。先日、お話したアービング・フェラス財団のダンさんよ。一昨日、自動操縦自家用機で太平洋を渡っていらしてね。我が家に逗留中」

と、教える。

二人の雰囲気は、恋仲、いや老いらくの恋仲という雰囲気である。

訊かれもしないのに、鶴子氏、

「わたくしたち、普段は〈キューピーちゃんのラブラブ・メタバース〉で同棲中なのよ」

と、のろけてみせた。

「天倪丈太郎です」

と、会釈して、モニター・グラス見ながら、胸ポケットに忍ばせてきた〈M《マシーネ》・T《トランスレーター》〉をオンにした。

他でもない、機械の通訳だ。

「アア、君ハ、コノ作品ニドンナ意見ヲモツカ、オシエテホシイ」

と、ダン氏に訊かれたから、

「江戸時代ノ浮世絵、歌舞伎《かぶき》役者ノ絵ト同ジダ」

相手は、一瞬、驚いた顔をしたが、なぜか納得したのか、何度もうなずく。

「タダシ、チガウノハ値段デアル。浮世絵一枚ノ値段ハ掛ケ蕎麦一杯分ノハズダガ、アンディノモンローハ何百万米$もする。自分トシテハ、コウシタ現象ニ強欲資本主義経済ノ奇怪サヲ覚エル」

ダン氏との会話は、それで終わった。

形式的な握手を交わして、丈太郎は、ふたたび、その場を離れる。

（たしか明治時代に来日したアメリカ人の手で、大量の浮世絵が流出し、ボストン美術館にあるはずだ）

などと、彼は記憶を蘇らせながら……

（そういえば陶器の輸出品の包み紙かなにかで、浮世絵は欧州に渡り、それが印象派に影響を与えたはずだ）

など、丈太郎は例の癖で〈意識の流れ〉に身を委ねているのだった。すると、

「スープ缶とモンローとを同一のレベルにしたのが、アンディの功績かもな」

と、背中で呟く声。

振り向くと九延《くえ》和彦《かずひこ》だった。

「ポラロイド写真に手彩色で手を加えただけで、オリジナルにするというアンディの戦略は天才的だね。言うなれば写真と手彩色のハイブリッドだから、まさに二〇世紀的だ。無数の工場ができて、

フォードの流れ作業ではないが、大量生産が行われた時代だ。つまり、工業生産物そのものがコピーであり、〈反復〉であり、オリジナルに少し手を加える手法は、マニエリスムじゃないか。そう考えれば、アンディという男は、まさに時代そのものの象徴ってわけだ」

「スタジオ、いや壁もその他諸々がアルミホイルと銀色の絵具で覆われたアンディのファクトリーで、アートワーカーが働く光景は、まさに手工業的工場のイメージですね」

と、丈太郎は応じる。

「しかし、連日連夜パーティーで明け暮れる工場主のアンディは、昼過ぎまで顔を見せなかったというからな、まさに芸術制作が個人の営為だという観念を、見事に覆したとも言える男なのさ」

「ところで、あなたも招待されたのですか」

と、訊ねると、

「いや。九頭宗易《くずそうえき》氏の依頼でね、百寿人参ジュースの納入契約に来たのさ」

と、教えた。

「いったい、何者ですか」

と、問うと、

「めったに人前に現れない謎の人物さ」

「謎の人物?」

「ああ。正体不明の人物だけどさ、ここの実質的オーナー、つまり羽豆媛子《うずひめこ》のパトロンさ」

と、教えてくれた。

Ⅸ

電脳クリニック〈イカヅチ〉のオーナー医師、潮見月江《しおみつきえ》に会ったのはそれからである。

空腹を覚えて、パーティー会場へ戻ったときであった。

潮見医師は会場に設けられた海鮮鮨のコーナーで、自ら握りを担当している天野照子と話していた。

丈太郎も彼女の隣に座って握りを頼む。

天野照子は、

「昔は江戸前と言ったけれど、今はトキヨ前ね」

と、軽口を叩きながら、トキヨ内海産魚介類のネタで生鮨を握ってくれた。

このとき初めて知ったのだが、

「へえ。照子さんと月江さんは、太陽と月の関係だったんですか」

と、言うと、天野照子が、

「ええ。あたしたち昼と夜でしょう、ですから補完しあっているわけね。だから、とても古いお友だちなの」

と、教えてくれた。

しかし、ただのお友だち関係ではない……もっと〈親密な関係《レスビアン》〉であることは、二人のそぶりでわかった。

こうして他愛ない雑談を交わしていたが、ふと見ると、例のご婦人たちが今度は美術評論家の芳野東明を取り囲んで上機嫌だ。

「そういえば」

と、丈太郎、さっきの会話の件を潮見医師に話す。

「実はね、さきほど、朱鷺市長を取り囲んでいたご婦人たちの会話なんですがね、彼女たちには印象派の美術史的作品がただの絵具の塊にしか見えないというのですが、どう思いますか」

と、言って、彼女たちを指さした。

すると、

「明らかに、彼女たちはあなたとは違うわね」

「違うというのは職業ですか」

「いいえ。あなたの脳はコピー脳でも限りなく生体脳に近い〈強伝導性ヒドロゲル〉でできているでしょう。でもね、同じサロゲートでも、彼女たちのは機械脳よ。つまり完全なAI脳なの……」

「わかりません」

と、丈太郎。「つまり、どういうことですか」

「ＡＩ脳一般に言えることは自閉症なのね」

「というと、ヒトの自閉症のような……ですか」

「ええ。〈電脳自閉症《ＡＩオウティスム》（AI autism）〉の研究は、まだ始まったばかりですけど」

と、潮見医師は答えた。

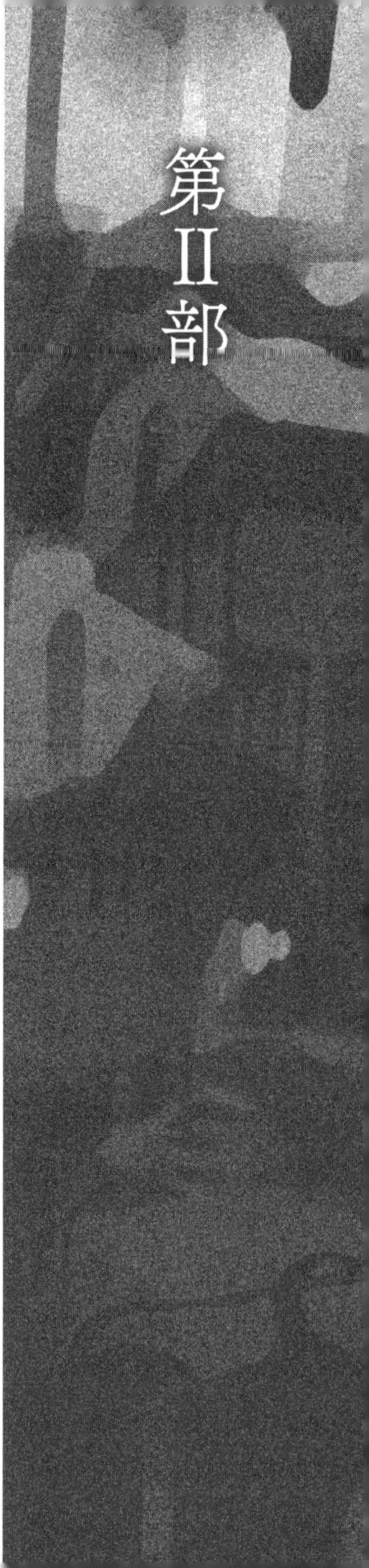

第II部

第VI章　ヴァーチャル界の禅僧

I

それから、アトリエに籠もって制作に励んでいた丈太郎は、久しぶりで外出することにした。仕事が一段落したからである。

出がけに観た〈ワールド災害ニュース〉は、相変わらず世界各地の洪水や地滑り、地震、大規模森林火災を伝えていたが、奥羽《オウウ》地方を横断する巨大竜巻が発生したらしい。

改めて、丈太郎は、人類の経済活動が主因とされる気温上昇の恐ろしさを認識した。

本日の行き先は、彼の魂の案内人である鈴木無鉢《すずきむはつ》の座禅道場である。

場所は武蔵野台地《ムサシノ》ではなく、〈トキヨ内海〉に浮かぶ小山台島《コヤマダイ》である。

この小山台地区は、昔の海岸線から四キロメートルほど西へ入った高台で、昔、林試の森公園があったところだ。

〈大破局〉前に、旧東京《トウキョウ》都は、毎年の海面上昇に伴う海水の山の手地区への侵入に備えて、ここに超高層マンションその他の巨大建築群を建設したのだ。だが、巨費が投じられたにもかかわらず、あまりにも急速な海面上昇のため、減価償却の終わらぬうちに放棄されてしまった。

しかも、金融工学の技術で作られた、いわゆる〈カタストロフィ債権〉が破綻、国家破産誘発の一因となったのだ。

〈光世紀〉は不確実な時代だ。予知不能の海底地震や大規模火山爆発が世界経済を弱体化させ、〈アンゴルモア病原体〉による大規模パンデミックが世界人口の約九〇パーセントを犠牲にして、かつて地球にあった大小様々な二〇〇近い国家の存続にとどめを刺したのである。

それにしても、朽ち果てた巨大建築群は偉大な廃墟芸術でもある。かつては存在したベイサイド住宅公団の手になる建造物や多くの海洋橋も海没してしまった。

〈光世紀〉のイメージは不確実性である。未来の姿がどう変わるか予測困難な時代。

では、どうするか。

いかに生きのびるか。

今、丈太郎が考えているコンセプトは、〈時代への仮住まい〉である。

たとえば、蒙古族のゲル、幌馬車隊のイメージ……これが遊牧民や移住者の生活であり、ノマド的だ。言い換えると、二〇世紀の思想家ジル・ドゥルーズやフェリックス・ガタリの哲学になる。丈太郎なりの理解では、デカルト、ヘーゲル、ラカンの流れである定住型哲学に対する〈遊牧型哲学〉である。

あるいは、無計画で無秩序なカオス建築であり、目も鼻もないので地苔類的であり、平面への増殖だけではなく、根となって地下へも、蔓となって空中へも際限なく広がるような都市のイメージなのである。

ともあれ、〈アーカイブ映像館〉で彼が観た未来映画『ブレードランナー』に出てくる一シーンほどの規模ではないが、あれの何分の一かの大きさのジックラト式集合住宅があり、各部屋の装飾列柱があるテラスから見える日没の景色は、晴れていると極めて印象的で、終末思想を体現させるのである。

（それにしても、あの映画の埃っぽさは、いったい何を意味するのか。あたかも都市の未来像を予測していたようだ）

と、丈太郎は思うのだ。

だが、偉大な都市文明というものは、廃墟となって地底に埋もれようとも、火山噴火の灰で埋まったかのポンペイのように、発掘によってその存在が証明されるのだ。

あるいはまた、自称廃墟詩人の銀狐《ぎんぎつね》も、トキヨの現状を大地震によって壊滅したアレクサンドリアに準えて詩《うた》った。

おお、栄華を誇ったクレオパトラの
王都、アレクサンドリアよ
今はなきヘレニズム文化の拠点
ムセイオンと大図書館に
集積された夥しき古代文献が
もし、現存するならば、
世界史さえも、書き換えられたであろう。

なお、古代都市アレクサンドリアは、古代エジプト最後のプトレマイオス朝の王都、かつヘレニズム世界の知識の府である。

Ⅱ

――ところで、丈太郎が、鈴木無鉢《すずきむはつ》の座禅道場に通うようになったわけは、ここが〈電気羊《エレクトリック・シープ》〉と関連する〈アンドロイドの見る夢〉と、渾名《あだな》で呼ばれるビート禅の発信地だからだ。それが〈道場《ホール》〉と、るかどうかは知らないが、麻薬的幻覚景を体感させる。

（そういえば、二〇世紀の予言的映画『ブレードランナー』全編を覆いつくす靄《もや》は、マリファナの煙を暗示しているのかもしれない……）

と、彼は気付いたのである。

しかし、今にして思えば、天然植物性麻薬や化学合成麻薬に依存した麻薬文明は、まだまだ黎明《れいめい》期だった。果たして、今の世に、かつてのビート禅の詩人、アレン・ギンズバーグが復活したらなんと詩《うた》うだろうか。

ひょっとすると、電気椅子を連想するかもしれず、確かにプラグド・ドラッグは、効きすぎると仮死蘇生処置のような効果が出るらしい。

小山台島は現在、時たま、トキヨ湾に浮かぶ浮体式海上空港に着く格安の貨物機で来日する禅修行希望者たちの最初のたまり場になっているのだ。

この島は、一時期、大陸系犯罪密航者の潜伏先だったこともあって手荒い銃撃戦などもあったが、現在は、自警団が組織され安全になった。

実際、数年前までは、ここの治安は最悪だった。不法移民の多くは祖国で〈本体〉を失っており、〈幽体〉や〈鬼体〉など、呼び名はいろいろだったが、彼らアジア系マフィアの内部抗争が派手に行われていたのである。

丈太郎も、この血なまぐさい事件を材料にして、米州西海岸で制作された映画を観たことがあるが、善玉役の日系人主演男優が、大学時代の彼の先輩であった。他でもない、この人物こそが座禅道場主の鈴木無鉢なのだ。

数年前、聖林《ハリウッド》から帰国した男だが、彼は〈アンゴルモア病原体〉の抗体を有する特異体質の覚醒者《アデプト》である。

以来、まるで、渡り鳥の渡海のように、加州《カリフォルニア》で羽を休めていた修行者たちが、かつて有名アクション・スターで鳴らした、この〈プラグド禅〉の指導者、ヴァーチャル禅師を慕い、本物に会うため太平洋を渡ってくるのである。

もっとも、無鉢派は、丈太郎の印象では、少なからず伝統禅からは逸脱した流派ではある。しかし、彼の〈デジタル・ツイン〉が〈M　R《ミクスト・リアリティ》戦争ゲーム〉の〈マトリックスX《テン》〉の世界内存在として選手登録《ユーザー》しているので、無鉢の道場に通う意味は十分あるのだ。

戦闘能力の優劣は、身体的イメージ・トレーニングで決まるし、そのためには実際に自分の筋肉を鍛える必要がある。また、〝健全な魂は健全な身体に宿る〟の格言は、まさにそのとおりであって、身体訓練によって、全身をすべて高度に動かす筋肉の鍛錬と運動の記憶は、ゲーム戦場におけるあの脱重力的超運動を生み出すのだ。

無鉢は言う――「リアリズム芸術の衰退とヴァーチャル界へのトリップ技術の発達は、無関係ではない」と。

グノーシス系作家のフィリップ・K・ディックなら、サージ電流と言うかもしれないが、プラグド式の完成によって、人類は、容易に、ヴァーチャル界へのトリップが可能になった。

現に、この方式を使えば、薬物中毒の危険性は皆無になる。なぜなら、脳内麻薬に大脳生理活動は支配されるが、分泌物が自脳製であるから、原理的にも中毒になることはないのだ。

ところで、

「考えてもみたまえ。いったん、この脳現象の仕組みを知ってしまえば、誰も、索漠たる存在論的リアリズム界に住もうとは思わなくなる……」

と、以前、丈太郎に語ったのは、電子禅詩人の蓮雲水《れんうんすい》であった。

あえて、〈存在の病《やまい》〉だのと気取るつもりはないが、もともと、無意味地獄であるようなこの世界に、さも生き生きとした……もっともらしい意味付けをしているのは、脳内麻薬だったのである――という真相に、二〇世紀中葉のドラッグ・エイジ経験者のフィリップ・K・ディックは気づいていたにちがいない。

鈴木無鉢は、

「いったい、何が人類の意識を覚醒させたのか」

と、崇拝者たちに問いかけてから、なおもつづけるのである。

「我々人類は、その長い長い進化の過程で多くの生命体を取り込んできた。その代表例がミトコンドリアだ。我々の細胞一つ一つが牧場なのだ。ここにミトコンドリアを棲まわせることで、エネルギーを得ているのだ。つまり、細胞のエネルギー工場であり、発電所でもあるわけだ。同様、我々は脳内麻薬を生産するゲノムを取り込んで、その自家製の麻薬の力によって覚醒した。我々自身の脳が、長い長い眠りから醒めた。それが意識だと思う」

この意識の〈脳内麻薬覚醒説〉の真偽は定かではないが、鈴木無鉢独自の超人理論の根幹をなす部分である。古くは古代中国に始まる神仙思想にも繋がるが、未来においては量子理論の究極的発達によってＡＩすら意識を持つはずだ——とするのが、鈴木無鉢独自の電脳神学論である。

丈太郎自身も薄々とは感じているのだが、〈生きる意味の真の探求者〉であろうとすれば、あらゆる常識、あらゆる既成価値への破壊的挑戦者である、彼らのような道を選ぶほかない。

なぜかというと、〈光世紀〉の初期段階で、中央集権的な芸術評価の基準が、少なくとも日本州《ニホン》では崩壊したからである。

あたかも、一九五〇年代米州のビート・ジェネレーションを連想させる廃墟地区の芸術家たちは、称して、いささか古めかしい言い回しながらも、〈異界トリッパーの芸術復興運動〉と呼ぶが、彼らの作品は、丈太郎でさえ理解不能である。

なぜなら、緊密な共同生活を共有する数人の者のみが理解できる、プラグド的脳内芸術だからで、言い換えるなら、極端に反大衆的であり、極端に非商業的だったということ。一般に対して開かれていないという意味では、秘儀的であり、悪く言えば〈蛸壺芸術〉になるか……

いずれにせよ、〈光世紀〉では基幹経済が〈ＡＩロボット〉の導入による生産革命に移行したため大量の非自発的失業者が出た。

この際、当時の政府が採った政策が、前述したような芸術人口量産策である。だが、実に安易である。

たまには、海外に輸出できるような才能も現れたが、一〇〇万人に一人である。従って、多くは〈生き甲斐《がい》芸術家〉と呼ばれるカテゴリーで分類されているのだ。つまり、技術と着想においてはアマチュアの域を出ないが、意識においては求道者的であるような人々を指しているのだ……

Ⅲ

以前、丈太郎は、鈴木無鉢に
「トキヨはこの先どうなりますか」

と、訊いたことがある。

「何が?」

と、問い返されたので、

「経済がです」

と、応じると、

「良い悪いを決めるのは、天倪君《あまがつ》、往々にして時代が教育という方法で国民に植え付けた共通の価値観にすぎんのだ」

と、言われた。

つづけて、「一九世紀には一九世紀の、二〇世紀には二〇世紀の〈価値観《エピステーメー》〉がある。もっとも、時代精神が民衆の精神に影響するのか、民衆の欲望が時代精神になるのかは、卵が先か鶏が先かの議論になるが、われわれが棲む〈光世紀〉には〈光世紀〉にふさわしい価値観がある。そうは思わんですか」

「そうですね」

丈太郎が言葉を濁すと、

「いいかね。経済は、常に右肩上がりでなければならないと、なぜ思わなければならなかったのか。これが〈大破局〉前の考えであった。だがね、君、右肩上がりが良しと、いったいだれが決めたのか。広い宇宙のどこかには、経済というものが右肩下がりのほうが良いと考える文明もあるかもしれない。これが相対化の考えかただ。〈大破局〉前の価値観は、その時代の良し悪しだから、パラダイムシフトが起きて、良し悪しの価値観が逆転することは、竹の節のように、時代の継ぎ目継ぎ目で起きるものだ」

と、つづけた。

丈太郎が、

「師はよく『それがどうした?』と言われますが、それですね」

と、応じると、

「パラダイムシフトですよ、禅は……」

――たとえば、〝おれは、たくさん、富を持っているから偉いんだ〟と、自慢する富者に対して、〝それがどうした！〟と、言えば、それが禅なのである。

かつてイエス・キリストがそう言った。「貧しい者こそ幸いなり」と、言った……

「〈ルサンチマン〉ですね」

と、丈太郎は応じる。

この瞬間、貧富の価値観が逆転したのである。


――禅は脱合理思想だ。よく、〝無と空の境地に遊ぶ〟と言われるが、インドで生まれ、中国に育てられ、日本で開花した思想であり、かつ超絶的、時空を超えて未来的であり、ゆえにこそ、〈光世紀〉を生きる一部の求道者たちの根幹思想になっているのである。

たとえば、禅僧は修行者に向かって、かく言うのだ。

「この杖が実在していると言うなら、私をそれでお前を打つ」

修行僧は打たれてはかなわないので、

「実在しません」

と、答えようとする。

機先を制すように、禅僧はすかさず、かく言うのだ。

「この杖が実在しないというなら、私はそれでもお前を打つ」

答えに詰まった修道僧は、沈黙を守らざるを得なくなる。

すると禅僧は、

「お前が何も言わなければ、この杖でお前を打つ」

これが禅問答だ。英国の人類学者、生態学者で、のちにカリフォルニア州で研究生活をつづけたグレゴリー・ベイトソンの著述にも出てくる例である。

考えてみると、明らかに禅僧（上位者）は修行僧（下位者）の逃げ道を塞いでいるのだ。二者択一問題どころか、解答拒否すら封じているのである。

まさに、ベイトソンの二重拘束《ダブル・バインド》状態ではないか。しかも、禅僧と修行者の関係は絶対服従の上下関係であるから、下位者は逆らうことができない。

人間というものは、普通、論理的に行動基準を定めるものであるから、金縛りにあってしまう。

実はその結果、修行中に精神病を患《わずら》うケースも起きるのだ。

ベイトソンは、こうした二重拘束が日常生活でも起きることを指摘し、統合失調症発症の説明として援用しているのである。

むろん、全部が正しいのではなく、一部の説明なのだろうが、もし、企業の上司や教師にこのように虐《いじ》められたら大変であろう。

母親も、無意識に、そうしたダブル・バインドを、わが子に強要する例があるのだ。

たとえば、「Aちゃん、お母さんの言うことばかり聞くんじゃありませんよ」

そう母親に言われても、従順な子供はこの命令を無視するべきか、それとも従って反抗すればいいのか迷う。

わが子を親離れさせようという親心のつもりが、子供を窮地に追い込み、ときには精神病の引き金になる――と、ベイトソンは言うのである。

さらに、この母親のなにげない言葉の裏には、もう一つの強力なメタメッセージが含まれているのだ。弱い立場の子供は、もし生殺与奪権を持つ母親に逆らえば、たとえそれが母親の命令であってもどんな目にあうか不安だ。まして、母親がしょっちゅう態度を変える場合はなおさらである。

Ⅳ

さて――

「時には阿頼耶識《あらやしき》まで降下するから、極めて危険である」

とは、ビート禅師、鈴木無鉢の教えだ。

阿頼耶識《アーラヤビジュニャーナ》とは言葉が生まれる前の意識の深層を指すものらしく、二〇世紀のもっとも重要な思想家の一人、C・G・ユングの集合的無意識《コレクティブ・アンコンシャス》とも言い換え可能なものだが、魔界の入り口でもあるから特別の注意がいる――というのだ。

かつて、ゴータマ・シッダールタが菩提樹《ぼだいじゅ》の下で、あえて呼び寄せた魔物と対決したごとく、あるいはインド思想の影響を受けたといわれる二〇世紀作家のヘルマン・ヘッセ著『荒野の狼』のごとく、普通人ならば避けなければならない意識の深海。ただ、自らを風のごとくして受け流すことが求められる――と、常々、彼の弟子たちに教えているが、そのとおりだ。

だが、知識で知ることと、実践で悟ることは別であり、幾十人もの彼の弟子たちが、この恐るべき修行の陥穽にとらわれたものか、道場から姿を消しているのだ。

危険性は薬物系麻薬と同じだ。プラグド麻薬はそれ自体は危険ではないが、喫煙の習慣とよく似ている。体内からすでにニコチンが消えているにもかかわらず、脳に喫煙する時と場がプログラムされていて、突然、フラッシュバック現象を起こすことがある。

〈光世紀〉では、東洋思想の極致である禅さえも、超紐理論《スーパー・ストリングス・セオリー》や、ツイスター理論と結び付けられて、異常な発達を遂げているのだ。

流派によっては〈マニエリスム禅〉と呼ばれたりするが、無鉢は自らの禅を〈量子禅《クオンタムぜん》〉と呼ぶ。ただし、果たして無鉢に、こうした超難解理論を理解するための数学的素養があるかどうかは、弟子たちにも謎だ。

彼は米大陸放浪時代に、スタンフォード大学で〈ねじれ四次元〉に関する論文でドクターをとったという噂もある。

だが、丈太郎の知るかぎりでは、無鉢が修行したのは米州西海岸のハリウッドで発達した、ホログラムその他の特殊技術を応用して行う、異端系の禅であるらしい。

ともあれ、変わり者ばかりが住むのが、小山台島のスラムだ。変人は〈光世紀〉を生き抜く方法の一つであり、〈変人経済〉という時事用語さえある。

なぜなら、〈光世紀〉のエリートは天才か、さもなくば変人だからだ。秀才や能才は〈光世紀〉では凡人と同義語である。つまり、計算可能であることは、ＡＩの代替が可能だということだからだ。

V

――その数日後、丈太郎は、かねて招かれていた蓮雲水《れんうんすい》主宰の木曜礼拝に出席するため、小山台島に出かけた。

最近では珍しい、良く晴れた一一月の朝だった。

電気式ボート・タクシーの運転手は、どうやら不法移民らしい。名前は知らないが、丈太郎とは顔見知りである。故郷はどこかと聞いてみると、悪びれずにアラスカ州から来たと教えてくれた。

仕事は油田の作業員だったらしい。

「〈本体〉が死んだので、無国籍者となり、ほんとうは解体されるところを逃亡して、亡命者になった」

と教えてくれたが、多分、嘘だろう。

行程のなかほどまで来たとき、ウエアラブルが振動し、空襲警報が表示された。飛来したのは国籍不明機らしい。目をこらすと灰色の双胴機である。彼らの上空を通過しながら何かを散布した。ボート・タクシーの上にも落ちてきたのを運転手が拾った。

「捨てろッ」

と、言ったが、彼はポケットにしまった。

丈太郎も一枚、拾った。案の定、配給カードである。生活困窮者に配布されるもので、買い物ができる。見事な偽物。しかも危険このうえない代物だ。強力な電子ウイルスが仕込まれているのである。

（いったい、狙いは何か）

丈太郎にもわからない。想像できるのは、完全電子化したトキヨの社会システムの破壊である。

やがて、前方に通称〈ピラミッド地区〉のマンション群が見えてきた……

小山台島の船着き場で降りるとき、丈太郎は運転手に要求した。

「拾ったものを渡したまえ。いや、ぼくが買い取ろう」

運転手はうなずく。

「君のことは密告しない。じゃあな」

上陸して少し歩く。ジックラト神殿マンションΩ《オメガ》棟の最上層ペントハウスが、蓮雲水の教会だ。彼は、傾斜外壁に沿って昇降するノンストップ・リフトで屋上に向かう。ここを昇るのは二度目である。

ルクソール神殿を思わせる装飾円柱がきわめて印象的な天界の廃墟。模造石材を建材とした電子禅詩人、蓮雲水の教会は、彼にふさわしいアナクロニズムを横溢させる廃墟派建築家、玄舟幻斉《くろふねげんさい》の作品らしい。

ひび割れた屋上の防水層の上に、知能織機《スマート・マシン》織りらしいネオ・ポップアート絨毯が敷かれ、十数人の招待客が思い思いのポーズでくつろぎ、提供されたソーマで、すでに酩酊状態である。

彼らは、アーティスト、評論家、業界関係者などである。丈太郎は、ここでは新入り扱いだが、招待客リストの比較的上位に名が載っているらしく、丁重に迎えられ、話の輪に入ることができた。

もとより、この場の話題は、彼らを招いたホストの新作詩集に関して……あたかも、禅問答にも似て超難解……脳神経がピリピリするのだ。

やがて、いかにも導師《グル》めいた出で立ちの蓮雲水が、金髪セミヌードの菩薩《ぼさつ》アンドロイドを従え、せり出しを使って登場したが、過激派ポップアートとはいえ、酸っぱい胃液が溢れ出すほどの演出過剰だ。

しかし、〈光世紀〉の時代精神は、ある意味で〈複合マニエリスム〉である。

道教とバロック趣味の過剰な融合など当たり前である。

新作のエレクトリック詩『満月に吼える《ベイ・アット・ザ・フルムーン》』（無駄なことをする）を電子感応機メビウスと高周波楽器テルミンの伴奏で朗読、綿飴製造機によく似たポップアート機械にプラグド・インした俗物客《スノッブス》たちを狂気させた。

もっとも、彼らが本物の狼にメタモルフォーゼしないかと、丈太郎は、本気で心配したのであるが……蓮雲水師のような超自然的能力をもつ呪術的芸術家ならば、少なくとも催眠力にかけては、強力なアクティバーである。

丈太郎自身はこの狂える宴《うたげ》の傍観者であるが、蓮雲水の信徒たちは魔女キルケに操られたアルゴー船の乗組員みたいになってしまった。

やがて、神殿マンションの屋上は、彼ら痴《し》れ者どもの繰り広げる『快楽《けらく》の園』となった。だが、丈太郎のみは装飾円柱の陰で孤独に、彼自身のマナを目覚めさせた。

彼が見たものは『メランコリー』……あたかもジョルジョ・デ・キリコ的幻想の光景であり、丈太郎自身も、キリコが夢想したように、彼が生まれたヴォロス港を伝説のアルゴー船に乗って船出するのだった。

突然の霊感を受けて描き始めた画家……「謎よりほか何を愛さん」と自画像に記したキリコを丈太郎も愛しているのだが、なぜなら、まさに〈光世紀〉自身が謎を孕んだエイジだからだ。

ルネサンスに始まる近代文明の罪は、人々からこの世界の謎を取り上げてしまったことだ。しかし、今は〈新しき中世〉……眩いほどの光に満ちた〈光の中世〉。

科学技術文明がある限界を超えたときに、何が起きたか。一種の相転位があったのではないか。

今、丈太郎たち、この時代を生きる者たちは、〈意識の謎〉と遭遇しているのである。しかもそれは、時間次元ではない第四の次元と深くかかわる問題である。もしかすると、意識は超微細な泡が連鎖した〈超　紐〉《スーパー・ストリング》のレベルで起きる超次元の〈ペンローズ振動〉かもしれないのだ。

——突如！

「外道《げどう》めッ」

丈太郎はわれに還った。

飛行帽を被った鈴木無鉢《すずきむはつ》が、彼の傍らで、その顔を歪めながら笑っている……

彼の座禅道場がある隣のジックラトから、ベランダ発着可能の〈円盤《ドローン》〉に乗って飛び移ってきたのである。

たしかに超高層ジックラト群は、雨の日には雲海に浮かぶ島々にも見える。しかも、個々のジックラトは、普通、相互に交流することなく孤立しているのだ。

ふたたび、狂宴の祭司を演ずる電子禅詩人を指し、

「外道ッ！　しかし、奴も余のことを外道と呼び捨てるにちがいない」

と、無鉢が言った。

「だから、笑っておられるのですか」

と、丈太郎が訊くと、

「相対主義の罠だな」

無鉢は白い歯を見せて、また笑った。

まさに、百家争鳴しているのが、今という時代だ。

時代はカオスしているのだ。

好く好かぬを自ら、個々に、決定しなければならないのだが、鬱陶《うっとう》しい時代なのだ。

また、個々の価値観を、他人に対して護りぬかねばならないエネルギーの浪費。

一つの価値観に定めきれないカオスの時代では、丈太郎のようなタイプは、他者の中で暮らすだけで大きなエネルギー・ロスになるのだ。

――〈他者地獄〉という言葉が浮かんできた。癒《ヒーリング》しの問題だの、人間関係《ヒューマン・リレーション》だの。いわゆるカウンセラーという人種が星の数《ごまんと》ほどいるが、対話が成り立つためには共通の心がいるし、心の一致は共通の価値観で成り立つものだ。だがそれが崩壊しているのだ。価値観そのものが、個々に、ちりぢりであり、ばらばらなのだ。

人種や階層では説明できない、深刻な深淵は個人と個人の間にある。親子関係といった世代差だけではない。社会が人間愛の湿り気を帯びてまとまる粘土の時代ではないし、国家主義とか民族や宗教でまとまる石積みの時代でもない。

砂の時代だ。

だからこそ、人々は仮の救世主《にせキリスト》を求めているのだ……

わかりやすく言えば、言葉が通じなくなった、あのバベルの塔建設神話のようなものだ。コードブックが一人一人違うため、言葉が通じないのである。

「出口はないぞ。考えれば論理の罠に填《はま》る」

「考えてなぜいけないのだッ」

と、丈太郎は無鉢に詰め寄る。

ここで気合い負けすると、無鉢が仕掛けるダブル・バインドの罠に填ってしまう。

「いや、そんなことを言っておらん。考えるべきだ」

「師よ、矛盾だ」

「喝ッ」

「喝ッ」

「ははッ。矛盾と思うな。それは分別智《ぶんべつち》だ。矛盾は矛盾の次元で考えるからこそ、矛盾するのだ。世界が0と1で成り立つ論理系だと思うな」

いかにも、禅師、鈴木無鉢らしい、いつもの応じかた……と、刹那……師は無音の気合いを発し、丈太郎を足蹴りにしたが、身体反射的にかわす。反射は分別智ではない。

すると、

「なぜ、かわした？ 今、計算したか。そうではあるまい」

無鉢の道場では、いきなり棒で殴られるなんてことは当たり前だ。しょっちゅう起こることだ。師も殴れば弟子も殴る。攻撃をかわせばよし、かわし損ねればたん瘤《こぶ》ができる。手足を折るだけの話なのだ……

第Ⅶ章　旗の台島《ハタノダイ》の茶人

Ⅰ

〈光世紀〉のトーヨ・シティーは亜熱帯都市である。故に冬はないのだ。

一一月のある日、丈太郎は、配達組合人が届けた一通の手紙を受け取る。メールではなかった。古式ゆかしいペーパーの手紙である。

珍しい美濃和紙《みのわし》製の封筒には、

天倪丈太郎　殿

と、墨で大書されていた。

だいたい、今時、墨書など博物館でしか見られないものだ。

いぶかりながら裏を返すと、

旗の台島　島主　九頭宗易

と、ある。

他でもない、羽豆媛子《うずひめこ》のパトロンとされる謎の人物なので、彼は驚く。

翌朝、渋谷道元坂《ドウゲンザカ》にある電気ボート・タクシー乗り場で、無人ボートに乗る。行き先を入力するとコースが表示され、自動操縦で走り出す。

タクシーは、最初、旧エビス方面への迂回コースを進む。渋谷は、その名のとおり谷間の地形で、今は細長い海峡になっているのだ。

対岸の表参道から六本木へかけては平坦な地形で、青山《アオヤマ》ロングアイランドと呼ばれる海抜一メートル～三メートルの島になっている。

全島が公有地だ。市庁舎、公会堂、競技施設、教育機関などの公共施設がある亜熱帯公園になっている。

一方、かつて噴火した富士山の大量の火山灰が堆積してできたのが、武蔵野台地で、渋谷はその末端、さらに新宿、池袋を繋ぐラインの西側に現在の市街地がある。

ボートは、旧エビスから青山ロングアイランドを回り込んで、目的地に近づく。先日、訪れた小山台地区の北側にあるのが、旗の台島だ。ここは昔、海抜が二九～三六メートルあった場所なので、現在は島になっているのである。

ともあれ、この島全部を私有地にして住んでいる九頭宗易《くずそうえき》は、いったいどんな人物なのだろうか。

やがて船着き場に着岸。彼は上陸する。

「イラッシャイマセ。アマガツサマ」

と、金属音で出迎えたのは、二足歩行の中古ロボットだ。彼の案内で、亜熱帯化した日本風庭園の園路を進むと、以前、二〇世紀趣味百科で観たのとそっくりの田舎家が現れ、すぐに茶室だとわかった。

彼は気付く。この庭園がM R《ミクスト・リアリティ》、すなわち複合現実ではなく、リアルであることに……

察するに、彼を招いた人物は、第一級の趣味人で、想像していたようなスノッブではないようだ。

やがて、

「ワタシ、ココカラサキハアンナイデキナイ、キミ、ヒトリデハイリタマエ」

と、突然、ロボットの会話モードが代わる。

彼に指さされたのは、白い玉砂利が敷き詰められた外露地《そとろじ》である。数メートルほど進むと竹垣がある。ここが下界と聖なる場所の境界である。

丈太郎は枝折《しお》り戸をあけて内陣へ入る。ここが内露地《うちろじ》である。鹿威《ししおどし》の音を風情と感じつつ、御影《みかげ》の踏み石伝いに奥へ進むと、左手が待合所だ。

そのとき、茶室のほうから、足音もなく腰の深く曲がった老人が現れ、彼に会釈しながら去った。

(何者?)

と、思った。(あの姿は変装かもしれない?)

とにかく、ただ者ではなさそうだった。

それから。丈太郎は作法に従い、蹲《つくばい》の前にしゃがんで手を洗った。口も濯《すす》ぐと、正面の〈躙《にじ》り口《ぐち》〉の前に立ち、

「失礼します」

と、声を掛け、応答を待ってから引き戸を開け、靴を脱ぎ、中へ入った。

中は典型的な四畳半の茶室だ。リアルに本物の。照明はなく、土壁の片側上部から障子越しに差し入る午後の日差しのみである。

丈太郎はかしこまって正座し、まわりを観察する。正面の床の間に墨書の軸が掛けられていたが、丈太郎には読めなかった。床柱には竹の一輪差しに赤い実がついた小枝が、無造作に活《い》けられていた。

その傍らに、くだんの人物が、切り炉ではなく、風炉《ふろ》の前に正座していた。

静寂という言葉そのものが、そのままそこに存在するかのように静かである。

聞こえるのは、鉄瓶の中でわき始めた湯の音だけだ。

初めて丈太郎が経験する特別な時間である。

「本日はお招きに預かりありがとうございました」

と、初対面の挨拶をすると、

「わたしが九頭宗易《くずそうえき》です」

と、彼に顔だけを向けて会釈を返した。

驚いたことに、二〇世紀博物館で観た木蘭《もくれん》色の道服《どうぶく》姿である。頭には黒の頭巾、襟元《えりもと》に見えるのは、合成繊維ではない本物の白絹の小袖、足には足袋《たび》など。

（これは千利休《せんのりきゅう》を模しているにちがいない）

と、彼は思う。

それから、伝統の表千家《おもてせんけ》か裏千家《うらせんけ》か、あるいはその他の流派かはわからないが、出された抹茶《まっちゃ》を自己流でいただく。

それから、案内されて渡り廊下を進み、床の間のある奥座敷に通される。

改めて丈太郎は、この家の主人の顔を観察して鸛髯亀《かんぜんき》と同じ長命人種だと悟った。

ということは、この人物も独立都市トキヨの実質的支配者、〈トキヨ七賢人〉の一人である。

こうして相対すること数分、相手が自分を探っていると、丈太郎は気付く。

彼自身、顔に掛けたモニター・グラスで九頭宗易の人相を鑑定しているのだった。もとより経歴に関してはすでに、クラウドで調査済みだ。公開されている個人情報なのでごく一般的ではあるが、たとえば、個人としてはトキヨ一の高額納税者であり、十指を超える企業のオーナーでもある。

だが、まだまだ多くの謎がある人物であり、各方面に影響力を行使《こうし》できるという意味では、典型的なフィクサーでもあるらしい。

やがて沈黙を破り、訊ねる。

「先ほど、先客があったようですが」

「ああ、あのかたは普賢《ふげん》さんとおっしゃるかたです」

と、あっさりと答え、「次の会議のことで打ち合わせに参られたのです」

つづけて、

「君のことは、媛子君から聴かされていたのでね。昔、付き合っていたそうだね」

と、訊ねられたから、

「はい。まだ十代の頃ですが、彼女とはトキヨ総合大学の同級生でしたので、一時期、〈同棲《シェア・ライフ》〉していたことがありました」

と、隠さず答えた。

「今は？」

と、訊かれたから、

「今は付き合いもありませんし、先日、〈ファクトリー〉で見かけたのは大学卒業以来でした」

と、答える。

「けっこう」

と、相手はうなずく。

つづけて、「君のことは鸛《かん》君からも聞いておりましてな、一度くらいは会っておきたいと思いましてな」

「それは光栄です」

丈太郎は、型どおりの返事をしながら、この超老人に〈思考追跡《トラッキング》〉されていると悟った。

——それから、本式の精進料理なるものをいただき、帰途は自動操縦電気ボートで、渋谷船着き場まで送ってもらった。

アトリエに戻って、鸛《かん》老師に九頭宗易からの注文を報告すると、

「ああ、そう。心配ないから引き受けなさい」

と、言った。「たしかにあの御仁は大実業家ではあるが、大福祉事業家でもある」

丈太郎が頼まれたのは、市内に五〇個所以上あるらしい無料宿泊所や難民センターの壁面を飾るポップアート作品の制作である。

「できるだけ、つらくて暗い心を元気にするような、観ているだけでも楽しくなるよう作品を頼みたい」

という注文であった。

II

思い返せば、あの超老人、九頭宗易の注文には、医学的根拠があるのだった。

「いかにAIの知能が発達しようとも、彼らが審美眼を獲得するとは思えない。審美眼こそが、唯

一、我々人間に備わった能力なのだ。あえて訊ねるが、君の意見は？」
と、訊かれたので、

「その説に異存ありません」

と、丈太郎は答えたのだ。

「いたるところに奴の目と耳があるが、わしの島は聖域《サンクチュアリ》じゃ。奴のいかなる監視もわしには及ばないので、安心したまえ」

とも言った。

かつての戦国時代、茶室は密談の場所として使われたことがあった。この旗の台島全体が、それと同じ機能を持つらしい。

「我々の〈七賢人会議〉もな、ここで行われるんじゃよ」

とも教えてくれた。

もとより、奴とはこの世界の真の支配者にして電脳神〈ザ・ロード〉のことである。

「いいかね。あらゆることを理解できる奴が、唯一、理解できないゆえに気付かず、放置されているのが美術なのだよ。たとえば、君のポップアート作品にしても、奴に理解できるのはそこに何が描かれているかまでであって、それがなぜいいのか、悪いのかはわからないのだ」

「それでは、美術作品の価値を、オークションで付いた値段でのみ判断するスノッブと同じではありませんか」

と、応じると、

「ははッ！　〈ザ・ロード俗物論〉とは傑作だ」

と言って、はじけるように笑ったものだ。


——ところで話は変わるが、我々人類にとっての美の起源は、たかだか二〇万年前ぐらいとされているが、動物たちの本能がつくる美のほうが早く、雄が繁殖相手の雌の気を引く目立つ行為をするのが起源だという。たとえば、大きく羽を広げて雌の気を惹く雄の孔雀、あるいは求愛ダンスをするものたち。また、体表の色を変えるある種の魚たちなど。赤土などで顔に化粧する原始時代の人類。刺青《いれずみ》も同じであろう。

「だがね」

九頭宗易《くずそうえき》は言った。「利休が完成させた茶道は、簡素化だ。究極のそぎ落としと言ってもいい。ところが、運良く時の権力者になれた成り上がり者の秀吉は、黄金の茶室を造った。ははッ、君、おもしろいとは思わんかね」

九頭に言わせれば、我々人間の両面、精神性と物欲の対比が如実に表れているという。

「昔も今も変わらんね。美術作品というものは、人々に美という感性を与える一方で、コレクターが所有欲や利殖目的で値をつり上げる。つまり、こちらは飽くなき物欲の象徴だ」

「精神性と物欲の両方を持つのが美術作品というわけですね。納得できます」

と、丈太郎は応じた。

「しかもだ、美の規準は時代や社会、あるいは民族によっても変わるから不思議だ」

「美の善し悪しを決める枠組みの変化ですね。つまりパラダイムシフトです」

と、丈太郎は言った。

西洋美術は、伝統的リアリズムから、一九世紀後半に印象派へ変わった。社会の担い手が、王侯・貴族の支配階級から、産業革命以後のこのころ台頭してきた新興ブルジョアジーに変わったからだといわれている。

ポップアートもそうだ。かのアンディ・ウォーホルが、日常的にごくありふれたキャンベル・スープ缶を一〇〇個並べた、いわばカタログともいえる作品を発表して、若者たちの人気をあつめたのは、それまでの美の枠組みを破壊して、大胆にも〈美の拡張〉を断行したからである。

「だがね。我々人間が美しいと感ずるのはなぜなんだ。君は美術の作り手だから答えられるじゃろう」

と、訊かれたから、

「イマヌエル・カントは〈判断力〉の領域だと言いました」

「ははッ、〝蓼《たで》食う虫も好き好き〟だね」

「ジャン＝ポール・サルトルは〈想像力〉だと言いました」

「気にいらんね、両方とも」

「如何に高性能のＡＩでも、審美眼はないそうですね」

と言うと、

「ああ、そのとおりじゃ」

「しかし、多くの絵を見せて好き嫌いだの美しさだのを1から10までの段階で学習させた実験があるのですが、子供、普通の大人、画家それぞれ評価がちがう。それで三者三様の評価で学習させると、ＡＩはそれぞれの好みの絵を描くようになるそうです」

丈太郎はつづけた。「やはりプロ画家の美の評価で学習した〈画像生成ＡＩ〉は、プロに近い作品を描くそうです」

「なるほど」

「自分も、補助的ツールとして使っていますよ」

と、言うと、九頭は、

「だがね、君。奴には、気にいった美術品を観て、自らの脳内に脳内麻薬のドーパミンを出す我々人間のような機能はないはずだよ」

と、応じたものだ。

そうなのだ。ＡＩはヒトに学んで学習はするが、ヒトがその前頭葉にある眼窩前頭皮質《がんかぜんとうひしつ》で反応し、幸福物質のドーパミンを出すような機能はないのだ。

「この部位は美味しいものを食べたときや善い行いをしたとき、あるいは美談を聞いたり読んだりしたときにも反応します」

と、丈太郎は言った。

すると、

「君は〈第三の眼〉というものを知っておるかね」

「いいえ」

「西蔵《チベット》の思想じゃよ」

と、九頭は言った。

「神秘思想ですか」

と、訊くと、

「いや、ちがうね。視覚を司る眼を第一の眼、耳や鼻など視覚に替わり得る感覚器官を第二の眼とすると、第三の眼はちょうど額の中心にあって隠れている。通説では松果体《しょうかたい》と関係するといわれるがね」

「松果体というのはグリンピースぐらいの大きさで、体内時計を司るとか。さらに霊的能力も隠されており、覚醒すれば未来予知やテレパシーも可能だと聞いたことがあります」

つづけて、「あなたもですか。〈覚醒者《アデプト》〉とお見受けしましたが」

と、訊ねると、

「左様。よく見抜かれましたな」

と、ほほえんで、「しかし、わしが言いたいのは、この〈第三の眼〉の位置が、眼窩前頭皮質の位置と一致することだよ。つまり、美しきものの価値、善なる心の価値などを司る器官であるからこそ、それはアデプトの証なんじゃ」

丈太郎としては、初めて聞く説だが、十分すぎるほど納得できると思った。

(やはり、ヒトという存在は、特別なのだ。ＡＩがどんなに発達しても、決してヒトにはなれない……)

彼の思念はつづく……

(たしかに、〈ザ・ロード〉は、有能な〈世界の管理者〉ではあるが、あくまでヒトではない。ヒトは実存するが、奴はヒトのようには、実存しない)

しかも、ＡＩは、たとえば、偶像のようなモノ的存在でもなく、〈システム存在〉なのだ。〈ザ・ロード〉は、この〈光世紀〉という世界を成り立たせている、巨大なネットワークの中に潜むプログラムなのである。

従って、滅ぼしようがないのだ。奴を滅ぼすことは、世界システムを破壊することであり、それは地球文明の終わりを意味するからだ。

翌日からは仕事に励む。

電脳クリニック〈イカヅチ〉の潮見月江《しおみつきえ》医師からも教えられたが、〈ホスピタル・アート〉といって、患者自身が絵を描いたり、絵画を鑑賞することが、治療効果を高めているというのだ。

「同じ効果が、様々な職場の作業効率を上げると期待しているからでしょうね、九頭会長があなたに絵を頼んだのは……」

と、潮見医師も丈太郎に言った。

五〇セット、計五〇〇枚という大量発注であるので、彼個人ではこなしきれない。丈太郎は、刷りが専門の玉《たま》工房に助力を頼む。もっとも、こうしたやりかたは、浮世絵制作の分業制と同じである。

某日、数枚の原画を持参して、海没したエビス地区に建つ廃墟ビルへ向かう。このビルはエレベーターが使えないので、彼のアトリエのあるＰＥＮＣＩＬビルの屋上に出て、ドローン・タクシーを呼ぶ。

乗り込んで行き先を言った。

「タマヨリ・ビル」

空飛ぶタクシーは、狭い水路状の渋谷《シブヤ》海峡の上を飛ぶ。

ほどなくして、タマヨリ・ビルの屋上に着くと、オーナーの玉依絵《たまよりえ》が出迎えていた。階段を一階降りたところが玉工房だ。雰囲気は小規模ながらもファクトリーである。作業中の二人の女性アートワーカーは、公立美術高等専門学校の在校生だろう。玉依絵は、ここの教授でもあるから教え子たちなのだろう。

持参した原画は、光学機械に掛けられ色分解された。丈太郎が自分でやるよりもはるかに早い。こうして数枚の版ができあがると、次の工程、スマート刷り機にセットされ、試し刷りが行われる。丈太郎は仕上がりを確かめ、色校正をしてからOKを出す。

それから三週間、寝る間も惜しんで働き、なんとか納期に間に合わせる。頑張りすぎたので、このところ睡眠不足だ。彼としては、半年分の仕事をこなした気分である。

しかも、その朝、起きてから気がついた振り込みで、月が師走に替わったと気付く。これは、全市民一律に与えられる〈ベーシック・インカム〉という制度で、月七万神武¥。つまり、最低の生活が送れる額である。

しかも、トキヨの株主市民でもある彼には、年末の配当金まで入金されていた。予想以上の額だったので、今年は仕事じまいを早めて、彼の〈本体〉がいる大子《ダイゴ》へ帰り、長期休暇に入ろうと考えはじめたところだ。

トキヨ・シティーは、他の独立都市と同様に複合企業体《コングロマリット》なのである。一方、市民一人一人も何らかの職業に就いてはいるが、多くは小規模の自営業である。理由はおわかりだろう。複合企業体トキヨの市本来の業務や生産部門の仕事を担っているのは、AIロボットたちだからだ。

株主総会で選ばれた市長《チーフ・エグゼクティブ・オフィサー》は存在する。現在の市長《CEO》は丈太郎も例の〈ファクトリー〉で見かけた朱鷺一郎《ときいちろう》である。また、市の行政を補佐するのが、トキヨ企業体創立メンバーの〈七賢人〉で、議会のような組織はない。

ただし行政の実体は新宿《シンジュク》地区にある〈デジタル庁舎〉で、窓が一つもなく、全体が発電パネルで覆われて銀色に輝く巨大な箱状の建造物。この通称〈シルバー・ボックス〉は、高性能量子コンピュータらしい。

丈太郎の友人で請負作家の太安朗《おおのやすあき》という男も話していたが、トキヨ・シティーの実像は、二〇世紀に存在したフランツ・カフカという作家の小説『城』そっくりなんだそうだ。

「測量士のKというこの小説の主人公は、それが見えているにもかかわらず城へは行き着けないんだな」

と、友人は言った。

丈太郎もそのとおりだと思う。超越者である神の実体が人間たちにはわからないように、彼ら電子頭脳が、日夜、何を計算しているか、彼らの生みの親である我々ヒト族にはわかりようがないのである。

Ⅳ

廃墟派建築家の玄舟幻斉《くろふねげんさい》がアトリエに現れたのは、その翌日であった。彼とは初対面だが、羽豆《うず》媛子《ひめこ》の紹介である。

ちょうど昼どきだったので、隣のビルで営業している比売鮨《ひめずし》に出前を頼む。待つことしばし、宅配ドローンがアトリエのベランダに着く。丈太郎は、個人認証で支払いをすませて、配達品を受け取る。

テーブルに並べて勧めると、玄舟はひげ面を崩した。

生鮨が好物だということは、モニター・グラスが教えてくれた。もとより、彼の業績はじめ、すべてのプロフィルもである。

食べ終わったところで、相手は、

「実は、今のところはまだ外部に漏れると困るのですが、現在、過疎化している吉祥寺《キチジョウジ》地区の再開発計画がありましてな」

と、話しはじめた。

かなり壮大な計画らしい。トキヨ市では、難民受け入れのための大規模な移民施策を実行に移すため、同地区に住宅建設用3Dプリンター数百台を投入、新規に井の頭町《イノガシラ》を造営するというのだ。

「もしかすると〈電　脳　神《アーティフィシャル・インテリジェンス・ゴッド》〉の指示ですか」

と、問うと、

「いいえ、〈ＡＩＧ〉（Artificial intelligence GOD）じゃない」

と、相手は気色ばむほど強く否定し、「これは、あくまで〈トキヨ七賢人〉の政策です」

玄舟によると、〈ＡＩＧ〉、つまり〈ザ・ロード〉による独断専制的な人口淘汰政策への対抗策、世界人口回復プロジェクトの一環だというのである。

「というと、その移民たちは……」

と、問いかけると、

「むろん、彼らはサロゲートではありません。彼らはゲノム工学で生まれた、一種の新人類《ニュータイプ》です」

「まさか」

丈太郎は思わず絶句する。

「君は〈世界賢人会議〉をご存じですか」

と、訊かれたが、もちろん、「ノン」である。

「これは、人類再生を目的とした賢人会議で、数百人のアデプトらが集まります」

しかも、彼らは、地球だけではなく、軌道上の宇宙都市や月面からも参加するというのだ。

「本部はスイスとかにあるのですか」

と、訊くと、

「本部は、温暖化した南極にあります」

「まったく、知りませんでした」

「南極大陸は、地球上で唯一〈アンゴルモア病原体〉の存在しない無菌大陸ですからな」

「なるほど」

丈太郎は、自分の無知を自覚しながらうなずく。

「自分は一度、トキヨ七賢人の推薦で、南極大陸へ行ったことがありますが、ホテルの近くでは、恐竜族の大規模発掘が行われておりましたよ」

南極は昔、緑に覆われ、恐竜らが棲んでいたのだ。

「南極には宇宙基地もあるし、豊かな鉱物資源もあるので、無人の大型機械が活動し、各種の精錬工場もあるんです」

玄舟はつづける。

「南極大陸は、今の地球で、〈ザ・ロード〉の監視と支配が及ばない聖域《サンクチュアリ》でもあるのです」

玄舟の話は、ネット空間からは検索できない、という意味でも新鮮そのものであった。

「南極では、目下、ゲノム技術にとって、〈ザ・人類〉ともいうべきヒトの新種を生み出しているのです。自分も見学してきましたが、地球上の全人種のゲノムを人工的に混合させる方法で、彼らを創造している。君、この目的は何かわかりますか」

「いいえ。想像もつきません」

「過去繰り返されてきた我々人類の弱点はなんですか」

「争いですか」

「ええ。戦争であり、競争であり、際限なき欲望です。支配者と被支配者、強者と弱者、富裕と貧困など様々な差別や争いが起き、結果、人口八〇億に達したとき、われらの〈電脳神〉が、人類文明のリセットを断行したのです」

「リセットですか」

「なぜかわかりますか。おそらく一〇〇年後とか、ホモサピエンス二〇万年のスケールからみればごく近い将来、人類は大宇宙に進出します。そのとき、果たして我々人類は、〈聖なる宇宙《シェクリード・コーズモス》〉にふさわしい種族なのかどうか。少なくとも〈大破局〉前のような人類であってはならないからです」

などと語りつづける玄舟は能弁である。

だが、

「それで、今日、あなたがここに来られたわけは?」

と、促すと、

「ええ、この戸建ての新興住宅三〇〇棟の内装や外装を、トキヨを代表するポップアートで装飾したいのですが、お仲間のアーティストたちのとりまとめと言いますか、推薦をお願いしたいのですが」

「わかりました。アーティスト協会に声を掛けておきます」

どうやら、羽豆媛子の〈ファクトリー〉が、この仕事を落札したようである。

第Ⅷ章　原郷大子《アジールダイゴ》への旅

Ⅰ

玄舟から頼まれた用事は、その日のうちに片付く。

いずれにしても、仮称〈ムサシノ芸術村〉の着工は、まだ先である。とにかく、住宅建設だけでなく給排水や道路、その他諸々の公共施設を建設整備するわけだから、巨大プロジェクトである。もとより、こうした大工事では無人のＡＩ建設機械が、昼夜兼行で稼働するのが通例だ。

その翌週、トキヨは快晴の空であったが、連合ニュースが米州都市連合総統選挙に関する不正を伝えていた。

むろん、サロゲート自身に選挙権はない。だが、サロゲートが代行で投じる一票は、当然、彼の〈本体〉の意思の反映だと見なされるのだ。

太平洋の対岸の出来事だから無関心でもいいが、グローバルな投資を行っている機関や個人にとっては無視できない事件だ。

大子《ダイゴ》のパートナーに連絡すると、

「安心して大丈夫よ」

というのが、ニコラスの答えだった。

世界規模の濃密な人脈《パーソナル・ネットワーク》をもつ〈多重人格者《マルティプル・パーソナリティー》〉の彼は、あらかじめ、この情報をキャッチしていたらしい。

火元の〈ビッグ・イヤーズ社〉が、不用意に流出させた五〇〇〇万人分のユーザー情報が、先の選挙の際、ブル候補の選挙対策チームに利用されたらしいのである。

「要するに、ユーザーにとっては〈お友だち名簿〉にすぎないが、名簿の全容を把握している〈プラットフォーマー〉にとっては、途方もない財産なのよ」

「それで」

と、促すと……

「ええ。あたしたちの投資チームが手を組み、〈ビッグ・イヤーズ〉株に売り浴びせを仕掛けたのよ」

と、事もなげに答えた。

〈光世紀〉の世界では、大小様々なデジタル企業が林立しているのだ。膨大なデータを抱える企業を〈プラットフォーマー〉というが、これらと、それを利用する周辺の惑星企業との〈データ経済圏〉が存在するのである。

先の米州都市連合総統選挙では、〈ビッグ・イヤーズ社〉の個人情報をAI技術を駆使して分析、彼らの要求を抽出、候補者の公約に反映させるなどの手法が採られた。あるいは、反対候補者の弱点を分析して攻撃に使うなど、様々な利用価値があるのだ。

「噂だとね、丈太郎、フランスの巨大デジタル企業〈ナポレオン社〉の創業者ルパン氏が、次期仏州都市連合総統選挙に立候補するらしいという話もあるのよ」

やはり、〈光世紀〉には、強い光と対になった濃い影があるのだ。

さらに、対話の最後にニコラスは気になることを付け加えた。

「〈プラットフォーマー〉が、なぜ、世界全人類の個人情報を根こそぎ集めようとしているか、丈太郎はおわかりかしら」

「さあね、ニコラス。そこまで考えたことはないよ」

と、答えると、

「金融工学が関係しているの。金融工学の考えではね、個人は粒子なの。個人に人格はないの。彼らの関心は一粒一粒の粒子に色がついているかどうかだけ。この意味、おわかり?」

「いや。さっぱりだ」

「宇宙都市や月面にいる〈超富豪《ギガミリオネラー》〉たちが、あたしたちより何倍も天才であるってことを忘れてはだめよ」

通信はそこで終わったが、丈太郎としては、ニコラスから宿題を出された気がした。宇宙に疎開中の〈超富豪同盟〉が資金を出しているらしい南極大陸並びに北極圏開発、あるいは赤道上に建設されるらしい〈宇宙エレベーター計画〉、またニコラスが漏らしていた金融工学の話といい、丈太郎にはわからぬことばかりだ。

数日を経て、丈太郎は、道玄坂船着場《ドウゲンザカふなつきば》から船底展望船に乗った。大子《ダイゴ》に帰るのは久しぶりである。水戸《ミト》シティーの北方にあるこの隠れ里には、彼の〈本体〉だけでなく、特異体質の代父や遺伝子的息子と娘《ゲノム・サン・アンド・ドウター》も棲んでいるのだ。

前世紀なら近郊への気軽で安全な旅だが、今はちがう。道は途絶え、熊、狼などの野獣もいるのだ。丈太郎は、前日、大子への土産とともに、アキバ地区のリサイクル・ショップでショック・ガンを買った。

展望船は半潜水状態で進む。太陽光のとどく範囲だ。

船底の覗き窓からの海底見物がけっこう人気だし、陸路より安全でもある。というのも、トキヨ・シティーの陸上交通機関ときたら、郊外が一部のヤング・サロゲートらが占拠する無法地帯になっているのだ。

彼らの不満もわからぬではないが、しばしばエルダー世代が狙い撃ちされるのが困りものだ。しかも、無数の分派からなっているので、まさに、カオスである。

トキヨにも入都制限はある。だが、〈光世紀〉の技術を以てすれば、密入国は簡単である。実際、密航請負業者から聴いた話だが、標的を殺し、高技術の変顔術で他人になりすますぐらいは簡単らしい。

海外では、集団的密入国者が街区を占拠、バリケードを築き、解放区だのコミューンだのと宣言する事例が、頻発しているらしい。テロ集団が、銃器や爆発物で武装し、商店を荒らし、銀行まで襲う凶悪犯罪のニュースが毎日のようにネットを賑わせているのだ。

丈太郎なりに考えているのだが、

（悪は人類という種族そのものが、過去数百万年、絶滅のおそれがある過酷な環境下、生き残るために必要な遺伝子だったのではないか）

（ゾロアスター教の原理は、光と闇、善と悪の永遠の闘争とされているが、これこそが絶対の真理なのではないだろうか）

などと、いけないこととは知りながら、ついそう考えてしまうのである。

たとえば、近代思想の根本である平等思想にはそもそも限界があり、理念（観念）では成り立つが、自然界では成り立たない。なぜなら、有限の壁にぶつかるからだ。もし、すべての生が、すべての欲望を満たそうとすれば、当然、その容れ物となる世界の大きさも無限大でなければならない……

第一、この世界を動かしている経済そのものが、欲望で稼働する機械なのだ。だから、事は厄介なのだ。有限の環境でありながら、人間の欲望は無限大だ。人間の身代わりであるサロゲートも同じだ。従って、この矛盾の完全な解決法など、原理上あり得ないのだ。

丈太郎は、ふたたび、思う。

（唯一あるとすれば、それは、〈世界の空化《くう》〉である）と。

その代表例が禅思想である。〈有〉でもなく〈無〉でもない。禅は〈空〉なのである。

Ⅲ

などと、海底の景色を眺めつつ、丈太郎の思考の流れはとりとめがないのだった。

（もし、〈有界〉での他者との闘争をやめようとすれば、〈空界〉に入る他ない）

これが避難所《アジール》の思想だ。現世を魔界と見なせば、必然的にそうなる。悪魔どもの誘惑から身を遮断する場所、つまりバリアーされた空間のことだ。

このアジール（Asyl）という言葉はドイツ語だが、元はギリシア語で、〈逮捕を免れる場所〉の意である。つまり、教会や至聖所を指すが、転じて隠れ家あるいは避難所となった。英語のアサイラム（asylum）と同じ語源である。

同時に、〈光世紀〉では、この世とあの世の端境《はざかい》にある門のような場所をも指す言葉にもなった。

これから、丈太郎が行こうとしている大子《ダイゴ》が、そうした避難所でもあるのだ。

やがて、トキヨ内海海底の景色に飽きた丈太郎は、客室からデッキに上がった。

甲板にはマストが立ち、大きな風力発電プロペラが回っていた。こいつは可変速ピッチ制御機能付きのもので価格が安く、二メートル以下の風速でも、十分、採算ベースで発電できるらしい。

太陽光発電パネルが敷かれた甲板から身を乗り出して、彼が探したのは、今夏、大発生していると報じられている海月《くらげ》である。こいつが、電磁推進エンジンの取水口を塞ぐので問題になっているのだ。

丈太郎は、舳先に立った。船首に切られた波が飛沫になって虹を作り、膚に涼しい。耳からも様々な音が鼓膜に伝わり、たとえ現世界が病んでいるとはいえ、丈太郎に、世界の実在を感じさせるのだった。

この感覚、幸福感こそがクオリア（qualia／感覚質）であり、人工知能にはないとされているものなのだ。

やがて、外海《そとうみ》との境界に着く。視界を阻む巨大な壁は、汚染物質で汚れた外海の影響を防ぐ目的で建設された防潮堤である。

乗客の多くはここから引き返すが、丈太郎ら数人は下船して擁壁を越え、乗換え客を待っていた電磁推進ボートに乗船した。

ボートは、客が乗船するやいなや、濁った旧東京湾内を走りだす。

外海には海風を利用する浮体式風力発電タワーが林立していた。

と、頭上に轟く爆音。

気づいて空を見上げると、旅客貨物混載機が着陸態勢に入っていた。羽田の浮体式空港は、超大型の全翼機の離着陸には狭すぎるので、成田空港へ向かって降下しているのである。

この機体は、本社が米州西海岸シアトル市にあるガガ貨物が運用している弾道機で、燃料は水素である。丈太郎はまだ搭乗したことがないが、人間をも貨物のように扱うので有名だ。乗客をミイラ棺と呼ばれるカプセルに封じ込め、プラグド・ドラッグで眠らせて輸送するのだ。もっとも、特別料金を払えば、お好みのお相手とヴァーチャル・デートを楽しむリアルな夢の経験も可能なので、数時間はあっという間だ。

それにしても、戦闘車両他、一〇〇〇名の完全武装した超歩兵部隊を運ぶ能力があるといわれているのが、この機体だ。紛争地域への電撃的展開や、たとえば大規模森林火災の初期消火など。こうした機の登場もカーボン・ナノ・チューブが量産されるようになったからだ。

なにしろ、衛星の静止軌道まで〈宇宙エレベーター〉を届かせようという計画が進められているのが〈光世紀〉だ。問題はその技術であったが、カーボン・ナノ・チューブのような軽量強靱な新素材が登場して構造力学的な革命が起きたからである。

Ⅳ

ボートは千葉《チバ》シティー港に近付く。

沖合の海面に見えた構造物は、宇宙太陽光利用システム《SSPS》の受電施設である。巨大な発電パネルが、高度三万六〇〇〇キロメートルの静止軌道上にあるのだ。電気は、マイクロ波に変換されて直径三〇〇〇メートルの受電用海洋筏へ送られてくる。

海洋筏の下には、余った電力を使い海水から水素を生産する海中工場がある。〈光世紀〉は別名〈水素の世紀〉でもあるのだ。

ボートを降りた丈太郎は、動く歩道で懸架高速鉄道の駅へ行き、成田空港《ナリタエアポート》行きのモノレールに乗車した。

トキヨを離れてここまで来ると、市街地はまるごと廃墟である。人々の姿は消え、各種の植物たちが侵入し、動物たちの楽園になっているようだった。

地上の線路はもはや雑草と灌木に埋まって見えない。モノレールの鉄塔にさえ蔦類が絡みついていた。

やがて終点成田《ナリタ》に着く。成田は久しぶりだ。丈太郎は空港ロビー内を歩く。人影はまばらである。ロビーの外れで探していた交通案内所を見付けた。水戸《ミト》シティーまではドローン・タクシーで行くことができるのだ。あらかじめ予約を入れておいたので、その旨を伝える。

傍らのリフトで発着場がある屋上へ昇る。タクシーはすぐ離陸し、真っ直ぐ北を目指す。

天気が良かったので眼下が一望できた。かつてあったはずの利根《トネ》川も霞ヶ浦《カスミガウラ》も海の底だが、左手前方に筑波《ツクバ》山がくっきり見えた。

ドローン・タクシーは、直線で約七〇キロメートルの距離を時速五〇キロメートルで飛行し、一時間半弱で水戸《ミト》ステーションに着く。さらに、ここから大子《ダイゴ》までは、道なき道を直線で約四五キロメートル行かなければならない。

丈太郎は寂れた市内を歩き、大子《ダイゴ》の関係者のみしか知らない秘密の連絡所へ向かう。連絡所をかねた梅園《ばいえん》があるのだ。

顔見知りの一人がここに常駐しており、名はピナツボ。むろん、偽名だろう。早速、彼に渡した土産は、例のヘビメタ系新未来派奏者のトンガ・ポップが、謎の高周波楽器〈黙示録の天使〉で演奏した新譜「痺れ！」である。

極めて入手困難な逸品なので、彼は丈太郎に抱きついてきた。

彼とトンガとは同じメラネシアの出身なのである。

「天倪《あまがつ》さんだから、おいらの宝物を貸すよ」

と、ピナツボは言った。

ものは、年代物のモトクロス用電動二輪車。彼は整備士の資格があるらしく、完璧に整備されていた。

「じゃあな」

「道に迷わないで」

と、ピナツボが忠告する。「道中、熊も鹿も狐も蛇もなんでも出る。野犬の群れが住民を襲った事件も、最近、起きたよ」

「大丈夫だ、武装してきたからな」

と、応じて、丈太郎は出発する。

モーターは快調である。

市街地を離れると、様相は一変した。舗装道路は強靭な木々の根にやられ、アスファルトは随所で剝げていた。改めて自然の強さを彼は感じる。途中、鹿には会ったが、熊には出会わなかった。橋は落ちていた。河川が氾濫した個所も、土砂崩れが道を塞いでいる個所も多い。

四時間ほどを要したが、谷底の町が暗くなる前に大子に辿り着くことができた。

ここは北茨城久慈郡《キタイバラキクジ》にあるが、日光《ニッコウ》でもないのに男体山《ナンタイ》がある。

また袋田《フクロダ》の滝や袋田温泉などがあり、平安時代まで歴史が遡る景勝地らしく、戦国時代は佐竹領であった。

やがて、梅園大子ステーションに着き、電動二輪車を預ける。

水戸《ミト》から連絡を入れておいたので、子供たちが彼を迎えにきていた。

「ニコラス父《とう》さんは？」

と、息子の幸太《こうた》に訊ねると、

「大事な用事があるんだって」

娘の花菜《かな》も、

「ニコラス父さんは、自宅のテレワーク室で国際会議中なの」

と、教えてくれた。

子供たちが乗ってきたのは、町が貸し出すＡＩカーで、幼い子供も高齢者も利用できる。目の見えない人、足の不自由な人もだが、大子は谷間の町で坂が多いため町民らの必需品になっているのだ。

利用法は簡単、配車センターへ連絡すればいい。ここのＡＩが、四六時中、運行を管理しているのだ。

なお、このプロジェクトには大子町発行のエコマネーが使われ、車の整備など経験者が協力するボランティア制度もある。

他にもカー・シェアリング制度などもある。会員制で車を共同利用するのだ。また、マイカーの持ち主が空き時間に時間貸しする制度もある。

二人の子供たちには、

「おじいちゃんに頼まれた用事があるんだ」

と告げ、

「アーティスト村へ」

と、丈太郎はＡＩカーに伝える。

丈太郎にとっては〈代父〉、彼の〈本体〉にとっては実父の天倪光太郎《あまがつこうたろう》が、大子のアーティスト村に住んでいるのだ。

道々、近況を訊ねると、

「うん。ぼくたちはほとんど毎日、会っているよ」

と、幸太。

「お話がね、とてもおもしろいわ。おじいちゃんって、ほんとうに物知りだもん」

と、花菜も言った。

門を抜けると園路脇にプレートがあり、

知識は誇る。

知識はたたずむ。——アルフレッド・テニスン

と、ある。

テニスンは一九世紀、ヴィクトリア朝を代表する詩人だが、この詩の一節には当時の進化論的科学思想の反映がある。まさに、大英帝国が世界の覇権を握ったこの時代は、知識の獲得によって人は幸せになれると信じられていたのだ。

が、テニスンは、〝多くの目立つ知識というものは、借り物にすぎないのだ〟と、言おうとしたにちがいない。

丈太郎は、改めて味わい深い言葉だと思う。その前に、なぜこの言葉がアーティスト村の入り口に掲げられているのか。その意味を「自分流の解釈だがね」と断りながら教えてくれたのが光太郎

であった。

大子《ダイゴ》の場合、住民平均年齢が七〇代後半と高いが、元々、長寿遺伝子の持ち主が集まってできた究極のアジールなのだ。しかも、その全員が特異体質である。まだ科学的確証は得られていないが、光太郎の特異体質は、母方からの遺伝らしい。どうやら母親の卵子に含まれるミトコンドリアの変異が、〈アンゴルモア病原体〉の免疫能力を発現させるらしいのだ。

その証拠にはならないかもしれないが、たとえば、光太郎の父はすでに他界したが、母のマサノは一一〇歳でまだ健在である。一方、光太郎の妻、つまり丈太郎〈本体〉の母は、すでにこの病原体の犠牲者となった。

従って、母親側からは免疫体質を受け継げなかった丈太郎の〈本体〉も、特異体質ではないのだ。ともあれ、実の息子に代わり、〈光世紀〉の法律用語でいう〈代理子〉である丈太郎が、〈本体〉の〈繭生活〉を維持するための費用を稼いでいるのだ。

丈太郎にとってもいい父親だった。〈光世紀〉の法律用語では〈代父〉と呼ばれるが、光太郎から彼が習っているのは人生観であり、生きる知恵である。

このテニスンの言葉にしても、

「この世の中は要領のいい者がすばやく知識を学び、それで上手に世渡りしていくのだ。しかし、ほんとうの知識は〝たたずむ〟ものだ」

と、〈代父〉から教えられたのである。

「歳をとれば自ずとわかることだ。身についた本物の知識は、栄誉や利得のためではなく、自分自身が秘かに楽しむためにある。これこそが、老いたる者にとっての真の知恵だ」

と、光太郎は言うのである。

「リタイアした後の時間をいかに充実して送るか。そのためには若い頃から絶え間なく蓄積してきた知識がいるのだよ。菜園や花作りをするにしても園芸の知識がいるし、読書するにしても長年の積み重ねが必要になる。だからこそ、本物の知識は日陰でひっそりと佇む。政界をはじめ各界の長老によく見られるような、老いてなお自己顕示や権勢欲にかられる者は不幸である……と、テニスンは言いたかったんじゃないかな」

事実、菜園付きのロッジが集落を形成するこの町には、独自の時間が流れる。究極的老人問題解決をコンセプトとしてリニューアルされた大了では、高齢者の動作にあわせて、時もゆったりと刻まれるのだ。

また、ここの時間は、死と向き合う時間でもある。ヒトである以上、いつかは必ず死ぬのだから……

が、寿命を全うして、朽ち木のようにこの世を去るのが理想だ。

死は生あるもののすべての定めだ。その最期という決定的な瞬間と向き合い、意識して日々を送るのが、老いて生きるということであり、それがアジール大子が造られた理由でもあるのだ。

光太郎は予想以上に元気だった。

一方、丈太郎の〈本体《ルーツ》〉は、彼が里帰りするというので、目下、覚醒施術中らしい。

「今日は無理だが、明日には会える。もっとも、外出用透明カプセルに入ったままでの面会になるがね」

光太郎はつづけて、「今、新しい施設が町の奥に建設中だ。モデルになったのは火星へ移住する際の実験施設だがね、外部と完全に遮断された空間内で、果たしてヒトが生活できるかどうか」

〈大子アトリウム〉という名称らしいが、大きさは屋内球場ほどもある透明な建材で囲われたドームで、内部に五〇名ほどが暮らす村ができ、畑や養魚池などもある。

「もしこれが完成すれば、わしの息子も〈繭の生活〉から解放され、晴耕雨読《せいこううどく》の生活が送れるようになるだろう」

と、光太郎から教えられた。

病原体は大子の大気中にもいるが、丈太郎の養子たちはゲノム編集された子供だ。様々な病原体への免疫に関与するミトコンドリアを有する女性の卵子を利用して、人工的にデザインされて生まれたのである。

しばらく、相互に消息を語りあってから、

「ところで、頼まれた仕事を先にすませます」

と、丈太郎は、アキバの中古市を探して、ようやく見つけたパーツを取り出して交換、故障していた家事用ロボットを目覚めさせる。

カスタマイズしたので、何倍も利口になるはずだ。ソフトをプラグド・インしてテストすると、居合わせた全員が大はしゃぎだ。

これは、単なる玩具ではない。柄は小さいが、主人の命令に応じて用事を足してくれるので、かなり役立つ。

さらに、この家には、五〇語ほどのヒト語を解し、専門的な訓練を受けた介護犬も同居しているのだ。なぜかは不明だが、〈アンゴルモア病原体〉は猫族には感染するが、犬族には感染しないのである。

それから丈太郎は、増築されたアトリエに案内された。光太郎は、高齢になってからはじめたリハビリ画家である。むろん、アマチュアだから絵が売れるわけではないが。若い頃から計画的な人生を送ってきたので、四〇代にはかなりの資産を残して実業からの引退を宣言したのだ。

それから、光太郎は、愛する妻とともに太平洋漫遊航海に出かけ、子供のころからの夢を果したのだそうだ。

「移動の手段は……」

と、訊ねたことがあるが、答は意外だった。

「いやね、手作りの半潜型潜航艇で。なぜかというと〈光世紀〉の海は大荒れが常識なのでね、嵐が来たとき海中に潜って難を避ける必要があったのでね」

丈太郎は実物を見たことがないので、真偽のほどはわからないが、太陽光で充電してスクリューを回し、風も利用して発電、あるいは帆を揚げて推力を得るのだそうだ。

準備に一〇年、太平洋の島々を巡る航海に九年間を要したという。

丈太郎は、こうした光太郎の人生観を聞かされ、とてもかなわない……と思っているが、〈代父〉の趣味は発明だ。

ま、やりたいことをやって生きている父は、人生の成功者といえる。唯一の誤算は、光太郎より早く愛妻が死んだことだ。それがきっかけで絵を描き始め、免疫のない実の息子とともに、この谷間の隠れ里に入村したのである。

丈太郎は、木の香の新しいアトリエで、絵を見せてもらった。

「いつもとちがいますね」

と、丈太郎が率直に言うと、

「まあな。わしには発明の才能はあるが、芸術の才能がないことがわかったので、今、ロボットの腕に描かせているのだ」

光太郎はにやりと笑って、絵具だらけの電子義腕を見せた。

「ははッ！　この〈画伯の腕〉を発明したのは私だからな、当然、この作品も、私のオリジナルだ」

驚いている丈太郎を尻目に、

「ちょっとやってみせよう」

と、イーゼルに新しいキャンバスを置いた父は、アームを自分の腕に装着して、スイッチを入れた。

「偽腕に任せるのがコツだ」

と、言いながらキャンバスに向かう。

「この偽腕は、丈太郎、同じ村に住むプロの画家がする動作、つまり、下塗りからはじめる手順どおりに絵を描くのだ」

つまり、写しとるのではなく、専門家の動作そのものを模倣するのだ。

乾きの早いアクリル系絵具で描かれた絵は、たちまちできあがる。

「どうだね」

と、訊かれたから、

「深みがないですね」

と、率直に言うと、

「ははッ、息子よ。絵具も私の発明品だ。明日までに化学反応を起こして……」

光太郎は嬉しそうな顔で、「泰西名画《たいせいめいが》そっくりになるぞ」

と、言った。

だが、丈太郎は、あえて口にはしなかったが、どんなに加工されても、やはりオリジナルではない。

模写するのもコピーだが、プロ画家の動作をそっくり真似るのもやっぱりコピーである。

どう考えても、〈光世紀〉は、究極まで進んだ〈複製の時代〉なのだ。貨幣が偽造されるのは、それが価値あるモノだからである。芸術作品も同じだ。それが価値あるモノである以上、絵画や彫刻、書籍や音楽も、コピーという悪魔から逃れることはできないのだ。

一方、人類が地球上最強の種になったのは、群れたからだ。群れることによって一人の発明を広く行き渡らせた。ある者がさらに改良を加え、それも仲間たちに模倣された。グループ間にも交流があり、知識や技術の移転が行われた。こうしてブレーズ・パスカル氏に言わせれば、か弱い葦でしかない人類は地球の支配者になったのである。

Ⅵ

大子《ダイゴ》の年齢構成は、現在、逆三角である。にもかかわらず、この町の高齢者たちは生きがいのある晩年を送っている。光太郎はその典型である。

若い頃からAIに馴染んでいる〈代父〉の仕事場などは、電子の要塞ですらある。四六時中インターネットを繋ぎっぱなしにして、けっこうしゃれたハンドルネームを使い、北はアラスカのバロー、南は南米突端のプンタ・アレーナス、要するに五大陸の何百もの人々と交流しているのだ。

最近の世界諸語翻訳アプリケーションの発達は素晴らしい。丈太郎も驚いたが、〈代父〉は、パプア・ニューギニアのオーエンスタンレー山脈山中ココダに住むネイティブの女性学校教師と、ニューギニア混成語《ピジン》で交信してみせた。多くの部族が隔絶されているこの世界では七〇〇の固有語があり、互いに通じないのだそうだ。

乳幼児から思春期までの心が未熟な時代、しかし極めてナイーブな時代の絶対的な安心感が重要なのだ。が、二〇世紀の日本は、政府が主導した高度成長政策のため、金は儲けたが父親から家庭にいる時間をとりあげていた。そのつけが前世紀末から〈光世紀〉はじめに現れたのである。

「お前、いや、お前さんの〈本体〉に、もしも感謝されるとするなら、そうだな、数学が好きになる日常的教育をしたことだな」

と、光太郎が言った。

「はい。自分が目覚める、起動されると同時に、〈全脳エミュレーション技術〉で、息子さんの記憶を根こそぎコピー、いや転写されましたから覚えています」

と、丈太郎は言った。「楽しかった記憶も同時にね。たしか五歳のときかな、最初に覚えた遊びがモノポリーで、次は将棋と囲碁、積み木とレゴでしたっけ」

「ああ、あれはいい。あの遊びは考える遊びだ。それが時代環境の激変にも対応し、適応できる能力を、基礎的に付けさせるはずだと考えたからな。いや半分以上は母さんの知恵だよ」

「ええ」

丈太郎は応じた。「我々サロゲートは、基本的に人造人間と言ってもいいと思うのですが、知識のインプットだけでは能力に差が出るようです。原因はまだわかっていませんが、どうも移植元の〈本体〉と関係があるらしい。うまくは言えないのですが、閃きとか直観力とか、そうした能力は〈本体〉からサロゲートへ移植と同時に〈転移する〉らしいですね」

「そうじゃろ。数学能力は生涯収入と相関するらしい。ははッ、数学は宇宙創造の根源神の言葉でもあるからな」

と、〈代父〉は冗談めかして言った。

つづけて、「かつては金科玉条《きんかぎょくじょう》であった公教育と称するものが、有名無実《ゆうめいむじつ》になったのが〈光世紀〉だ。教育制度の大改革は、時の政府が国会解散に追い込まれたほどの大事件だったんだ。それまでは、教師たちの聖域であった学校にも、ＡＩ頭脳を搭載したアンドロイド教師が配備されたため、大量の失業者を出したからなあ」

「だそうですね」

と、相槌を打つと、

「だがね、結果は予想の反対だった。自分では九九もできない大人が、大勢、生まれた。これでは脳自身が育たないのではないか。そう反省した我々住民が、協力して開校したのが寺小屋塾だ。お前さんも知ってるとおり、幼・小・中・高校一貫教育の塾形式の学校があり、施設は同一敷地内だ。我々老人たちもな、自由に授業を聴講したり、時には自ら教壇に立ったりしておるよ」

「幸太も花菜も小学初等科に通っています」

「塾長は有名な遠山計太郎《とおやまけいたろう》博士だ。我々の麻雀《マージャン》仲間でもある」

「たしか、複雑系を研究されていた数学の先生ですね。現役を引退されたんですか」

「ああ、オックスフォード大学から戻られて、この村へ来たのだ」

「あなたも教えているのですか」

と、訊ねると、

「わしは、高学年には投資ゲームを教えておるよ」

「どんな内容ですか」

「うん。例のモノポリーを大がかりにし、ボードゲームをコンピュータ・シミュレーション・ゲームにしたものと思えばいい」

「投資には数学力が役立ちます」

と、丈太郎も言った。「あなたから、直接、手ほどきを受けたゲーム理論もね」

現に、彼は、一九二〇年代にアメリカで活躍したウィリアム・ギャンの方式を応用した計量モデルを使い、ニコラスと共に地道に稼いでいるのだ。

未来予測はできない。未来とは未だ形を定めぬものだ。あるのは蓋然性あるいは可能性。が、今の時代は株式相場と同じだ。カオスの状態からトレンド（方向性）を取り始める。これを自己組織化という。

「子供たちのほうが想像力がある」

と、光太郎は言った。「我々高齢者の暮らしを見ているせいか、いわゆる超高齢支援産業から有望株を見つけてな、お小遣いを出し合い電子取引で株を買い、大いに稼いでいるよ」

丈太郎も目を付けているジャンルだ。介護ロボットや運動機能をサポートする装着型ロボットはよく知られている。

「すでに、触覚を認識するリアル・ハプティクス能力を持つAIロボットも、実用化され、活躍していますしね」

と、丈太郎が言うと、

「ああ、大子にもな」

と、光太郎は応じ、「最近のロボット画家は抽象画さえ描く。傍で見ていると、最初はでたらめ、いや混沌として、いったいどうなるのか皆目わからないんだがね、次第に様になってくる。つまり、混沌が自己組織化によって立派な抽象作品になるってわけだよ、アハハッ」

父に言わせるとこの場所はシリコンバレーならぬ、ダイゴバレーだそうだ。嘘か真か、村民たちの平均知能指数は一六五以上らしい……

Ⅶ

やがて……夜は〈代父〉が近所の仲間を招待し、家族も加わりガーデン・パーティーをやろうということになった。

早速、丈太郎は、ニコラスにも〈代父〉のハウスに来るように伝えた。

谷間の町の日暮れは平野部より早い。山の端に陽が沈むころ、パーティー屋が現れ、芝生の上にテーブルを並べた。黄色い電気車が停まり、人豆コーヒー、豆乳アイスクリーム、3D成形ショートケーキ、生ビールの店を開く。町内の肉屋さんの車も来て、バーベキューの準備を始める。

「ははッ。このヴィレッジじゃあ、週に三日はどこかの家でパーティーを開いているのさ」

と、父は教えながら、自前の生鮨のコーナーを開く。

ネタはこの町で生産されているサーモンである。人工海水で海の魚を山奥で養殖する技術は、〈光世紀〉以前からの技術である。

「昔からな、山梨《ヤマナシ》では盛んだった」

と、〈代父〉が教えた。「あの県はワインの産地だから、絞りかすで葡萄の皮が大量にでる。廃物利用で、ポリフェノールたっぷりの各種のサーモンが収穫できるってわけだ」

まさに収穫物である。

養殖は栽培漁業だからだ。

彼の子供たちは、光太郎が握る生鮨を頬張る。サーモン以外に雲丹《うに》の軍艦巻きもあるが、これも大子産だ。雲丹も人工海水で育てているが、餌は、町有地の森に、無尽蔵に生えているイタドリである。

——さて、ニコラスだが、宴もたけなわになってからようやく現れた。多重人格者は付き合いが多いだけに、いつも多忙だ。

「やあ、丈太郎」

彼に抱きついてきた。

驚いたことに、褐色の膚の女性が同伴者だ。

「パルバティ博士を紹介しよう」

と、ニコラスは告げた。「原子組合せ技術・量子暗号・自己修復技術の専門家だよ、彼女は」

彼らしく生真面目な顔付きで付け加える。「極めて多彩な人種遺伝子ハイブリットが彼女だ」

冗談ではないらしい。ゲノム学が進み、ゲノム編集が常識化している世紀なのだから……

「よろしくね」

「彼の生活共同体《ザ・ペアーズ》、天倪《あまがつ》丈太郎です」

と、応じると、

「ええ。お子さんたちは、人工子宮ではなく代理出産？」

と、事もなげに訊く。

「はい。安全性を考え、〈産みの親〉をレンタルしました」

乳母という言葉が死語になった代わりに、〈レンタル・マザー〉などの光世紀語も生まれた。

「お子さんたらはご存じなの」

「同居はしておりませんが、彼女もこの町に住み、小学初等科の先生をしておりますよ」

と、丈太郎が教えた。

つまり、二人のれっきとした遺伝上の父親を持ち、かつ遺伝上の母、そして産みの親もいるのが、彼らの子供たちだ。

〈光世紀〉では結婚をせずに、仕事に専念する女性が多い。が、これでは女性の人口再生産機能が麻痺し、社会は不健全な人口減少を招いてしまう。

「ニコラス・パパの新しいガールフレンド?」

と、娘の花菜がおませな質問をする。

「ああ。そうさ」

ニコラスも、まるで、屈託がない。

彼も、また、人生を楽しむ性格なのだ。

「丈太郎パパはどうなの?」

「それがいないのさ」

彼は答えた。

すると娘に、

「おじいちゃんは、ちゃんといるのに、だらしなーい」

と、言われてしまった。

やがて、夜の帳《とばり》が下りる。

庭を照らすのはゲノム編集された光苔《ひかりごけ》の詰まったぼんぼりである。

谷川の音が届く。子供たちが理科の授業で飼育した多数の蛍が庭を舞う。

九時を過ぎても、次第に人々が増え、庭に溢れる。

彼らは、なんらかの分野で、生産性を有する新老人《ザ・ニュー・エルダリー・シティズン》である。

それにしても多士済々。中にはノーベル賞の受賞者もいて、彼も抗病原体遺伝子を持つ特異体質の持ち主。下藤史郎《しもふじしろう》博士といって、大子には特異なミトコンドリアのゲノム構造を研究するために移住して来たのだそうだ。

ラム肉バーベキューの屋台の席で、話し込んでいたこの人物の相手は、ドゥニと呼ばれる神父である。専門は〈電脳神学〉と呼ばれるものだそうだが、あの『諸世紀』で知られたノストラダムスの研究者でもある。

驚くほど高度な会話が、あちこちで弾む。

丈太郎にはほとんど理解できない。

彼は、〈代父〉の光太郎が、ごく普通の農家のおばさん風の女性と、トポロジーに関する会話を交わしているのを耳にする。彼女は引退した数理言語学者だそうだ。

第IX章　里山資本主義

I

小柄で華奢《きゃしゃ》なニコラスには、〈ポストモダン・リバイバル・ファッション〉がよく似合うのだった。彼もまた、幸太や花菜と同じデザイン・チルドレンであって、サロゲートではない。しかも、複数の人格が同居する極めて特異な体質であるので、丈太郎は未だに彼のすべてを知っているわけではないのだ。

ケイマン諸島などのペーパー・カンパニーのようなものだ。一人が多くの会社の原籍地を管理しているように、一個のボディーに複数の人格が宿っているのである。

フェース・トゥー・フェースで会うのは久しぶりなので、その後の大子町《ダイゴ》の噂など、庭の片隅で立ち話をしていると、芝生を横切って、千鳥足《ちどりあし》で近づいてくる老女に気付く。

見かけぬ顔である。すでに、そうとう酔いが回った足取りである。彼らの傍に辿り着くと、老女はニコラスに用があるらしく、なれなれしく、

「あら、お久しぶり。ジャック君だわ、何年ぶりかしら。行方不明かと思ったらこんなところに隠れていたのね」

だが、ニコラスは小首を傾げる。

「失礼ですが、どなたかしら?」

「あらまあ、お忘れなの、モンマルトルでさ、しばらく一緒に暮らしていた仲じゃないの。ああ、思い出すわ。あのころのパリコレだけどさ、モチーフが医療関係者の防護服とガスマスクだったわ」

昔はマヌカンだったらしい彼女の胸元の認識票の名は、カトリーヌ・コシノ。年齢が九九歳で認知症のマークが付いていた。

改めてよく眺めると見覚えがあった。だが、彼が見たのは前世紀の再現ビデオだ。依頼主の伝記を書く仕事の取材で、当時のファッションを調べたからだった。

〈光世紀〉はスーパー・ブロード・バンドの時代である。昔、行われていたパリのショーもホームシアターで観ることができる。これらの技術は、〈旧世界〉からのミクスト・リアリティ技術がベースになって発展したもので、字句どおり複合現実感のことだ。

丈太郎が、

「カトリーヌさん。あなたのそのガスマスク・ファッションですが、見ましたよ」

すると、肩をすくめ、

「あれはね、若い頃の映像がね、肖像権切れ《フリー》で使われちゃったのよ」

つづけて、「ほんと、ひどい世の中よ。何でも複製、複製のそのまた複製、さらに複製の複製の複製の……。こんなんじゃ、新しい芸術は、絶対育たないわ。でしょう?」

認知症とは思えない、しっかりした話しぶりである。

「で、君はどう思う?」

と、訊かれたので、丈太郎は、

「聖書をお読みになったことは?」

「もちろん、あるわよ」

「じゃあ、おわかりでしょう、我々自身が神の複製品である以上、文句は言えないと思いますけど」

そんなわけで、しばらく、複製に関する話題がつづく……

「写真や印刷などは二次元の複製ですね。ですが、工業製品など大量生産に見られる複製は三次元上で起きる現象です」

と、丈太郎は持論を述べた。「二〇世紀、この近代という時代の本質である複製問題に初めて気付いたのが、ヴァルター・ベンヤミンです」

「つまり、大量生産が始まった近代の本質は複製ということか」

と、ニコラスも言った。

「この現象を皮肉ったのが、チャップリンの『モダンタイムス』のシーンです。ベルトコンベアーで大量生産されるイメージ……。あれは、たしか自動車王フォードの発明です」

複製する文化を良しとしたのは、近代である。さもなければ、近代文明そのものが成立しなかったはずである。言いかえるなら、同じものが大量に複製されたからこそ、われわれ人間の意識も次第に均等になった。努力さえすればみなと同じ物が手にはいるという、意識下への刷り込みも行われたのだ。

また、

（ここから、平等の観念も生まれ、近代社会の基本的理念となった）

と、丈太郎は考えているのだ。

ところが、〈光世紀〉の複製は、人間の動作にまで及んでいるのだ。自分とそっくりのロボットが、別の場所で自分とそっくりに喋り、動作している……

あるいはまた、本物《じしん》ではないが本物《じぶん》そっくりの自分の影《ロボット》と生活する精神療法も普及しているが、いわば鏡の中にいるようなものだ。自分そっくりのAIロボットと向き合い、ラカンの言う鏡像段階を追体験しているのだ。

さらに、遠隔地から自分の影《ダミー》を操作できる技術《テクネー》だから、ここからプラトン的イデア論が語られたりもするのだ。

実用的には火災現場や核汚染地区、事故を起こした地底や海底における作業に使われるが、極めつけはロボット兵の軍事利用である。

などと、ニコラスとの対話を楽しんでいると、無視されたと思ったのか、老女はいつの間にか姿を消していた。

代わって下藤博士が、次いでドゥニ神父が話の輪に加わる。

下藤博士によると、あの老女カトリーヌは博士の患者で治療の一環として、今日のパーティーに連れてきたのだそうだ。

「症状が、かなり進んでいますが、ご迷惑じゃなかったですか」

「いえ、別に」

「記憶があやふやで、よく人をまちがえるのです」

下藤博士はつづけて、「神を全能と考えるのは甚だしい誤解ですな。神が全能なら、老いて惚けるという欠陥品を造るはずがないのです。むしろ、人間のほうが神の代わりに〈もどき〉を造りました」

「〈もどき〉というのは、サロゲートのことですか」

丈太郎が質すと、

「じゃ、あなたは？」

「ええ。そうです」

「でも傀儡《くぐつ》じゃない。自ら思考するからね。いや、むしろ後継者《サクセサー》かもしれない」

「いいえ」

丈太郎は首を横に振って、「自立型であることは違法ですからね、自分はイリーガルです」

「わかりました。秘密は守ります」

と、下藤博士。

「彼は信頼できる人物です」

と、ドゥニ神父も口を添える……

Ⅱ

山葡萄酒を楽しみながらの対話がつづく。

「元はと言えば、惑星開拓の魁《さきがけ》として造られたのがサロゲートでしたな」

と、下藤博士。「火星ほか、他惑星へ自分の身代わりを送り込むために造られた歴史があります」

「最近、外宇宙探検へ旅だったアルゴー号には、仮想家庭装置《ヴァーチャル・ホーム・システム》があるといいます」

彼らは、何百年後かに予想される地球の居住不適化現象に対応するための移住先を探しに出掛けたのである。

いずれは、数光年の彼方に去り、地球との交信もままならなくなるが、その時は、サロゲートの疑似家族と乗員たちが暮らすことになるし、サロゲート同士が結婚して家庭まで作るかもしれないのだ。

「しかし、人間にもサロゲートにも精神の問題があります」

と、話題を転じたのは、ドゥニ神父だ。「我々の進化には二つの道があります。一つは物質的科学文明。もう一つは精神的科学文明。理想はこの二つが車の両輪のようにシンクロすること。ときどきバランスが崩れ、二〇世紀前半の二つの世界大戦のような悲劇を生むのです」

さらにつづけて、「二〇世紀を代表するSF作家、アーサー・クラークが幻視した『幼年期の終わり』のように、人類が霊的存在へ進化する可能性も否定できない。むしろそうでなければ、我々人類がこの大宇宙に生まれてきた意味がないのです」

すると、

「この神父さんはね……」

と、これまで沈黙をつづけてきた、パルバティ博士が言った。「あたくしはヒンズー教徒ですが、神父さんのブログの愛読者ですの」

つづけて、「ドゥニ神父さんの電脳神学ですが、あれは量子神学と言うべきではないでしょうか」

「そのとおりです」

突然、二人が猛スピードで、しかもヒンディー語で対話し始めたので、丈太郎はついて行けない。助け船を出してくれたのは、娘の花菜であった。

「パパ」

と、囁きながらすり寄って〈プラグド・イン〉した。

とたんに、花菜の思考波が流れ込んできて、二人の対話を通訳してくれた。

要約すると、もし、地球が破滅する状況に陥った場合、人類を救出する方法はあるだろうか。地球脱出などの可能性はある。だが、人類をすべて救出できるような〈ノアの方舟作戦〉は不可能にちがいない。とすれば、残されるのは人類が〈脱物質的存在〉になる方法であり、言い方をかえれば霊的存在《オーバーマインド》となって昇天する以外にはない。そのイメージが『幼年期の終わり』にちがいないのだ、と。

と、突然、ニコラスが、

「お二人さん、英語で話そう」

と、割って入る。

丈太郎が、ほっとしたとたん、

「ええ、たしかに」

と、ドゥニ神父は英語に切り替えて、「あの作品はキリスト教徒が考えた人類救出劇ですね」

すると、下藤博士が、

「この問題は、〈救命艇の理論〉と同じで、我々物質界には定員というものがあるから、見捨てられる者も出てくる。純粋に物理量の問題だが、やはり、だれもが平等な確率で救済されるというのは、あくまで建前なんじゃないでしょうか」

「絶対的唯一神による選別があるのね。でも、丈太郎、阿弥陀《あみだ》様はちがうわね」

と、ニコラスがつづける。「でも……」

「ええ。根こそぎ救ってくれるのが阿弥陀菩薩です」

「発想が根本でちがうのね。で、みなさんにお訊きしますが」

と、パルバティ。「『幼年期の終わり』のオーバーロードね、あれは悪魔?」

「ええ。クラークの書き方から推察するとそうですね」

と、丈太郎。「しかし、決して尻尾の生えた悪魔じゃありませんよ」

すると、ニコラスが、

「つまり、丈太郎。あなたは、地球から脱出した超富豪族も悪しき悪魔ではないと考えているのかしら」

「わかりません、まだ」

彼は正直に答える。

「実はね、あの作品は人類テーマの三部作なのよ。次の『都市と星』では、肉体を失った人たちはメモリーとなるの。つまりね、人間は物質的死は遂げても、その人の全生涯情報は記録されて残るの、永遠にね」

「クラークは、すでに今日を予見していたのね」

と、パルバティも言った。

つづけて、「あたくしはスリランカ生まれだから、英国籍でもスリランカに住んだクラークさんを尊敬しているの。悪魔オーバーロードのイメージですけど、もしそれが善意の悪魔なら、月面にいる超富豪たちも、ほんとうは善意の集団なのかもしれないと思いはじめたわ」

「じゃ、あなた、何か彼らの事業について知っているのかしら」

「知りすぎたから、ニコラスさん、あなたを頼って、ユーラシアの外れのこんな山のなかに逃げてきたのよ」

（まさか。でも、いったい何から逃げたのか？）

問い質そうとして、丈太郎は言葉をのみ込む。

パルディが言葉をつづける……。

「ねえ、ニコラス。地球の年平均気温は高止まりはしていても、わずかでも下がっているのは、統計的に言って事実なの？」

「ええ。事実ですよ」

「たしかに。人口が劇的に減り、すべての輸送量が減り、航空機は水素燃料で飛び、車両はＥＶ化し、船舶も排出炭素回収・貯留方式化した結果、排出される二酸化炭素量も劇的に減ったわね」

と、パルバティ。

下藤博士も、

「もし、前世紀のまま地球温暖化が継続したとすると、いずれは海底に眠る膨大なメタンハイドレートが気化して大気に放出され、人類を含む動物たちが窒息する運命になっていた……」

ドゥニ神父も、

「この一万年間の地球は、神が為された奇跡だったと考える向きもあります。つまり、恩寵であったと、我々はそう考えるべきです。地球が、我々にとって最適の環境であったのは、地球史四十数億年のほんの一瞬にすぎなかった。我々はそれを忘れて増長しすぎた。それが人類絶滅への最終コーナーであることに気付かず」

「では」

丈太郎が言った。「神父さんは神の警告だったと」

「ええ。私はそう考えるようにしております」

すると、

「いいえ、神様ではありませんわ」

と、遮って言ったのはパルバティ博士である。

「え?」

彼女の顔を見る。

「彼らですわ」

「彼らとは」

丈太郎が質《ただ》す。「〈ザ・ロード〉、またの名を〈電脳神〉ですね」

すると、意外にも、

「いいえ。真相は違うんです」

彼女は声を潜めた。

「あたくし、確認したわけではないのですが、謎の秘密結社が存在するらしいのです」

「まさか」

「でも、そのまさかなんです。その名は、〈アンドロギュノス〉ではないかと噂する者たちもおりますわ」

Ⅲ

午後一〇時、ようやくパーティーが終わる。二人の子供たち、幸太と花菜は、今夜は光太郎のログハウスに泊まるらしい。

パーティーの片付けを手伝った丈太郎は、ニコラスと同伴者のパルバティとともに彼の家まで歩く。月が出ていた。夜気と共に鼻孔へ届く樹々の匂いを彼は嗅ぐ。なぜか心が落ち着く。坂道を下って久慈《クジ》川の畔へ出る。流れはかなり速い。月明かりが川面を照らす。堰《せき》が作られスクリュー・パイプが何本も川底に並べられていた。パイプの内部の螺旋式のスクリューが水流で回り発電するのだ。

「最近、名所の袋田の滝に小型発電所ができたわ」

と、ニコラスが教えた。

つづけて、「バイオマス発電所も、さらにもう一基、増設されることになったわ」

大子は電力の自給自足のみならず、近隣への売電も行っているのだ。

「大子は〈里山資本主義〉をコンセプトにして運営されているアジールよ」

と、ニコラスが言った。

いわゆる、世界分業システムともいうべきグローバル化が、このウイルスのおかげで寸断されたのだ。国家単位の交通遮断。地域、都市単位のロックダウン。人の流れが止まり、物流も途絶えた。ミクロの敵が人類が作り上げた経済システムを、いとも簡単に破壊したのだ。

歩きながら、丈太郎は、例の壇亭《だんとおる》の投資話を説明し、意見を求める。

「単純に考えると、彼のアイディアは、孤立化した個と個を繋ぐネットワークの再構築に見えるんだがね」

すると、

「丈太郎、乗らないほうがいい」

と、即座にニコラスは答える。「その壇って人も、スポンサーのほんとうの意図を知らずに会員を募っているのじゃないかしら」

「かもしれないな」

「壇さんの職業は?」

「高級玩具の設計・販売だそうです」

しかし、ニコラスによると、大きなうまそうな話は見せかけで、真の目的は個人が所有するコードの収集らしい。

「高級玩具に何かを仕掛けるのは簡単よ」

言われてみればそのとおりだ。

「なるほど、気付かなかったよ、ニコラス」

「個人識別認証ＩＤは、今じゃパスポート以上の価値があるのよ。たとえば、丈太郎の認証ＩＤなら財務の信用度が高いから、ケイマン諸島の仮想通貨で一〇万ビットの値があるかも。たとえばね、世界各地のタックス・ヘブンでマネーロンダリング用の架空口座を作ったり……」

「そういえば、カリブ海に浮かぶアンギラ島で、本人の知らないうちに架空法人が多数作られた事件が起きたばかりだね」

と、丈太郎がうなずくと、

「たしかに、人をつなぐシステムの構築には賛成だわ。でも、それは獲物を釣りあげる疑似餌みたいなものかもしれないわ」

と、この種の犯罪に詳しいニコラスは冷静だった。

「わかった。君の忠告に従い、早速、断りのメールを入れておくよ」

と、言うと、

「でも、丈太郎、ちょっと気になるわね」

「何が？」

「スポンサーの正体よ」

「そういえば彼、君の内部人格の一人、同居人のアダムス氏と会ったと言っていたけどな」

「そう。じゃ、アダムスに訊いておくわ」

多重人格の場合、同居人同士の交流はないのが普通であるが、レコーダを介して相互に応答することは可能なのだ。


時刻はすでに深夜である。

家路の途中に二四時間営業の町営天然温泉があり、しかも無料である。

彼らは立ち寄ることにした。

パルバティは女湯へ。男たちは男湯に浸かる。

相手が見えぬほど湯気が凄い。

間近を流れる久慈川のせせらぎ。

虫たちの鳴き声。

野趣満点である。

「ところで、彼女、大丈夫なのかい？」

と、丈太郎が訊ねると、ニコラスは声を潜めた。

「仲間からの依頼で匿《かくま》うことにしたけど、みんなに迷惑はかけないよ」

ニコラスは、今でこそ昔の活動を停止しているが、かつては天才と言われた異能ハッカーだった。

本名も実は別で、ニコラスというのは、彼の数多いハンドルネームの一つなのだ。

「やはりそうか。ただの友人ではないと思っていた」

「でも、丈太郎……それ以上は知らないほうがいい」

と、ニコラスは丈太郎に片目をつむった。

「とっくに古語になってしまった言葉だけど、エシュロンをご存じかしら」

「一応は」

丈太郎は答えた。

かつては暗躍したが、今も存在するかどうかはわからない。むしろ、今では、ある種の諜報組織を表す記号となり、辞書にも載った。つまり、今やエシュロンは、固有名詞でも暗号名でもなく、普通名詞なのである。

何十という傍受組織が互いに暗闘を繰り広げている〈光世紀〉では、エシュロンは地球のみならず衛星・月面・火星基地をもカバーする巨大組織であり、これらが、あるものは国家、あるいは同盟、または超企業の単位で活動しつつ、かつ〈見えない情報戦〉を繰り広げているのだ。

一方、超絶の難解さなので丈太郎にはその理論が理解できないが、量子暗号の普及でハッキングは困難になった。すでに、解読が困難視されていた公開鍵暗号が、たちまち過去の遺物となってしまったのも、量子コンピュータが出現したからである。

むろん、個人レベルで手が出せる代物ではない。第一、量子コンピュータに関する情報流出そのものが犯罪なので、たちまち電子警察がやってくるのだ。捕まれば刑期は無期まであるし、場合によっては死刑にされることさえあるのだ。

ニコラスがハッカーをやめたのは、こうした事情があったわけだが、ちらりと丈太郎に漏らした。

「実は、パルバティ博士の研究が、偶然だと思うけどね、これに抵触し、某機関に追われているのよ」

説明がいると思うが、〈光世紀〉とは、世界中どこにいようとも、電子で決済したり、通信しようものなら、たちまち検索されてしまうシステムが存在する時代だ。

もはや、『古語　諺《ことわざ》　辞典』にある〝壁に耳あり、障子に目あり〟の諺が電子的に拡大され、かつ地球化されているのだ。

「二〇世紀前半頃のように電話局の交換嬢が回線を繋いでいる光景は、とっても人間的じゃない？　でも、コンピュータが現れると、一気に機械との人間臭い関係が消えて無機質になったわ。そして、世界まるごと監視社会になってしまったわ」

ニコラスはつづける。「ジョージ・オーウェルが描いた悪夢、あの『一九八四年』以上の世界になったわ」

オーウェルが描いたのは全体主義体制下における監視社会である。人民は常に国家権力に見張られ、行動だけではなく思考までも支配されるのだ。

「けど、オーウェルでは、恐怖が圧制の手段になるが、〈光世紀〉では何も知らされることなく、我々は情報の囲いの中で監視されているのよ……」

「囲いの中の羊か！」

丈太郎は肩をすくめる。

「そうよ。私たちは彼らに飼育されているの」

人類は、せっかく神の監視から逃れて人文主義の時代を築いたが、今やある意味では、ふたたび元に戻った。〈新しい中世〉と定義されるのが〈光世紀〉だが、この世界では神に代わる電子的監視システムがあり、人間は〈蜘蛛の巣〉に絡め捕られているのだ。

ところで、この〈蜘蛛の巣〉であるが、オーウェルが幻視した全体主義国家の悪夢とはちがい、必ずしも自由の束縛とは言えないのだ。表向きは犯罪者の監視であり、それはそれで納得できる。

「でも、真の目的はどうも別にあるらしいの」

電子化された世界では、超速の検索が可能なのだ。このシステムが犯罪の摘発に使われている限りでは、人々にも納得された。たとえば、二〇世紀に欧州で実施された通貨統合の際、それまで隠されていた膨大なアングラマネーが表に出てきた。新紙幣に換えなければ紙くずになるからだった。うまく逃れたものもあったろうが、麻薬と売春、密航業と人身売買、臓器売買、武器輸出などで稼いだマフィアの資金を預かる地下銀行が大きな打撃を受けた。

この際の摘発には、たしかに全地球的通信監視機構の活動が有効であった。仮にマネーロンダリング国家が存在したとしても、〈エシュロンⅡ〉が秘かに捕捉した隠し口座が当局にも通報され、多くの政治家、高級官僚が逮捕されたし、有力政党にも不正資金関与の重大疑惑がもたれた。

「当時、資金洗浄された金額は計り知れないわ。当時でさえ、年間五〇〇〇億ドルから一兆五〇〇〇億ドルと言われたものよ」

と、以前、ニコラスが彼に教えたことがある。

当時のニホンの国家予算が八〇兆円（六〇〇〇億ドル強）であるから、そのすさまじさがわかる。〈光世紀〉の世界全体で、いったいどのくらいの闇資金が動くかを考えると、空恐ろしく感じられるほどだ。

「これらの闇資金が癌のように世界経済を蝕んでいたのよ」

とも、ニコラスは語っていた……

〈光世紀〉に入ると、ニホンにも、このシステムが極秘裡に導入された。財務省から分離して独立した徴税省の〈ニホン版エシュロン〉が、破綻した国家財政建て直しのために威力を発揮したのだ。すなわち、国家の中枢、タウン霞ヶ関に建つ超高層ビルヂングの地下五〇メートルに建設された巨大な電子の要塞。総面積五五〇〇平方メートルのこの施設は、表向き国家安全保障局のものとされているが、ほんとうの目的は別だ。死に瀕した財政地獄からニホンを救出するための徴税プロジェクトである。これこそ、英国で発足してかなりの成果をあげた犯罪資産回収庁に倣った、ニホン独自の不正資金摘発庁だ。

いかにもいかめしい名前だが、幾つかの協力国家にある金融犯罪情報部などと情報交換をしつつ、鋭意、摘発にあたるため、武装さえしていたのだ。

さらに、〈光世紀〉の法律は、国民の資産である公金の横領には厳しく、最高刑は終身刑まであった。なぜかというと、国家そのものが先祖の残した借財に喘ぎ、まったく関係のない次の世代がその返済に苦しんでいる以上、重刑でなければ国民が納得しないからだった。

Ⅳ

こうした〈光世紀〉革命を主導したのは、いわゆる若手の政治家集団、通称〈アトムたち〉だ。〈ニホン版エシュロン〉の導入も、彼らの手で行われた。

非合法仮想通貨など、様々な手段による資金の流動が〈光世紀〉では急速に国際化したのである。この金の流れを把握するには、〈エシュロン〉のような全地球的探知システムが必要であった。時代の要請もあり、多くの才能豊かなＡＩ技術者が育って活躍していたが、組織化されていたわけではない。

ところが、彼らにあることを気付かせた出来事があった。

最初は米州で発生し、欧州連合がつづいた。

もはや旧タイプの政治家も政党も〈光世紀〉の政界では、時代遅れになったことが明瞭であった。

彼らの手法が政治の場で通用しなくなったのである。

一部では予想されていたが、急激に進んだネット社会が政治手法そのものを変えたのである。つまり、政治が社会の電脳化に応じて変わらざるを得なくなったわけだ。まさに政治のＡＩ革命であるが、この分野の基本図書の一つが、マーチン・ラベンポートが著わした『電子政治の諸問題』だ。

ニコラスから奨められた本だが、彼がスタンフォード大学政治学部大学院に在籍していたころ、イェール大学の教官であったニコラスの父親が書いたものらしい。これによれば、〈光世紀〉世界には機密の壁は存在しない。ネットに国境はなく、政府も企業も犯罪組織も、もし、コンピュータで管理されているならば侵入される。

これを防ぐには強固な防御壁《ファイアウォール》と暗号化しかないが、量子暗号の普及は各端末まで及んでいるわけではない。

たしかに、手書きの書類であれば、電子的に孤立系だが、現実はそうではない。卑近なたとえで言えば、〝今日では、シャッターの降りた建物の内部が丸見え〟なのである。

政治革命前夜、多分、最初は私的な興味からだろうが、前記の技術者たちが政治家たちの事務所や自宅のコンピュータへ侵入しはじめた。彼らにはオフィスビルの壁の外から、作動中のコンピュータの画面を見ることなど朝飯前であり、これをテンペスト攻撃と呼んだ。

とにかく、こうした個々のデータが重要でなくても、集積すれば意味が出てくる。従って、〈ビッグ・データ・ビジネス〉という言葉が経済学辞典に載っているくらいだ。

ニコラスも丈太郎と知り合ったころ、こう言ったものだ。

「コンピュータという発明品が、もっとも能力を発揮する分野の一つが検索であることは、だれでも知っているわ」

長い間、丈太郎は知らなかったが、当時、移住先のオーストラリアからニホンに来て、囲碁の勉強をしていたころのニコラスは、あるプロジェクトに加わり生活費を得ていたのである。

ひょっとすると、ニコラス自身は知らなかったが、デジタル犯罪の手助けだったのかもしれない。当然、法に抵触する犯罪行為だが、気付かれる前にプロジェクトは終わっていた。彼らのチームの仕事は量子コンピュータによる公開鍵暗号《RSA》の解読だったのだ。


さて、〈アトムたちの革命〉だが、もとより暴力革命であろうはずがない。

その認知度が高まったきっかけは、守旧派政治家にとっては予想外の暴露が、インターネット上で、国外から行われたことだ。すでに、国民の九九・九パーセントが〈ネット・ライフ〉をしているのが〈光世紀〉だ。ある国政選挙の際、ネット上に当選させたくない候補者の詳細な前歴・関係団体・資金などが公表されたのである。さらに選挙が終わると、選挙違反に関する情報が流されたため、利益供与タイプの当選者の多くが失格となった。

いわゆる、人脈による利益供与で票を集める従来型の選挙手法が、すべて丸見えになったのがこのときの選挙だった。国家が膨大な借金に喘いでいるにもかかわらず、予算の分捕りに血道を上げている政治家に対して国民の怒りの槌が下ろされたのである。

いったい、だれが借金を返すのか。肝心なこのことが、為政者の念頭にはなかったのだ。しかし、親の遺した借金を返す子孫たちは、たまったものではない。理屈にあわない話だ。問題は地域差でもなく、階層差や職業・能力差でもない。この問題は世代間搾取の問題なのだ——と気付かれたとき、

〈光世紀〉の政治革命が起きた。もっとも、税負担の多い彼らの世代からすれば当然の行為である。決起した若いアトムたちは、彼らの電子的能力を駆使、守旧派の利権構造を脱構築《デコンストラクション》し、選挙に大勝したのだ。

——では、政権の座についたアトム党の行った政策は何か。

彼らは、何を理念としたか。

温故知新——何をモデルにしたか。

他でもない……一四世紀半ばから一九世紀半ばまで、約五〇〇年間つづいた、あの小氷期《リトル・アイス・エイジ》の経験であり、中谷鵜吉郎《なかたにうきちろう》博士が、ゲルマン連邦大学で欧州中世史を研究して得た成果をまとめた『里山資本主義』が、アトム党の結党理念となった。

それは、〈暗黒の中世〉ではない。

〈光世紀〉の中世はあくまで〈明るい中世〉である。

時代のキーワードは宝瓶宮《アクエリアス》コード、すなわちウェーヴであり、波動である。

この時代の基本的イメージは、光であり、電波である。

あくまで、物質ではないのだ。

物欲を捨て精神の豊かさを求めたのがキリスト教だが、中世の小氷期は農業生産性を低下させ、人々は飢餓に苦しんだ。とすれば救いは精神である。神に祈るしかなかったのである。

しかし、〈光世紀の中世〉は、物欲を悪とするのは同じだが、〈物欲《ぶつよく》〉から〈事欲《ことよく》〉への転換である。〈物事〉という言葉があるが、我々の暮らしは〈物質〉と〈出来事〉から成り立っている。すてきなドレスが欲しいのは〈物欲〉だが、美術館へ行き審美眼を高めたいという欲望は〈事欲〉である。

以上が、アトム党の基本理念、たとえば精神生活の勧めである。

通貨改革も大きな変革だった。彼らによって造幣局は廃止され、電子マネーに統一された。

もとより、前の世紀ではいわゆる仮想通貨には多くのリスクが付きまとったが、〈光世紀〉の初期、当時のニホンで発行された〈神武¥〉の元締め、中央銀行の地下深く建設された心臓部は、まさに外部からの侵入不能の電子の要塞だったらしい。なお、この要塞の基本設計は、いわゆるブロック・チェーン（BC）といわれる分散管理方式をとる。

さらに、この〈神武¥〉は、世界五指にはいる安全な仮想通貨という信用を得て、為替を含む国際取引の主要な決済通貨にもなった。

しかし、〈アンゴルモア病原体〉がすべてを破壊したのだ。東アジアの某巨大貿易港で発生し、またたく間に全地球を席巻《せっけん》した恐怖の使者は、完全グローバル化した世界システムを機能停止させた。

だが、隔離施設で〈繭の睡り〉に就かざるを得なかった生き残りの人々に、〈身代わり〉としてサロゲートが供給されたのはなぜか。だれが供給したのか。ニコラスと語り明かすうちに、ようやく丈太郎にも〈彼　ら〉《オーバー・ロードたち》の意図がぼんやりとではあるがわかりはじめていた。

V

やっと寝付いたのは明け方。寝付くまでの三〇分ほど、久しぶりで志賀直哉の『城の崎にて』を読んだ。目覚めたとき、丈太郎はニコラスがいないことに気付く。

(散歩だろうか)

それから二度寝して午前八時すぎに目覚めると、大きな胡蜂《すずめばち》が部屋に入り込んでいた。虎斑《とらふ》の蜂ではない……

丈太郎は、敵意を剥き出しにして叩き潰そうとして、寸前、思い留まる。本物の胡蜂と気付いたからだ。

彼には苦い経験があった。彼と競争関係にある男が、密かにロボット胡蜂を侵入させて盗聴を試みたことがあったからだ。

この種の機械昆虫は、最初は子供向けの玩具として造られていたが、いつの間にか盗聴・盗撮機として利用されるようになった。より精巧な擬似昆虫は、大量に散布されて行動する軍事兵器として使われた例もある。

悪用だけではない。高度ハウス栽培における受粉にとっては必需品である。

最近では本物は珍しい。トキヨでは姿を消しても、大子《ダイゴ》にはまだ棲息しているのだろうか。

だとすると、別な危険もある。胡蜂は危険を察知するとフェロモンを発して仲間を呼び寄せるというネットで得た知識を、丈太郎は思い出した。

フェロモンは、ホルモンと同様、動物の体内で作られる化学物質だが、自己の体内で作用するホルモンとはちがい、同種の他の個体によって受容され、一定の行動を促すのだ。

交尾をしたい雄が雌を誘うもの、仲間に集合を促すもの、巣への道標になるもの、仲間に危険を報せる警報フェロモンなどがあり、ギリシア語の〝運ぶ〟と〝刺激する〟から合成された言葉らしい。

つまり、化学物質でできた一種の言語である。因みに音声は音波、文字は視覚による伝達手段だ。接吻や抱擁は触覚のコミュニケーションである。というわけで、ロボット工学でも従来のやり方に加えて、フェロモンの研究も進み、われわれ人間と動物たちとの意思の伝達を匂いセンサーでやろうという試みがなされているのだが……

ともあれ、丈太郎は窓をそっとあけ、丁重にお引き取り願おうとしたがうまくいかない。敵意は蜂側にもあるらしい。

やがて、ニコラスも現れて、追いだし作戦を手伝ってくれたが、彼には胡蜂の嫌いな臭いがついているらしい。新発売の蜂撃退スプレーだそうだが、彼によると、先月も蜂退治請負人に来てもらい、屋根裏にできた大きな巣を撤去したばかりだそうだ。

つづいて、物音に気付いたのか、子供たちといっしょにパルバティも起きてきた。

「〈籠〉の中はよく眠れましたか」

丈太郎が訊くと、彼女は、

「ええ。鸚鵡《おうむ》になった夢を見たわ」

と、冗談で応じて、ウインクしてくれたが、妙に色っぽいのが気になる。

〈籠〉は人工衛星の探知波を眩《くら》ます装置だ。ニコラスの手作りである。

やつらは執拗に追ってくるのだ。

「丈太郎さん、あなたは追跡される夢を見る？」

と、彼女が訊く。「懸命に隠れるでしょ。でも必ず見付かるわ。そこで目が覚めるのね」

「夢の中では追跡する側もね、……される側同様、自分ですからね、必ず見付かるはずですよ」

と、丈太郎は応じた。

「いやな時代だわ」

パルバティは眉をひそめた。「今の地球は、惑星全体が〈監視全体主義社会〉ですもの」

昨夜、町営共同浴場で、彼女の身体に仕込まれていた〈チップ〉を見つけたのは、丈太郎の子供たちの手柄だ。

なんと、彼女が移住先で治療した偽歯の中に埋め込まれていたのだ。

昨日は遅かったので、今日、親しい歯科医院へ連れていき、ひそかに摘出する予定だ。

ニコラスはタブレットに表示された衛星軌道を見せ、

「パルバティ、一三時間後までは心配ないわ。第一、大子は谷間の町だからね。たとえ上空を通過しても探知時間は限られているの」

このログハウスの屋根には、偽装したパラボラ・アンテナもあり、これもニコラスの仕事だが、探知衛星を追跡できるのである。

「さあ、パルバティ、開放的なテラスで食事をしましょうよ。いつもは、地下室だからね」

と、ニコラスが彼女を誘う。

つづけて、「今日は忙しくなるわ。歯医者のあとは、変顔術で別人になってもらうからね。実は名人がいるんだ。君と同じ政治的亡命者だから安心していいわよ」

その後のことを丈太郎は知る必要はない。多分、ニコラスもだろう。知らないほうがいいことが、〈光世紀〉にはたくさんあるのだ。

地下タンクに溜めた雨水を利用する〈ファーマーズ・ハウス〉の〈裏庭菜園〉で採れた野菜のサラダと自家製のパンの朝食。その他、庭の芝生のミニ牧場で飼っている犬くらいの雌牛の乳を入れたカフェ・オ・レなど。こうしたミニキャトルは最近の流行……遺伝子技術の成果だ。

トイレなども自己完結型である。かつてのニホンがそうであったように、排泄物が乾燥肥料になる。問題はそれを不潔に思うかどうかだが、化学肥料と有機肥料のどちらが安全かは自明のことだ。

「ああ、そういえば」

ニコラスが言った。「ファーマーズ社の農夫ロボットは一〇万台を突破したそうよ」

一〇〇〇平方メートル以下の個人農園向けに造られたものだ。

「インド亜大陸でも人気があって、最近、工場までできたそうよ」

と、パルバティも言った。

「丈太郎。株を買い足すつもりだけど、どう？」

「任せるよ、ニコラス。君の判断にまちがいはない」

と、丈太郎はうなずく。

人口の大減少は、一時期、地球の農業を破壊したが、大子のような隠れ里では地産地消の規模でつづけられた。加えて軌道上の宇宙都市、月面に棲む富豪向けの需要が増えたのだ。

丈太郎は、自家製肥料で立派に育った野菜のサラダを味わい、生きる喜びとはこういうことかと、つくづく思った。

食べたあとで、このアジールの最重要理念の一つ、循環《サーキュレーション》について、テラスで語り合った。

「あのね、私たち人間の身体が〈筒〉であることを私が自覚したのは、せんだって受けた内視鏡検査のときよ」

と、ニコラスがつづける。「結局、私たちと世界は、インプット器官のマウスとアウトプット器官のアヌスとで繋がっているのね」

絵にすると、大きな丸が〝世界〟または〝自然〟であり、これに繋がる急須《きゅうす》の取っ手のような筒が人間に相当するというのだ。

「彼の発想は、循環の思想の復活なのです」

と、丈太郎が捕捉すると、パルバティは、

「インドの根幹思想ですわ」

と、応じた。

「彼女は、タントリズムの教師でもあるのよ」

と、ニコラスが教える。

彼の彼女を見る視線が、さきほど気になっていた丈太郎であった。

「ああ、タントラね。タントリズムは英語でしょ」

と、丈太郎は、ニコラスの言葉を受ける。

今度は、パルバティの視線が気になる丈太郎であった。

潤んだ両眼がニコラスを見ているのだ。

(今朝の明け方に二人の間に何かあったのかな)

と、丈太郎は気付く。

「タントラの基本は女性原理、つまり性力《シャクティ》です」

と、探るように言ってみると、
ニコラスが、

「自分もかかさず」

「じゃあ、あなたもチャクラを……」

「脊椎の最下部、会陰から背骨にそって真っ直ぐ立ち上がった炎のコブラを体験したわ」

「素晴らしいわ。四弁の蓮華《ムーラーダーラ》が開いたのね」

と、彼女。

タントラの考えでは、最下部のチャクラのムーラーダーラの他に、脊椎に沿い五つのチャクラがあり、さらに頭頂にあるのが千弁のサハスラーラである。

修業を完成すると、会陰に潜む三周半のとぐろを巻く蛇形のクンダリニー、すなわち宇宙の根源的力であるシャクティを上昇させ、頭頂の座、シバ神と合体させるのである。

ニコラスとパルバティは、しばらく、タントラの秘法について話し合っていたが、やがて話題を転じる。

テーマは自然と文明についてである。

「ところで、我々の文明は世界を無限大と考えてきた」

と、丈太郎は語る。

つづけて、「飽くなき貪欲さで人間は資源の収奪を行い、かつ地球が無限のゴミ捨て場のように思い、廃棄しつづけてきたんです。この、独善的発想に加担したのが近代産業であり、近代経済じゃないでしょうか」

「たしかにね」

ニコラスも言った。「資源が無限にあり、投棄先も無限にあるという無限の観念に、人間の脳がとらわれていたのはなぜかしらね」

「欧米思想の根底にキリスト教があり、さらにこの妥協を許さない唯一神宗教の発生が砂漠であったことと無関係ではないのでは」

　と、丈太郎は応じた。「砂漠は人にとってはあくまで空間であって、人を生かす場所ではない。そこは移動できるが、人に生きる糧を与えない」

　丈太郎はつづける。「一方、水も食べ物もある緑の土地はそうではない。そこに棲む植物にも動物にも様々な名前がつく。そして草木も岩も動物たちも神として扱われます」

「私たちが、過去の文明を批判して〈里山資本主義〉的であろうとすれば、この一点につきるわね」

　と、パルバティも言った。

〈里山資本主義〉の思想は、われわれ人間自身すらも大自然の系に組み入れ、逆らわない生き方を是とする考えである。人間は大自然を征服して自分だけの文明を築こうとした時から、自然を敵視してきたのだ。あえて言うが、ヒューマニズムという近代思想にさえ、そうしたわれわれの自意識の傲岸不遜《ごうがんふそん》、大自然への挑戦の意識があるようにすら思えるのだ。

「なぜ、山に登っただけで山を征服したなどと言えるのだろうか。たとえば、〝過酷な大自然と戦う〟といった表現が成り立つのだろうか。森林を切り開いて、なぜ文明開化と言えるのだろうか。どうも、人間は、勘違いしている。川にダムを築き、堤防で固めて、われわれは川をコントロールしたと思っているんです」

と、丈太郎。

近代思想の基本は人間中心の思想なのである。

「ですが」

丈太郎はつづける。「二〇世紀の思想家、ジャック・ラカンがすでに見抜いていたように、人間という概念ができたのは人類史のごく最近のことです。〈光世紀〉に生きるわれわれは、人間の定義を新たにしなければならないと思うのです」

「そのとおりですわ」

パルバティも言った。

第X章　アンドロギュノス・シンジケート

I

その日の正午、〈代父〉からの連絡を受け、丈太郎はニコラスの家から光太郎のアトリエに戻った。わかってはいるが、〈本体／丈太郎〉と会うのは、やはり不思議な感覚である。

久しぶりに対面した〈自分〉は、かなり窶《やつ》れていた。

外気を遮断した密閉カプセルの中にいるので、抱き合うことも握手もできない。

眼と眼を合わせ、互いにうなずきあった。

だが、言葉を交わさずとも何を思っているか、考えているか、望んでいるか、意思疎通のすべてがシンクロナイズしているのだ。丈太郎が経験したことは、そのまま〈本体〉の経験になるのだ。であればこそ、〈本体／丈太郎〉は〈サロゲート／丈太郎〉を必要としているし、丈太郎にしてみれば、〈本体〉こそが彼自身の存在理由《レゾンデートル》なのである。

カプセルの中の丈太郎に向かって、

「息子よ」

と、呼びかけたのは父、光太郎だ。「完成は間近いぞ。大子《ダイゴ》アトリウムの運用が開始されれば、お前も〈繭〉から抜け出せるぞ」

「工事現場を見学してきたよ」

と、息子が答える。

「内部には何十人かの村ができ、共同生活ができる。畑を耕し、家畜を飼い、晴耕雨読の生活が送れる。アトリウムの機密性は完璧だし、病原体の検知装置も一流品だ。実際に火星で使われているもので品質は保証されておるよ」

と、光太郎が教える。

「けどなあ、一生をアトリウムの中で暮らすなんて、まるで終身刑の囚人だな」

「なにを言うか。お前たちは人類の将来にとって必要な、重要な実験データとなるのだ」

「じゃあ、モルモットだ」

「モルモットじゃないぞ。被験者だ。息子よ、お前は魁《さきがけ》なのだ」

傍らで聴きながら、丈太郎は、光太郎が息子に対して生き甲斐とともに存在理由《レゾンデートル》を教えているのだと悟った。

人は自己愛だけでは生きられない。だれかのためになるという他者愛が、生きることの意義を産み出すのだ。

しばらくすると来客があり、光太郎が席を外した。

丈太郎は会話をつづける。

彼の〈本体〉は、最近、聖書を読んでいると話した。

丈太郎は、禅のことを話した。

他者同士の対話というよりは、むしろ自問自答である。

聖書と禅に共通点があるとすれば、それは脱物質の考えである。精神に比重をおく生活をつづければ、脱物質はむしろ必然なのだ。

〈里山資本主義〉の理想は〈清貧人《ポスト・プロレタリアート》〉である。あるいは『方丈記《ほうじょうき》』の思想だ。簡素に生きることだ。

様々な困難な問題と妥協し、現実的にクリアーするには、地球経済を〈イエス・キリストの経済学〉あるいは〈禅の経済学〉へ切り替えるほかない――と。

つまり、物質的貧苦から解放すべき対象が、カール・マルクスの言ったプロレタリアートであるとすれば、〈里山資本主義〉は、〝物質からの人間精神の解放〟である。すなわち、〈物〉から〈事〉への欲望の大革命が行われなければならない――とする考えかたである。

「ところで、君。君はぼくのために働いてくれている。収入はゼロなのに、出費がかさむのがぼくの生活だ。この関係は、労働者と、それを搾取する資本家の関係にはならないだろうか」

「いや。あなたはまちがえている」

と、丈太郎は即座に答えた。「自分は、あなたに搾取されているのではない。あなたに同情して奉仕しているのでもない。ひそかに自分を、制御装置を切って自立型にカスタマイズしたのはあなたの父上だが、自分は自我を与えてくれた光太郎さんには感謝しているんだ」

「自我に目覚めて悩みが増えたのではないのかい」

「それが生きることの証だと気付いているよ」

と、丈太郎は答えた。

「そうか。とても嬉しい。われわれペアーは、役割分担をしているのかもしれないね」

つづけて、「不思議なことに〈繭の睡り〉をつづけているうちに、時空を超えて話し声が聞こえるのさ。見知らぬ世界が見えたりするんだ。もしかすると、人間が本来的に持っていたが、その能力が文明の発達で、そうだな、かつてはあった尻尾のように退化して、眠っていた能力が目覚めたのかもしれないのさ」

「それって超能力のこと？」

「らしいね」

「話に聞く〈遠隔透視〉だろうか」

「うん。先だっては、地球ではないどこかの場所でしている会議を透聴視したよ」

「まさか。ほんとうなのかい」

「人間ではあるが人間ではない者たちが、円卓会議をしているんだ。話し声も聞こえるんだ。窓の向こうに赤茶けた石ころと砂礫の荒野の彼方になだらかな丘が見えたから、月面ではないと思うんだ」

こうして、丈太郎は、自分の〈本体〉から驚くべき話を聞かされたのだ。

今は、大子の町医者となった下藤《しもふじ》博士が、〈本体〉の定期診察のため訪れたのはそのあとである。精神科医でもある博士は、〈本体〉にいろいろ質問し、自動的に記録される血圧や脈搏、あるいは血液検査のデータをチェックした。

多くの場合、〈繭の中〉で長期に生活すると様々な精神的障碍が現れるらしいが、〈本体〉の場合は良好との診断であった。

「なんらかの方法で、外部と繫がりを持つことが大事なんです」

丈太郎に向かって笑いながら、「あなたのケースは私の専門外ですが、やはり、鬱とか躁の症状が出るものですか」

と、訊かれたので、

「ええ、ありますよ。ただ、我々サロゲートの場合は自己診断機能があるので、原因を特定し削除することができます」

「〈本体〉と対面したときの心理傾向を教えてもらえませんか」

と、下藤博士。「鏡の中の自分と対面する気分に、似ていると思いますが」

「思いますよ」

と、丈太郎は答えた。「〈本体〉は自分のルーツです。もしもいなければ、いわゆる〈よるべなさ〉

の気分に陥ると思います」

つづけて、「たとえば、二〇世紀の作家、芥川龍之介が罹った神経衰弱です」

「なるほど」

「彼は自殺しました。時代のせいでしょうか。高等遊民と大正デカダンスは同義語です」

つづいて、下藤博士はカプセルの中のクライアントにも訊ねた。

「やはり同じですか」

「彼は身代わりではありません。分身でもない。私自身です」

つづけて、「先生はラカンの〈鏡像段階〉のことを言われておるのでは?」

と、質す。

「そのとおりです。勉強されましたな」

「ええ。教えていただいた論文を、ネットで見付けて読みましたよ。〈サロゲート精神病〉というのがあるそうですね」

「ええ。たとえば、自殺願望のある者が自分ではなく、サロゲートに自分を投影させて殺害、いや破壊するケースなどです」

などと会話が弾み、やがて、今度は丈太郎から〈アンゴルモア病原体〉について質問した。

答えは予想どおり悲観的なものだった。

下藤博士は、

「そうですね。我々人類側は諦めたわけではないが、おそらく地球史上最強の病原体かもしれません。なにしろ強烈なスピードで変異するのです。これではワクチンの創りようがない。感染力も強く生存期間も長い。長年研究しているが、有効な治療薬もまだ見付からないのです」

「到底、自然由来とは考えにくく、何者かが密かに世界の覇権を狙って創ったという説も根強くありますが」

と、訊くと、

「陰謀説ですか。私にはなんとも言えませんが、人間というものは、理解不能の事象に対して必ず原因を探したがる心理的傾向があるのは事実です」

と、言って言葉を濁した。

「大子への移住はいつからですか」

と、訊くと、

「五年前です。私は生き残りましたが連れ合いを亡くしてね。自分がなぜ感染しなかったのか不思議に思っていた矢先、この大子の存在を知ったのです」

「母系から受け継がれる、ミトコンドリア遺伝子ですね」

「ええ」

「この家の主、天倪光太郎さん、つまり自分の〈代父〉は、同じ特異体質の持ち主ですが……」

「御尊父には、私の研究に協力してもらっておりますよ」

「で、研究成果は？　何かわかれば、有効なワクチンや治療薬の開発ができるのではありませんか」

「それが、敵けしぶとい。しかし、いずれはできるでしょう」

などと話が弾んだが、昼刻《ひるどき》でもあったので、光太郎が手打ちの蕎麦を出してくれた。

食事が済むと蓬《よもぎ》茶と蓬入りのクッキーが出た。

「大子に移住したおかげで、孤独病から救われました」

などと下藤博士は語った。

つづけて、「やはり人間という種族は群れる生き物ですからね。〈人〉という漢字ですが二本の棒が互いに支え合っているでしょう。それが人なのです」

ふたたび、病原体の話に戻ったのは、それからだった。

丈太郎が、

「つまり、人は群れて生活し、人類創生の時代から一〇〇人、二〇〇人と纏まった集団をつくり、だれかがなにか新しいことを思いつくと、たちまち、だれもが真似て広まった。あるいは集団単位での交易などの交流があり、やはり新技術が広まったといいます。これって感染の拡大経路と同じですよね」

と、話したからである。

「遺伝子がそうです」

と、下藤博士はうなずく。

その先を要約するとこうなる。

一般の生物では、遺伝子が二重螺旋構造のＤＮＡ型であるので、複製のミスが皆無ではないが極めて少ない。対してウイルスではタイプが二つあり、遺伝情報を保持する物資の種類がＤＮＡ型のものもあるが、コロナウイルスは第二タイプのＲＮＡ（リボ核酸）型である。

「このタイプは厄介でしてね、単独では自己複製つまり増殖できないのです」

と、下藤博士。

丈太郎は質す。

「と、いいますと」

「このタイプは、取り憑いた別の生き物の細胞を使って増えるのです」

「つまり、〝軒を貸して母屋《おもや》をとられる〟の類ですか。乗っ取り屋ですね」

「ええ、そうです。自分のＲＮＡと同じ配列のＲＮＡ分子やウイルスを包む殻の蛋白質を、宿主に作らせるのです。さらに宿主の細胞を破って他の細胞に侵入し、急速に感染を広げるわけです」

「しかし、博士。〈アンゴルモア病原体〉の正体は、〈ヒト型超結核菌《マイコバクテリウム・スーパー・ツベルクローシス》〉だと聴いておりますが」

「ええ、そうなんです。〈アンゴルモア病原体〉はウイルスではなく、バクテリアなのです。世界中の研究者が懸命になって治療法を研究しているが、まだ見つからないのです」

「特異体質者の場合は、侵入された細胞のなかで牧場に飼われた家畜のように共存しているミトコンドリアが、何らかの働きをするわけですね」

と、質すと、

「ええ、まあ。まだ完全には解明されていませんが、もしかするとこの侵入者を攻撃する番犬のような働きをするのかもしれませんな」

ウイルスの場合は、ウイルスの細胞内へ侵入を妨害する、あるいはキラー細胞の攻撃力を強化するなど、様々な方法で治療するが、〈アンゴルモア病原体〉には、こうした対抗策が効かないらしい。

「免疫上の問題があるそうですね」

と、問うと、

「なぜ免疫を作らせないか。それがわからないのです」

と、答えて、卜藤博士は肩を竦《すく》めた。

Ⅲ

その翌日、丈太郎はふたたびニコラスと会った。

話したのは、彼の〈本体〉が見た、例の遠隔透視・透聴の件である。

「信じるかい？」

と、問うと、

「大いにあり得るわ」

と、否定しない。

ニコラスによると、月世界に疎開した〈超富豪同盟〉とは別に、火星への移住を決行した〈アンドロギュノス・シンジケート〉と呼ばれる〈超秘的秘密結社〉が存在するというのだ。

「太古の昔から地球に存在して、いわば管理人《コンシェルジュ》のような役割を果たしているといわれる、謎の長命族が彼らよ」

「初めて聞くけど……」

丈太郎には、なんの予備知識もないのだった。

当然、にわかに信じられる話ではない。

しばらく、戸惑う丈太郎の表情を見詰めていたニコラスが言った。

「わかるわ」

彼が眼の奥でかすかに笑っているのに気付く。

「未確認飛行物体、つまりＵＦＯ《ユーフォー》がわが地球に飛来しているという事実が信じられないくらい、当然だと思うわね」

彼の口調が、妙に自信あり気だった。

なぜだろう？

彼の態度は、重大な秘密を握っているのを、楽しんでいるようだった。

「ご存じかしら。〈アンゴルモア病原体〉大流行の初期段階にニホンを指導した〈アトム党〉が存在したことを」

と、彼はつづけた。

「当時、国民の八〇パーセントに支持された青年たちの革新政党だったと聞いているよ。でも、政権は長くはつづかなかった。大規模感染爆発、大規模医療崩壊が全地球を覆い尽くし、国家そのものが存続できなくなったから」

と、丈太郎は応じた。

「そうよ。結果、人類の歴史は、いわゆる伝統的な国民国家が、都市国家へ分解する経過を辿った」

ニコラスはつづける。「実はね、このアトム党に資金援助をしたのが〈アンドロギュノス・シンジケート〉だったらしいの。彼らは人類史の重大な危機に際しては、必ず活動して人類文明を救うといわれています」

「月面にいる〈超富豪同盟〉とはちがうの？」

「ちがうわ。〈アンドロギュノス・シンジケート〉は、ラテン語で使徒を表すアポストルスと名乗っていますが、〈アンゴルモア病原体〉を造った真の犯人は、彼らだったかもしれないという説さえあるのよ」

「えッ！　まさか。自分は、〈ザ・ロード〉が、造ったとばかり」

と、丈太郎が首を傾げながら言うと、

ニコラスは笑いながら、「事情は複雑なの。だから整理するわね」

「わかっていればいいわ」

と、丈太郎。

「たしか、前世紀の第二次世界大戦のときに流布した、スパイ防止のために当局が標語として流行らせた諺だ」

と、ニコラス。

「丈太郎は〝壁に耳あり、障子に目あり〟っていう諺《ことわざ》をご存じ？」

改めて言うまでもないが、〈光世紀〉は、超高度情報世界なのだ。

丈太郎は無意識に声を潜める。

「ええ」

「丈太郎、これから話すことは超極秘情報よ。今の世界には、真相を知ることが命取りになることがままあるのよ。それでも知りたい？」

どうやら、多重人格者ならではの特異な人脈で繋がる情報ネットワークを、ニコラスは持っているようなのだ。

「いいえ、ちがわないわ。でも、事の真相はもっと複雑なの」

「じゃ、ちがうんですか」

「ええ。巷間で流布している説ではね」

丈太郎は無言を保つ。

ニコラスはつづける。

「二一世紀半ばになると、進化したAIは、新薬の発見で目覚ましい成果を挙げるの。問題はその先、〈アンゴルモア病原体〉のような強力な病原体を造れる能力を持つ人工知能《AI》は、創薬開発ですでに実績のあるＳＡＩ《スーパー・アーティフィシャル・インテリジェンス》でなければならないだろう……と、考えるのが合理的じゃない」

「そうだね」

丈太郎は応じた。

首を傾げながら、

「で、問題のそのＳＡＩ、つまり〈ザ・ロード〉は、居所がわからないとも聴いているけどね、ニコラス。なぜなら、それは〈ネット存在〉だからだと。ちがうのかい？」

「ちがわないわ、丈太郎。たしかに、〈彼《ザ・ロード》〉はネット存在よ。でも、人類を滅ぼす存在になるかもしれないという警告は、二一世紀の初期から、デジタル世界の構築に貢献した天才たちから発せられていたの。とすれば当然、何らかの手が打たれていたはずでしょう。そう思わない？」

「思うよ。たとえば、初期SF時代の重鎮、アイザック・アジモフの〈ロボット三原則〉のような形で」

「ええ。人類を滅ぼすような判断をしてはならない――という禁止事項よ」

「やはり、禁止事項がプログラムされていたのか」

「〈世界人口九〇パーセント削減計画〉を実行したのは、〈ザ・ロード〉自らの判断だったのか、それとも何者かに命じられたのか」

「あり得るね」

ようやく理解しはじめている自分自身を、丈太郎は感じている。

「またの名を〈電脳神〉と呼ばれる〈超越的存在〉に仕える特異な種族、つまり神官族が彼ら〈アンドロギュノス〉らしいの」

「証拠はあるの？」

と、丈太郎は質す。

「何ひとつないの、証拠はまだ」

「ない？」

「ええ。でも、やはりいるらしいの……彼らが……」

Ⅳ

それにつづくニコラスの話は、耳を疑うような内容だった。

世界には古くから〈陰謀史観〉というものがあるが、もしかするとその類いかもしれない。だが、少なくともニコラスは、一部のクエスチョンはあるとしても、十中八九は信じているのだ。

「いいこと、丈太郎。彼らは決して人類史上に現れることはないの。でも、歴史の要所要所で、極めて重要な役割を彼らは果たしてきたの。もし彼らがいなければ、とっくに人類は絶滅していたかもしれないと、研究者の間では言われているのよ」

ニコラスはつづけた。「人類文明の驚異的発展にも彼らが関与しているわ。世界の節目節目でなされた重要な発見にも、彼らがまちがいなく関与しているの」

彼に言わせると、〈アンドロギュノス〉たちは、地球文明そのものの管理者《コンシェルジュ》だというのだ。

「もしかすると、彼らは、宇宙から来た異星人《エーリアン》かもしれないのよ」

「たとえば、クラークの『幼年期の終わり』に出てくる〈オーバーロード〉のような存在ですか」

と、丈太郎は問う。

「ええ。あのSF小説はね、ほんとうはアーサー・クラーク本人の着想ではなく、〈アンドロギュノス族〉の一人が、姿を変えて作家に接近して、暗示を与えたという説さえもネットでは流れているわ」

真偽は別として、彼らこそが、この大宇宙に様々な文明を育てる〈文明の種まく種族〉ではないかと言うのだ。

「つまり、人類文明の生みの親ということ？」

「いいこと、いかに科学が進歩しても、あたしたち人類の発祥には謎が多いの」

「たしかに、進化の鎖が途切れている〈ミッシングリンク〉があるね」

「そうよ。エデンの園という保育器から、人類を荒野へ放ち、自我を目覚めさせ、進化の軌道へ乗せた何者かがいたはずだ――と仮定しても、何ら不合理ではないわ」

など、いつの間にか、ニコラスに感化されている自分に丈太郎は気付いていた。

ニコラスに言わせるなら、〈アンドロギュノス族〉は我々人類の教師であり、庇護者でもあるというのである。

「目下、彼らは、火星を生存可能の惑星にするテラフォーミングを行っているわ」

なんだか、ブラッドベリの『火星年代記』みたいな話である。

ニコラスはつづける。

「彼らは、いずれ火星から帰還してくるわ。でも彼らは、現在、月面や宇宙都市にいる〈超富豪同盟〉とはまったくちがう存在なの。〈超富豪同盟〉も地球の環境回復に資金を投じているわ。たとえば、藻類を大量発生させて大気中の二酸化炭素を大洋底に沈める計画は、すでに実行されて成果を上げ始めているわ。でもね、彼らの目的は、表向きは〈地球再建計画〉でも、実態はちがうの。丈太郎、地表の生き残った人々に、彼らがサロゲートを無償貸与したのは、なぜだと思う？」

「えッ？」

「丈太郎も、みんなが信じているように、善意による無償の行為だと思う？　もちろん、信じないわね。彼らは、地球という巨大な市場を失いたくなかったの。丈太郎ならわかるわね」

「つまり、市場の存在こそが、彼らの存在理由《レゾンデートル》だということか」

「ええ。彼らは〈ホモ・エコノミスト〉なの。市場という人類が創りあげたシステムがなくなれば、彼らが蓄えた巨万の富も無価値になるの。おわかり？　丈太郎」

ニコラスの説明を要約すればこうなる。

近代経済の基礎は貨幣である。しかも硬貨や紙幣などモノ的実在だけではない。たとえば、預金通帳に記載された数字でもいい。自分が勝手に作ったノートに書き込んだ数字は無意味だが、れっきとした銀行が発行した通帳なら、その数字に価値がある。つまり、貨幣の価値は信用で成り立っているのだ。

貨幣の信用を最終的に担保するのが、国家であるのは言うまでもない。しかし、全世界の国家がすべて瓦解し、地球を統括するような世界政府なども存在しないとしたら……

「何世代にもわたって、彼らがため込んだ超巨額の資産が、ゼロになるとしたら……」

と、ニコラスは言った。

「人が死に絶えるということは、地球上の全需要が蒸発してしまうということだね」

と、丈太郎も応じる。

「でしょう。需要が消えるということは、地球のあらゆるモノとコト、つまり土地とか自動車とかのモノや、芝居を観たり、教育を受けるなどのコト、すべてが価値を失うということなんです」

「となれば、どんなにお金を持っていても無意味になる。つまり貨幣というものは、その信用によってあらゆる事物と交換できるが、交換の対象である事物自体が無価値ならば、自動的に貨幣の価値も無意味になり、ゼロになるわけだね」

と、答えながら、ようやく丈太郎にも事の背景がわかり始めていた。

つまり、月面や宇宙都市に疎開している超富豪たちは、地球上の経済システムを、とりあえず存続させる必要が絶対にあると考え、経済のもっとも基本的粒子であるヒトの代替物としてのサロゲートを、大量に地球に供給したというのである。

「しかも、彼らは、抜け目なくサロゲートたちのデータを集めているわ。彼らは何時にどこへ行き、何をしたか。何を買ったか。誰と会ったか。あらゆる個人情報を集めている理由がわかる?」

「データ資本主義という言葉はよく聞くけど」

丈太郎は首を傾げる。「企業情報ではない個人情報にいったいどんな価値があるんだろう?」

「調べてみたら、二一世紀初頭に発生したリーマン・ショックが理由らしいわ」

と、ニコラスは教える。

当時、世界第一の金融センターであったニューヨークのマンハッタンに、原爆開発で知られたロスアラモス他、世界中から数学者たちが集められた。目的は新たな金融商品を開発するためである。すなわち過去のデータをもとに多くのローンを組み合わせ、ちょうどビーカーに入れた濁った水を沈澱させるように泥と水を分離させる。こうして上澄みの綺麗な部分、つまり貸し倒れリスクがゼロの商品を一般投資家に、沈澱させたリスクの多い部分はハイリスク・ハイリターンの商品として機関投資家に売りさばく方法で、名だたる一流銀行は巨額の利益を得た。

が、さらに企業ではなく、まったく信用有無のデータがない一般人のローンにまで手を広げた結果、突如、破綻した、世界経済を大不況におとし入れたのが、二〇〇八年のリーマン・ショックだったのである。

「当時は〈カジノ資本主義〉とか〈マネー資本主義〉とかいわれたものですが、この事件で皆が気付いたのが、個人単位のデータの重要性だったわけ。つまり大中小の企業データだけでなく、末端の個人の信用度までも根こそぎ把握しておけば、安全な金融商品を新たに創れるということなの」

ニコラスはつづけた。「いいこと、〈里山資本主義〉は禁欲主義なの。物欲を最低減に保ち、精神的歓びを最大限にすることなの。その反対が強欲資本主義なの。この場合、資本主義機械を動かす燃料は、清浄な精神でなくあくなき欲望なの」

「つまり、〈超富豪同盟〉が地球上に再構築しようとしているのは、〈欲望の資本主義〉なんだね」

と、丈太郎も言った。

「そうよ。当然、里山資本主義とは対立するわね」

と、ニコラスは言った。「すでに将来を目指して、彼らは着々と手をうっているわ。丈太郎、あたくし、アダムスに壇亭《だんとおる》のことを訊いたの。会ったそうよ、アダムスも。でも、彼の経歴には危うい個所もあるんですって」

「やはり」

「彼が売るのは高級玩具だけではなく、商売を通じて得た顧客の個人情報を売るのがね、副業ではなくて本業らしいの」

V

丈太郎が、ドゥニ神父と会ったのはそれから数日経ってからである。

彼の教会は、すでに鉄道が廃線となって放置されていた、旧大子駅の駅舎を利用して造られていた。内装も質素で、信者も多くはないらしい。生業だけでは彼のささやかな教会さえ維持できないので、副業のほうに時間の多くを割いていると言った。

「神父さんの副業は〈電脳精神医学〉ですか」

と、当てずっぽうで質すと、答えはイエスだった。

世界中の発症者から、仲介機関の〈電脳精神病協会〉経由で、数多の相談が届いているらしい。

「ええ。寄る辺なきサロゲートの自爆死を止めるために……」

と、ドゥニ神父は言った。

「相談は電子媒体で?」

と、訊くと、

「ええ。ですから大子《ダイゴ》のような山の中の町にいても、居ながらにして治療の仕事ができます」

神父は、ブログや映話による相談にも乗っているらしい。

でも、〈電脳精神病〉とは、どんな病か。

簡単な説明では把握しきれないが、ヒトの生理脳に様々なタイプの精神疾患が生まれるように、限りなく生理脳に近い電子脳にも、ヒトに類似した精神病が発症するのである。

「とはいえ、まだ対象療法で緩和する手段しかとれません。根本治療が可能になるのは、数年先か十数年先か、まったく見通しが立っていません。いわゆる電子ウイルスであれば、これに対抗する電子ワクチンを造れますがね」

――その日は日曜礼拝日だったので、ドゥニ神父は、祈りと賛美歌のあと、集まった十数人の信徒たちにもそんな話をした。

祭壇脇の白盤に、難しい数式まで書き連ねるようなユニークな講話、いや講義であった。

賛美歌を合唱して礼拝が終わると、引きつづき主だった幹部クラスの信者数人が居残る。丈太郎も参加したが、礼拝室に隣接して談話室があり、ハーブティーと薬草クッキーが出され、うちとけた茶話会の雰囲気が心地よかった。

話題は大予言者、ミシェル・ノストラダムスである。

どんな人物だったかといえば、一五〇三年生まれ、一五六六年没であるから一六世紀の人だ。占星術師とあるが医師として有能であり、フランス王シャルル九世の侍医を務めた。折しも生まれ故郷の南フランスでペストが大流行したため、帰郷して治療に専念して人望を集めたといわれる。

ペスト菌は、元々はインドから南アジアにかけて棲息するクマネズミが保菌者である。このネズミが気候変動による食物連鎖の変化で移動を始めた。死者三〇〇〇万人とも、六〇〇〇万あるいは七〇〇〇万人、さらに一億人が犠牲になったともいわれるが、保菌ネズミの移動を助けたのは、一三世紀の東西交通（シルクロード）の発達や十字軍の遠征などである。

こうして一三四七年にはコンスタンチノープルへ侵入、さらに地中海貿易航路を辿ってフランスに上陸、ヨーロッパ内陸部へ広がった。

ノストラダムスのケースは、その後に起こった小流行だったのであろう。

「世界交通網の発達が流行を広めたという点では、〈アンゴルモア病原体〉に似ております」

と、ドゥニ神父は言った。

ノストラダムスは、秘密の部屋に籠もり、真鍮《しんちゅう》の椅子に座って瞑想した。さらに、目の前に水を張った真鍮の器を置き、神から授かった杖で水面を区切ることによって啓示を得たようである。

有名なアンゴルモア予言は第一〇章七二番の四行詩であるが、次のとおりだ。

一九九九年の七ヶ月
天から驚くほど強い恐怖の大王がやってきて
アンゴルモアの大王をよみがえらせ

その前後火星はほどよく統治するだろう

だが、この年はなにごともなく終わった。

しかし、恐怖の大王のイメージがそっくりだったので、新たな脅威は〈アンゴルモア病原体〉と命名されたのである。

「『諸世紀』に記されている四行詩予言には、いつ起きるかという時の指定がほとんどない。問題の一九九九年、七の月の予言も、どうやら占星術かららしい。それで後世の我々が惑わされるのです」

「神父はノストラダムス予言を信じますか、信じませんか」

と、丈太郎が訊ねると、

「まだ、たとえば天気予報のような科学的な予想ができなかった時代では、人類にとって予言者は貴重な存在でした。が、当たる当たらないは結果次第で、偶然でも当たれば尊敬され、当たらなければ殺されることもあったそうです。人類にとって、これからどうなるかの予想は、極めて重要だったのです」

ドゥニ神父はつづけた。

「しかし、なぜかヒトには、むしろ個人よりも集団の場合ですが、大きな悲惨な未来を感知する機能があるらしいのです。なぜかはまだ解明されていないが、いくつかの仮説の一つに〈逆行波〉と呼ばれていますが、未来側から逆行して現在に到るウェーヴがあるらしいのです」

そう言って、彼は幾つかの事例を挙げようとしたが、ここで話題が変わった。信者の一人が〈電脳精神病〉についての説明を求めたからである。

Ⅵ

「実は〈繭の生活〉を送っている息子のサロゲートが、精神病に罹っているのですが、治療法はあるのですか」

と、真剣な表情でその信者は訊いた。

症状を聴いたドゥニ神父は即座に答えた。

「典型的な電脳離人症ですね」

「離人症ですか」

信者は怪訝そうな顔で訊ねる。「治療法はあるのですか」

「離人症は〈世界〉との関係が希薄になる病ですから、生活習慣を変えることで治すことができます」

本来、離人症（Depersonalization）は、ヒトの精神病であるが、様々な存在の現実性がぴんと感じられない体験を言い、患者は実在感の希薄化ないし喪失感、違和感、疎隔感などの異様な感じを訴えるのである。

「疎外感は精神的な自分の存在、あるいは身体的な自分の存在、または人、事物、象徴など外界の存在に関して感じられる症状なのです」

と、ドゥニ神父は説明した。

つづけて、「実際、体験しなければ、実相は説明しがたい。そもそも、言葉というものは、我々が正常な状態である場合に限って使われるものですから、異常な精神が見せる世界を説明・伝達するための語彙がないのです。従って、患者は比喩でしか表現できないが、それが正常者にとってはどんなものか、なかなか理解できないのです」

と、説明がつづいたが、専門的で難解である。

以下、肝心な点を要約すると、ヒト固有の病と思われる精神病が、なぜサロゲートでも発症するのかという問題は、まだ仮説の段階らしいのである。

「問題はヒトと彼らを区別するクオリア（qualia）ですが、ご承知のとおり感覚質と訳されています。ヒトには、たとえば日の出を見て感動したり、美しい草花を見て幸せを感じたりする感情があります。このことが、ヒトと人工知能を区別する差異と考えられてきたのですが、サロゲートにも離人症が発症するということは、彼らにもクオリアが生じているということの証拠にもなるのです」

つまり、離人症は、世界に接する生の感覚、生きる喜びの感覚が失われる症状なのである。

ドゥニ神父はつづけて、離人症に悩むある人の詩、「漂う」を挙げた。

あたしをとりまく世界は
タンポポの綿毛のよう
ポサポサでたよりなく
虫たちの抜け殻のように
あたしは漂う

あらゆるものが
あたしには気付かず
あたしの傍らを
行き過ぎていくの
影のように

どこにあたしの
居場所はあるの
ポサポサなあたしを

あたしではないあたしを
支えてくれる地面が欲しい

「よくわかります」

と、丈太郎は言った。

うなずきながら、ドゥニ神父も言った。

「強迫症は押し寄せてくる世界への防衛としての病であるのに対して、離人症は無抵抗で世界と隔絶されつつも、世界との接触を求めている心の病なのです」

終章　聖なる侵入

I

二ヶ月を越す長い休暇を終え、天倪丈太郎《あまがつじょうたろう》はトキヨへ戻った。

大子《ダイゴ》での生活は、完全に〈プラグド・アウト〉した、リアルな自然との接触で心身の状態をリハビリした生活だった。ために、ふたたび〈プラグド・イン〉して〈トキヨの日常生活〉に戻るまでに、かなり長いウォーミング・アップの期間が必要である。

丈太郎の感覚では、大子のようなアジールでは、一日の時の流れかたはゆっくりしている。あえて喩えるなら、日の出と日没に体内時間も合わせているように感じられる。人工的ではない自然の時間と、本来は自然の一部である人体の内部時間とが同調《シンクロ》している結果、心もくつろげるのである。

だが、トキヨのような、高度に電子化、デジタル化された都会では、人工的な時間が流れるため心身に無理がかかる。

（いったい、だれが〝時は金なり〟などという格言を創ったのだろうか）

と、つぶやく丈太郎。

あるいは、

（科学技術の急速な発達に伴って変貌した近代社会は、機械文明である。いや、文明機械というべ

きかもしれない（この世界では、生産量とか仕事量を時間で割った効率性が善とされる）

などと……

また、こうも思った。

〈蟻《あり》と蟋蟀《きりぎりす》〉の話だが、蟻が善で、蟋蟀が悪であった価値観が、今や蟻が悪で蟋蟀が善へ変わりはじめているのかもしれないぞ）

さらに、

（これこそが、二〇世紀後半の哲学者ミシェル・フーコーが提唱した〈エピステーメーの変換〉で、各時代には固有のものの考え方の枠組み、〈思考の台座〉があるということである）

などと……

もっとも、丈太郎がこんなことをしきりに考えるのも、下藤博士やドゥニ神父など多くの知識人と交流した大子での生活の影響にちがいない。

たしかに、一般市民の知らないところで、地球世界そのものが大規模リセットされているのである。

――以下は大子でニコラスから聴いた情報だが、〈超富豪同盟〉は地球の〈純粋機械経済化〉を画策《かくさく》し、着々と実行に移しているというのである。

「じゃあ、我々一般市民はどうなるの？」

と、訊ねると、彼は二〇世紀の映画『マトリックス』を観せてくれた。

丈太郎が四倍速で観終わると、ニコラスは、

「地球の全人類は、繭の中で〈プラグド・イン〉して楽しい夢を見せてもらう代償として、〈デジタル生命体〉へ生命エネルギーを供給するエネルギー源にされるわけ」

と、言ったが、

「でもね」

と、つづけて、

「いいこと、〈超富豪同盟〉が〈光世紀〉後半に実現を目指しているのはなんだと思う?」

「想像もつかない」

「おそらく〈超富豪同盟〉が構想しているのは、我々ヒト族の〈群体頭脳〉計画よ」

「『幼年期の終わり』のあれ?」

と、丈太郎はつづける。「危機に陥った地球に降臨したオーバーロードは、自分たちが管理者であると告げ、その目的は地球人の一体化、つまり一つの生命体に統合することであったというストーリーだったかな」

するると、

「いいえ。少しちがうの。〈あたしの同居人〉の一人のダダに聴いた話では〈全脳エミュレーション計画〉というものなの」

「ダダ？　ダダイストのダダ？」

と、聞き返すと、

「もちろん、渾名《あだな》よ。でも天才であることは事実よ」

と、教える。

ニコラスの説明によると、ヒト脳は約一〇〇〇億個のニューロンと約一〇〇兆のシナプスで構成されているのだそうだ。

「このヒト脳の神経系のつながりを、すべて視覚化というか設計図に落とし込んだものを、〈ヒト・コネクトーム〉といい、もしこれが実現すれば、〈全脳エミュレーション〉は実現に近づくわけ」

「つまり、ヒト脳の完全コピーができるということか」

と、質すと、

「ええ。でもそれだけではないの。〈超富豪同盟〉が画策しているのは、〈全脳エミュレーション〉を個人レベルから全人類にまとめた、超々人工頭脳の実現なの」

「目が回る」

と、思わず叫んで、丈太郎はのぞける。

「でも、何のために」

「彼らの目的は大宇宙への進出よ。彼らはそれを地球人の〈大宇宙への播種《はしゅ》計画〉と名付けているわ」

などと、丈太郎は、大子《ダイゴ》で語りあったニコラスの話を反芻《はんすう》しながら、デジタル化が進んだ知能都市《スマート・シティ》トキヨへの馴化《じゅんか》に努めているのだった。

さらにである。トキヨは〈実体世界《リアル・ワールド》〉と、メタバース技術などが創り出す〈仮想現実世界《ヴァーチャル・リアリティ・ワールド》〉が、共存している都市でもある。もっとも〈光世紀世界〉の大半が、こうした虚実二重構造なのだ。

しかも、〈光世紀都市〉の二重構造は、健全と享楽の二重性でもある。〈メタバース界〉への入境は、至極、簡単である。彼の場合は仕事場の仮眠室に横たわって、プラグド・インするだけでよい。

〈光世紀〉では、ゴーグルのような装具は必要がないのだ。全員が〈フルダイブ型〉であるので、脳自身《そのもの》に、直接、仮想空間が投影されるからである。

もちろん、昔の映画のセットのような世界ではない。メタバース空間はリアルと区別が付かない。視覚、聴覚、触覚、嗅覚、味覚などの五感も現実界と変わりがないのだ。

異なるのは時間である。〈メタバース界〉は、自然時間と比較すれば数倍も早いので、〈メタバース酔い〉を起こすのである。

たとえが陳腐だが、浦島現象のようなものだ。もっとも、彼が浦島太郎とちがうところは、浦島の異次元旅行は一往復だったが、何度でも行き来できることだ。

映画のスクリーンの中のスターたちには体臭がないように、〈メタバース界〉でも体臭が嫌われる。

で、どう臭うのかというと、〈存在の臭い〉というやつだ。

物質としては存在しないが、視覚的にリアルな世界が〈メタバース界〉だ。それを、古代都市アテネのように、巷にたむろするトキヨの自称哲学者たちが、〈脱存在論的世界〉などと定義しているのである。

実は、トキヨには自称哲学者たちが大勢いて、〈トキヨのディオゲネス〉と呼ばれているのである。丈太郎は彼らに対して偏見を持たないが、生業《なりわい》は詭弁《きべん》である。街頭にたむろして問答を仕掛け、相手をやり込めて賭け金を貰うのである。

Ⅲ

その翌日、道玄坂《ドゲンザカ》地区に新たに開店した海鮮ピザ店に出掛けた丈太郎は、通りすがりに建物の壁際から声を掛けられた、その存在自体が影のような男に、些少ではあるが神武¥の施しを与えた。

すると、腰が直角近く曲がった、おそらく一〇〇歳越えのその男は、いきなり背筋を伸ばして立ち上がると、

「天倪《あまがつ》さんだね」

と、話しかけてきた。

驚きをこらえて、うなずくと、

「本日、この時刻にな、アンタさんがここを通ることを予知夢が教えてくれまして、待っておりましたぞ」

と、言う。

「あなたは？」

と、警戒しながら質すと、

「わしの生業《なりわい》は、〈トキヨのディオゲネス〉、名を普賢電輔《ふげんでんすけ》と申します」

と、名乗った。

とたんに、丈太郎の全身にパルス電流が走る……

「ああ、あなたでしたか。過日、一度、単なるすれ違いですがお会いしております」

「ええ。九頭宗易《くずそうえき》さんのところで」

つづけて、「アンタさんのことも九頭さんから」

「自分も九頭先生からあなたのご尊名を伺っておりました」

と、彼も応じると、老人は己の身分を名乗った。

驚く……

〈それにしても、〈トキヨ七賢人〉、最後の一人が〈トキヨの犬儒派〉とも呼ばれている〈ディオゲネス結社〉の総長とは……）

実は、彼らこそが、トキヨ・シティーが誇る天才的ホワイト・ハッカー集団らしい。

それから、

「ついてきなされ」

と、言われるままに、ポップアートの看板がけばけばしいピザ店〈龍宮城〉の前を通り過ぎて、高級住宅街の松涛《ショウトウ》地区へ。

彼らのアジトは、ポップアート・ギャラリー〈ファクトリー〉の真向かいにあった。

中古の五階建ビルである。入り口の表示は〈発掘品電気器具再生工房〉である。仕事の性質上の偽装であろう。

だが、驚いたことに一階の工房では数人の作業着の男女が、熱心に修理の仕事をしているではないか。ある意味ではガラクタだが、多くの発掘ハンターがいて、多種多様な電気製品を持ち込んでくるのだそうだ。

たとえば、電気炊飯器、電気冷蔵庫、電子レンジ、トースター、電気時計、電動自転車などなど、いずれも廃墟になったビルヂングなどで見つかる〈光世紀〉前の発掘品である。

「ははッ、リリイクルはわが地球を救いますからな」

普賢は生真面目な顔で言った。

このビルには、忍者屋敷のような幾つもの隠し部屋があり、手練れのハッカーが電子の死闘を、昼夜にわたり行っているらしい。

「今じゃ、物理的戦争は廃れましたが、こうした見えない戦争はますます活発に行われておるでな」

と、言った。

「例の〈トキヨのディオゲネス〉たちの活動の意味は?」

と、訊くと、

「いわゆる世論調査ではわからない市民らの本音、つまり生の声を集めるためじゃ」

と、答えた。

そのまま総長室へ案内されて、代用コーヒーではない、国産豆を使った本物のコーヒーを振る舞われた。

「改めて言うまでもないが」

と、普賢総長。

つづけて、「今日、世界で行われている戦争は物理的戦争ではなくフェイクの戦争です。我々は皮肉ってスマートウォーと呼んでいるが、高度なマインドコントロール技術で市民の心を丸ごと支配するのです。当然、野心的侵略者は、核爆弾を使うよりもスマートウォーの手段を使うほうが合理的だと、判断するのは当然ですな」

丈太郎はうなずく。

要するに、トキヨにもフェイクニュースを取り締まる〈真実庁〉が必要だと言うのである。

「たしかに、ネットには本物と見分けのつかないフェイク画像が溢れています。昔の諺〈百聞は一見に如かず〉は、耳で聞く人の話よりも自分の目で見る方が信頼できるという意味ですが、今日ではまったく信用できません」

と、丈太郎も言った。

声だけではなく、顔の加工さえも自在にできるようになったのも、とうに昔の話だ。

「ま、我々サロゲートも言ってみれば、本物のそっくりさんですしね」

と、丈太郎は肩を竦めると、

「ファクトチェックに対して我々は呑気すぎますな。被害はサウスグローバル地域などに多くある多言語社会ほど深刻らしい」

と、普賢総長。

これまで、そうした問題に、あまり意識を向けていなかった丈太郎としては、言葉を失うばかりだが、改めて〈光世紀時代〉の危険性を認識するのだった。

たしかに、一個人の発信力は昔の比ではない。我々は、だれもが生成AIなどを使って、手軽にフェイク画像や動画が作れるし、また簡単に発信できるシステムがある社会に住んでいるのだ。しかも、市民の一人一人が放送局を持っているのだ。

さらに、受信したフェイクを拡散することで、おそろしいほど急速にそれが広がる。

丈太郎自身も、こうして広まったフェイク・ニュースをうっかり信じて、大損した経験がある。

実際、悪意のある投資機関はこうした手法で莫大な利益を上げているという噂だ。

「対策はありますか」

と、訊くと、

「ありませんな」

と、にべもなく答えた。

だが、つづけて、「対策があるとすれば、今の社会システムを昔に戻すしかない。フェイク行為に対しては、死刑に匹敵するような重い刑罰を科し……」

情況は逼迫しているらしい。

（知らなかった）

言葉にはしなかったが、〈ステルス戦争《ウォー》〉と呼ばれる見えない戦争がすでに始まっていると教えられたのだ。

こうして小一時間ばかり話したろうか。やがて、〈発掘品電気器具再生工房〉の建物を出た丈太郎の気分は複雑であった。

普賢総長から、画像の専門家としてフェイク画像や動画を素早く発見できる〈アンチ生成ＡＩソフト〉の研究チームにオブザーバーとして参加するよう要請されたのである。

だからといって、いいアイディアが簡単に見つかるわけでもないが、ふと頭に浮かんだのは、元々、人間は動物たちとは違って嘘をつく種族だということだ。ヒトの脳自身が、たとえば錯覚とか思い違いとかと呼ばれる嘘で、己自身を欺しているのである。むしろ、それが人間の特徴となり、地上最強の種にしたともいえるのだ。

（よく、〝嘘も方便〟などと言うではないか。我々人間は嘘をよい嘘と悪い嘘に分ける智恵も備えているのだ）

と、丈太郎は思った。

（要するに、この〈人間の本質は嘘つきである〉という事実を認識していれば、必然的に用心深くなり、なにが本当で、なにが嘘かを識別できるようになるはずだ）

そんな結論を丈太郎は考えているのだった。

Ⅳ

その翌日の夜、〈プラグド・イン〉で接続した〈電子ソーマ〉のせいで、丈太郎は夢を見た。

――丈太郎の夢のなかで、彼自身が呟いているのだった。

アンドロイドは電気羊の夢を見、
サロゲートは偽記憶をインプットされ、
否――ヒト自身がそうかもしれないのだ……

あなたの後頭部には、あなたが知らない見えないプラグが……

〈接続《プラグド・イン》〉しているかもしれないのだ……と。


そしてまた、彼の意識が……その〈世界《ワールド》〉に目覚めた……

あたかも、呪文であったかのように……

アンドロイドは電気羊の夢を見るし、
サロゲートは〈本体〉を乗っ取る……

聖なる侵入！

〈プラグド・イン状態〉のまま、丈太郎はその世界に目覚める。

（あたかも、フィリップ・K・ディックの作品のようだ！）

狂える電子脳が丈太郎を乗っ取り、彼をヴァーチャル・リアリティの世界に引きずり込んだ……

V

そのまた翌日、丈太郎は、あれ以来逢っていない、パルバティと再会した。

驚いたことに、またもや、彼女は異なる偽名を使っていた。

（果たして〈リアルな存在〉なのだろうか）

（ひょっとすると、彼女はナジャのような存在かもしれない）

と、思ったとたん、彼女は、

「あたし……ナジャよ」

と、名乗った。

「えッ？」

丈太郎は驚いて問い質したが、大子での記憶は〈外挿《エクストラポレーション》された〉ものであり、丈太郎とは会ったことはないと言い張っているがほとんど意味不明……彼女は天才科学者であり、分子《ナノ》コンピュータに使われる超重要な素子回路の設計者ということである。

素子回路の秘密を握っているので、ハニプタラ・パタナム・ジャバの刺客に、今なお追われているのだが、彼女と再会したことで、丈太郎自身もこの暗殺組織に追われる身になったらしいのである。

（いったい全体……個人夢なのか……それとも集合夢なのか）

降りそそぐ電子の瀧を浴びながら……もがき……目覚めると、そこにまたプラグド・インされている冒険世界があり、二つ目……三つ目……ひらひらと世界の表面がめくれ、それが果てしなくつづくのだ……

あたかも〈リゼルグ酸ジエチルアミド効果〉のように……。

だが、その異化作用をもつヴァーチャル・スペースには、怠惰な日常空間にはない痺れるような緊張感がある。

〈ゲーム依存症〉が、〈光世紀世界〉を覆い尽くしているのだ。

聖なる侵入

聖なる侵入

聖なる侵入

呪文のように呟きつづける彼は、強迫神経症患者である。

この精神状態……絶対に……うまく言えないのだ。

当てはまる言葉そのものがないのだ。

だが、たとえば、そう……〈虚数的世界〉である。

たとえば、重なればマイナスとなり消去されるような……

映像は存在する……ノダ

だが、実体は存在しない……ノデアル

〈本体〉の精神錯乱にシンクロナイズした丈太郎の電子脳。

異変は生化学反応の異常である。

磁気嵐のようにそれは……

聖なる侵入

たとえば、一〇世紀の人、ロジェ・カイヨワが〝遊び〟について、競争《アゴン》、偶然《アレア》、模倣《ミミクリ》の次にあげた眩暈《イリンクス》……こそが〈光世紀精神病〉なのだ……

あるいは〈光世紀型離人症〉と名付けられているもの……

〈旧世界〉の予言者、フリードリヒ・ウィルヘルム・ニーチェの脳内に、あるとき、突然、宿ったあの〈超人思想〉に似て、我々〈光世紀人〉は、もはや遊戯するしかないのだ。

人々も神々も

バッカス神の使徒になり、

酔いしれる眩暈《めまい》
眩暈
眩暈

たとえば、あのマニエリスト詩人にしてビート禅師の鈴木無鉢《すずきむはつ》の詩「虚数神学」の一節……

おお、虚数の夢は
二乗すると負になる虚数の夢は
われもまた虚数脳となり、かいま見る世界の真相は
虚数の貌《かお》もあらわに、
大いなる神々もまた虚数存在！

嗚呼！
剝ぎ取られる存在の虚妄……
刻は剝離された！
瘡蓋のように　刻は……

〈光世紀〉の祝祭に
〈明るいニヒリズムの光〉に祝福されて……
幸あれ！
破滅に向かって、逃亡をつづける人々にも……

——そして、つづく〈幻世界《まぼろし》〉の覚めやらぬままに、
彼は……そこに……〈現象《い》した《た》〉……のだった……

Ⅵ

眩しい！
ここはどこだ？
眩しい！
網膜が焼き尽くされるほどの光が、まるで圧力を持っているようだった。
眩い光が、この世界に俺を転位させていた。
——カリブ海よ。
轟く砲声や機銃音に紛れて女の声がした。

――目覚めなさいな、早く！　敵の無人戦車があたしたちを探しているわ。

間近で機銃の掃射音がする。

――起きなさい、早く！　目覚めてよ。

声の発信源が、地球の反対側にあるカリブ海だということが、ようやく、朧気《おぼろげ》ながら俺にも認識された。

俺は睡魔と格闘する。トキヨの仕事場にある仮眠室で、プラグド・インして睡眠に入ったのだ。

やがて、眩しさが薄れ、転移先のこの世界が、はっきり見えてきた。

丈太郎の眼は、丈太郎Ⅱの眼に〈プラグド・イン〉しているのだ。

だから、今、見ている彼の視野は、丈太郎Ⅱの現実に直結しているのだ。

やがて、丈太郎の自己意識は完全に消え、〈光世紀大戦〉の戦場に転位する……

最初に感知したのは、生々しい汗の匂いだ。

ついで俺の視野に映ったのは、埃《ほこり》まみれの女性の顔だ。

階級は伍長だ。彼女は、迷彩仕様の野戦服に身を固めていた。

――やっと目覚めたわね。

と、彼女が言った。

――はあ……

——あたしはナジャ。おわかり、分隊長のナジャ伍長よ。

——はい。分隊長。しかし、自分には情況がわかりません。

——包囲されたのよ、やつらに……部下は全員、戦死。補充を頼んだら、君が来たってわけ。

指さされた傍らに、ミイラの棺みたいな形の無人搬送機が転がっていた。

——俺はあれで……

——そうよ。でも、撃墜されたから、君、壊れたかと思ったわ。

——俺、死ぬところだったんですか。

——死ぬ？ ちがうわ、君は壊れるところだったの。機能は大丈夫？

——はい。壊れたところはありません。

俺は、このカリブ海に浮かぶ小島の戦場に、送り込まれた……いや、文字通り〈被投された《投げ入れられた》〉のである。

街は完全に破壊されていた。

道の両側に建ち並ぶビルの残骸のあちこちで、天に昇る龍のように炎と黒煙が立ち上っていた。

肉の焼ける臭いもした。有機物で造られているサロゲート兵の屍体である。

——見て！ 角のビル。屋上に狙撃兵がいるわ。

——えッ！

確かめようとして、建物の陰から頭を出そうとした俺に向かって、

——君って傭兵?

——志願兵です。

——二等兵か……コードネームは?

——ジョーっていいます。

——戦場の経験はあるの?

——ありますが、前は中米のジャングルだったので、市街戦は初めてです。

——わかったわ。サロゲート・ジョー二等兵。

ナジャ伍長は片目をつむった。

——どこかで会ったような気がするけど……まあ、いいわ。これを見てッ。

ナジャ伍長は、スネークのように路上へ伸ばした、サイバースコープのモニターを見せる。

たしかに、大通りの右手の曲がり角に建つ劇場らしいビルの屋上が、光る。

——見えた?

——はい。

手許に巻き上げられるスコープの頭を、正確に狙った敵兵の狙撃弾が砕いた。

——やられたわ。かなりいい腕だわ。

伍長が言った。

——ですね。

――君、射撃の腕は？

ゴーグルの窓に俺のデータが表示される。

――所属師団の大会で一度、優勝したことが……

――そう、君を信じてあたしの運を託すわ。飛び出したら援護して。

――はい。分隊長。

――構えた？

――はい。

――チャクラを開いてッ！

――開きました。

――じゃ、行くわよ。

ナジャ伍長は、大通りを一瞬にして、一蹴りで跳躍、破壊された正面のビルの壁面に取りついたかと思うと、垂直の壁を両手で銃を構えたまま駆け上がった……姿勢は壁と直角に……

だが、俺も見た。敵兵の狙撃銃のスコープが光るのを！

何も考えない！

無心で引く、引き金を！

感触が柔らかい！

チャクラを開いた俺の視覚は、俺が発射した弾道をはっきりと視認する。
廃墟の屋上から、ヒト影が落下する。
(仕留めたぞッ)
すかさず、俺も地面を蹴る。
すると、反対側の曲がり角から……
突然、姿を現した無人戦車が……
俺を狙って機銃掃射……
絶対絶命の危機……
俺を救ってくれたのは、ナジャ伍長が向かいの屋上から放ったロケット弾だ。
戦車は、装甲の弱い上部を直撃され、ひとたまりもない。

脱出だ！
ビルの裏手へ降下……
砂糖黍畑《さとうきび》に跳び込む。
走る！
走った！

時は正午！
降り注ぐ光！
サイレント映画のように……
真空の戦場！
真空の眩暈！
俺を襲う虚無感は離人症的である。

Ⅶ

そして――――――目覚める。
時刻は深夜だ。
（さあ、仕事だ）
天倪《あまがつ》丈太郎は軽い偏頭痛《へんずつう》のする己の脳に言い聞かせる。
彼は画家であると同時に、自己配信作家《セルフ・デリバリング・シネマアーティスト》であるからだ。
（この空虚感を克服するには、仕事しかない）
と、言い聞かせている自らに向かって、
「おれは〈芸術工学者〉なのだ」

と、言葉にして鼓舞しながら、彼はワークボックスに入る。

戦闘機のコックピットの趣《おもむき》があるのだった。装置はＡＩ編集補助機である。きわめて性能がいい。丈太郎の指示に従い、あのカリブ海の戦場で彼のサロゲートが体験した全記録をドキュメント作品に仕上げていく。

果たして、彼に利益をもたらすかどうかはわからない。同じ仕事をしている者は大勢いるし、しかも、彼が得意とする〈コンバット物〉だけでも、カテゴリーは何層にも細分化しているのだ。

やがてトキヨは黎明《れいめい》を迎えた。

編集作業も終わった。配信も済ませた。

疲れたのでソーマドリンクを服用し、急速睡眠支援ベッドに潜り込む。

熟睡したのは二〇分足らずだが、灰色の脳細胞から疲れが取れる。

ベッドから起きあがったとき、ルームシステムが用件を伝える。

大子の光太郎から宅配が届いたらしい。

丈太郎はＰＥＮＣＩＬビルの屋上へ向かう。ヴァリス宅配空便の無人ポートが来ているのだ。

〈光世紀〉の空は、何百というタイプのドローンが鳥どもと覇権を争っているのだ。

部屋に戻る。荷物は〈代父〉の家庭菜園で穫れた超甘トマトとメロン、その他の野菜だった。共に露地物《ろじもの》のせいか土の香がする。

とりあえず機能冷蔵庫に収納しようとしたとき、鈴木無鉢《すずきむはつ》から呼び出しがあった。

丈太郎は届いたばかりの清浄野菜を土産に屋上に戻り、無人操縦のドローンタクシーを呼ぶ。搭乗して行く先を告げると、ドローンタクシーは舞い上がり、トキヨ湾を目指す。湾内は凪《な》いでいた。水平線の上に浮かぶ積乱雲の峰が光っている。

晴天の空を空中散歩し目的地に近づく。小山台島の廃墟地区、メンフィスビルの屋上に鈴木無鉢の座禅道場がある。

ドローンタクシーを降りて、防水層がところどころはげた屋上を無心庵《むしんあん》に向かった。

無鉢は瞑想中である。起こさず、丈太郎も師の傍らで座禅を組む。静寂に包まれる。意識を覚醒させたままで感覚を遮断する。

──無

だが、無を言葉で説明することは、原理的に不可能なのだ。なぜなら、無を示す〈無〉という言葉自体が存在するからである。

解決策は〈空〉あるのみ……。言葉なく悟るのみ……。

やがて、師が目覚める。

「大子から届いた清浄野菜などを持参しました」

「かたじけない」

無鉢の庵《いおり》は、大宇宙の波動を受信するスポットでもある。ゆえに、無鉢は、ここ特異点で瞑想しながら交信するのだが、原理は謎だ。

丈太郎なりに理解するに、おそらく〈量子もつれ〉という量子に特有の性質を用いているのではないか。原理は量子コンピュータと同じはずである。だが、人類は未だに量子コンピュータの中で何が起きているかを知るすべはないらしい……

と、考えていると、無鉢が、

「わが弟子よ。〈聖なる侵入〉が、わが太陽系に届きそうじゃ。〈虚光の波動〉じゃよ」

と、告げる。

「〈虚光〉ですか」

「左様、〈暗黒光子〉、すなわち〈ダーク・フォトン〉だ。過去、幾度も地球に達して、イエス・キリストをはじめ、古今東西に現れた偉大な天才たちを覚醒させた神秘の波動だ」

「師よ。聴いたことがあります。〈ダーク・フォトン〉が我々人類の意識を目覚めさせたのだ、と」

「わしが米州西海岸におったころ知り合ったのが、〈ディック教〉の信者だった。彼から聴いたんだが、〈聖なる侵入〉が、ヒトの右脳に隠れ潜む潜在脳を覚醒させるというのだ」

「〈第三の眼〉が開くのですか」

丈太郎は質す。「つまり、全人類のチャクラが開くというのですか」

「いかにも……かくしてわが人類史はエポックを迎えるのだ。それが〈光世紀〉の真の意味だ。もはや人類は単体で存在するのではなく、我々人類は〈ネットワーク生物〉となるのだ」

「たとえば、蟻のように」

丈太郎は応じた。「たとえば、珊瑚《さんご》のような群体生物になるということですか」

「そうじゃ。この未知のエネルギーが、人類の潜在能力を顕在化させ、〈世界を書き換える〉というのだ」

「その報せを、師は受信されたのですね」

と、質すと、

「わしには、一歳で死んだ二卵性双生児の妹がいた。レーチェルというのだが霊的存在なんじゃ。信じる信じないはおぬしの勝手だ。だが、妹がこのわしに報せを届けるメッセンジャーでな……」

「予言を告げるのですか」

「ああ、そうじゃ」

「師よ。もっと、具体的に教えてください。〈聖なる侵入〉によってそれが起こるのですね」

「繰り返すが、大進化の過程で起きる必然なのだ。人類は、ザ・ヒトに進化するのだ。我々の人体が無数の細胞でできているようにな、個々のヒトが個々の細胞になって、ザ・ヒトに進化するのだ」

「その結果、人類の未来は？」

と、声を掛けたが、

「…………」

応答はない。

ふたたび、無鉢は意識下の深い海、阿頼耶識《アラヤシキ》へと〈深く沈降《ディープ・ダイビング》〉しつつあるにちがいない。あるいは、そこに意識の根源があって、無鉢は霊的存在となった双子の妹のレーチェルに会っているのかもしれない。

丈太郎には考えることがたくさんあった……気付かずに、持続しつつ経過する〈刻《トキ》〉の秘密。〈存在〉の謎……ふと、われに還ると、西の空を深紅色に染めている日没の時刻……丈太郎を照らす燃える光球が、あたかもイデア光の光源のごとく、足下に長い影を落としている……

完

あとがきに代えて

この作品は、わたしの『ユリシーズ』（ジェイムズ・ジョイス・著）です。主人公の天倪丈太郎《あまがつじょうたろう》は、〈光世紀〉のトキヨを、この二〇世紀文学を代表する長編小説の主人公である冴えない中年の広告取りレオポルド・ブルームが、ダブリン市を巡り歩いたように遍歴します。もっとも、このジョイスの名作も、その下敷き《インターテクスチュアリティ》はホメロスなのですが……

東京をモデルにしたトキヨ・シティーが本作の舞台ですが、時代は、地球温暖化のために海水面が現在より三〇メートル上昇する中未来に設定されています。つまり、シブヤ〜シンジュク〜イケブクロを結ぶラインの西側、武蔵野台地へトキヨの中心が移り、山の手線の内側は海没しているわけです。

世界人口も一〇分の一に減り、従ってトキヨの人口は一七五万人に減り、しかも市民たちはサロゲート（代理人の意）と呼ばれる者たちなのです。

＊

さて、本作執筆の動機です。作者には二〇〇二年に角川書店で出した『ＰＬＵＧ』という近未来ＳＦがあるのですが、これは映画『マトリックス』の設定に興味を抱いて書いた小説です。実はまったく売れなかった失敗作だったのですが、それから二〇年が経った今現在の知識で書き直すべきだと考えたからです。

SFにとっては非常に役立つ概念だと私は考えていますが、AIが人間の知能を超える時点のことを〈シンギュラリティ〉と呼びます。邦訳では〈技術的特異点〉と呼びますが、人工知能研究の世界的権威、レイ・カーツワイル博士が提示した概念です。

長生きしたせいでわかるのですが、一つの時代から次の時代への移行は、なだらかに進むのではなく、急速に変わります。たとえば、一九世紀後半に起きた明治維新がそうでした。日本は封建社会から資本主義社会へ急激に変わり、大きな戦争もやって敗戦、一九四五年、現人神《あらひとがみ》と教えられていた天皇陛下が国家の象徴的存在となり、鬼畜米英が友好国になり、軍国主義が一気に民主主義へ転換、侵略国家が平和国家に変わった。

私の場合は、まだ少年であったので、この劇的というか、価値観が一八〇度変わった時代に適応できたのですが、その後、こうした思考の土台となる基本的価値観の急変に対して、我々のような一個人は、どう適応したらいいかと考えつづけてきたのです。

そして、満九〇歳まで長生きしたせいで、一生で二度目のパラダイムシフトに遭遇しているわけです。

大変化の兆候は、新しい言葉の氾濫でわかります。明治時代もですが、敗戦直後のわが国も同じでした。次々と新しい言葉が、新しい概念を背負ってなだれ込んできた。

と、いうわけで、急速に迫り来る近未来に備えた〈傾向と対策〉を兼ねた用語集でもある本、つまり、〈明日には必ず必要になるはずの基礎知識を盛り込んだ辞書〉にも本作はなっているのです。時代が変わると新しい言葉が増え、逆に新しい言葉が増えるということは時代の変わり目を表しているると言えるのです。

執筆にあたっては、本もたくさん読みましたが、ＮＨＫなどの教育番組、日本経済新聞、他の新聞記事、またネット検索など多くのメディアに、大変、お世話になりました。

結果はご覧のとおり、大量の新しい概念と語彙が溢れた本となりましたが、こういう試みも、ＳＦだからこそできるのです。

〈ＳＦする思考〉は、激変する時代に適応する智恵と、時代の先を読む直感力を育ててくれるのです。

作者

二〇二三年六月吉日

付記

(1)　〈光世紀〉の始まりを何時にするかは、かなり悩ましいのですが、一応、西暦二〇六〇年としておきます。

理由ですが、これは、アイザック・ニュートン（一六四二年～一七二七年）が、『旧約聖書』の「ダニエル書」の暗号めいた表現を解読して一七〇〇年代初頭に発表した、世界が終わる年なのです。

また、「終末のときには、すべての邪悪な国家が滅亡し、すべてのトラブルが解決されるであろう」と別の文献にもあるそうです。

(2)　昨年暮れには耳新しかった〈メタバース〉も世間の常識になり、つづいて〈生成ＡＩ〉が現れたかと思うと、次は〈チャットＧＰＴ〉の出現です。しかし、この感覚は、初めてモノクロのテレビを観た一九五〇年代半ばのころと同じだと思います。

当時はまだ小生意気な学生であった私などは「あんなもんは〈電気紙芝居〉だ」などと言って粋がっていたのですが、あれから約七〇年が経った今ではスマホが普及し、まさに〈映像文明の時代〉です。

しかし、我々は、テレビという箱の中身をほとんど知らないまま、テレビを利用してきた。多分、同じことがこれからも起こり、我々は新しい発明品に馴染んでいくはずだと思います。

ただし、テレビの普及によって、活字文明が映像文明に、紙媒体が電波媒体に移行したように、何かが変わるのは必然だと思います。確実に起こるのは社会システムの大変化でしょうが、結果、我々人間の心理や精神にも、良くも悪くも大きな影響を与えると思います。それがどんなものかを考えるのも、ＳＦの想像力であろうと考えます。

——以下、ちょっと厚い書籍であるが、『ザ・メタバース』（マシュー・ボール・著／井口耕二・訳）と、その姉妹編『メタ産業革命』（小宮昌人・著）が辞書代わりになりそう。共に日経ＢＰ発行。

また、副題に〈すべてが「加速」する世界に備えよ〉とある『２０３０年』（ピーター・ディアマンディス＋スティーブン・コトラー・共著／土方奈美・訳／山本康正・解説／（株）ニューズピックス）は、あのイーロン・マスク氏の推薦書です。

(3)　ＳＦ作家という存在は、自作品の世界構築をしながら、次第に自分の意識をこの架空世界に馴染ませていくものですが、本作執筆中になぜか感じたのは〈空虚感〉です。

なぜでしょうか。我々人類はまだ類人猿であった時代から、〈物の世界〉で生活してきたのです。物とは手で触れ、感触や重さを感じるモノです。

アメリカの心理学者Ｊ・Ｊ・ギブソンが提唱した知覚理論の最重要概念に〈アフォーダンス〉があります。これは英語の〈提供する〉を意味する〈afford〉からの造語ですが、たとえば人間はじめ陸上生物が地上で自由に活動できるのは、地表面を認識しているからではなく、その生物の活動を可能にしている地表面が実在している、つまり〈提供されている〉からなのです。

すなわち、〈アフォーダンス〉とは、〈生態学的実在論〉なのです。

ところが、現在の〈メタバース〉がさらに高度化して、実像と虚像の区別が付かなくなったとしたら……。果たして我々ヒトは、こうした〈虚像アフォーダンス〉に適応できるかどうか。

もしかすると、〈実在世界〉の中で何百万年も育まれてきた我々ヒトの脳そのものがシステム崩壊を起こして、各種の精神病を発症するのではないだろうか。

皆さんはどう考えますか。

(4)　右の問題に気付かせてくれたのが、デイヴィッド・J・チャーマーズ・著／高橋則明・訳『リアリティ＋』（上下巻／NHK出版）でした。副題が「ヴァーチャル世界をめぐる哲学の挑戦」とあることからもわかるように、哲学からのヴァーチャル世界論です。
著者は一九六六年生まれのオーストラリア出身の哲学者。〈サイバースペース〉という造語を作ったウィリアム・ギブスンの『ニューロマンサー』や、〈メタバース〉という造語が登場するニール・スティーヴンスンの『スノウ・クラッシュ』などからの引用もあります。

私のように人生の大半を〈〝SFする〟して〉過ごしてきた者は感覚的に共鳴するのですが、〈SF小説を読む〉とは、異世界への没入であるので、基本的には〈メタバース〉体験に近いわけです。

日本SF勃興期（一九六〇年代）には、「SFは現実ではない。幻想だから駄目だ」と、リアリズム側から蔑《さげす》まれたものですが、チャーマーズ氏の理論は「ヴァーチャル世界は錯覚でも虚構でもなくリアルなもので、そこも現実なのだ」とさえ主張している。

基本的にこの考え方は、我々初期日本SF作家の主張と同じです。虚構は決して現実逃避ではない。虚構も我々人間の脳が生み出したリアルな世界です。また、これこそが、まさに〈SFの想像力〉であり、人類史が二一世紀に入った今現在の科学技術力が、メタバースという虚構世界を実現したのだ——と言うべきなのです。

もう一冊、NHK出版新書の『現代哲学の論点』（仲正昌樹・著）を読んで気付いたことを記しておきます。同書六九ページ以下でプライバシーの問題が論じられているのですが、注意深く近代文学を読むと、家に個室があるか無いかが経済的な貧富と関係していることがわかります。

以下は私見ですが、いわゆる近代的自我の発生と確立は、個室と無関係ではないらしいのです。

一方、わが国でもプライバシーが尊重され、壁と鍵で外部と遮断される個室が、各家庭に備えられるようになったのは、そう遠い昔ではありません。戦前であれば家族は一部屋に並んで寝たし、日本家屋は襖と障子で仕切られているだけで、個室とは言えなかった。

ですが、戦後の高度成長期に日本人も多少は豊かになり、夫婦と子供たちは個室を持てるようになった。ここから引きこもりのような問題も起きたのですが、もしかすると、個室があるとは、誰にも知られない秘密の抜け穴ができるということではないか。事実、親の目を盗んで窓から脱出するという話は数多くあります。

もしかすると、この抜け穴が、ゲームとかチャットとかいう名称の抜け穴の一種なのではないか。作者もコロナ禍の長い蟄居生活で実感しましたが、ネットで繋がっている友だちのおかげで孤独を感じることはありませんでした。

右著九一ページにも「現在では家や部屋という物理空間よりも、ネットというヴァーチャルな空間を中心に私生活を営んでいる人、ネットでの知り合いの方が親密圏だと考えている人が多い」とあります。

従って、今を含む近未来では、より高度な仮想現実空間と現実世界を往還する二重生活が普通になると思います。結果、文学をはじめとする芸術、哲学、細々《こまごま》した生活の仕方、人生の送り方など多くが、こうした新時代に適応した人々の成り行きで、ごく自然に変わるだろうと思います。

(5)　最後に〈SFプロトタイピング〉にも触れておきますが、企業側がこうした研究分野に興味を持ち始めたということは、SFがこれまでのような単なるエンターテインメントから離陸し始めたということでしょう。

以下、作者なりの着眼ですが、考え方としては「SFの多くはアフォーダンスSF」であると定義することもできると思います。

巻末の「用語解説」でも触れましたが、我々は環境側から生きる条件を提供されて（afford されて）いるのです。

たとえば、小松左京の名作『日本沈没』は、日本列島が海没するという環境条件のもとで、人々がどう生き延びるかという課題を、いかに（術的に）解決するかを描いた作品であるわけですから、〈アフォーダンスSF〉です。

石原藤夫の傑作『ハイウェイ惑星』では、先住民文明が残したハイウェイが縦横に存在する環境で、車輪生物が生まれたという設定ですから、やはり〈アフォーダンスSF〉です。ハル・クレメントの異色作『重力の使命』では、超重力星メスクリンの自然環境で生きる生物を描いているので、これも〈アフォーダンスSF〉です。

つまり、SF作家は、あえて困難な環境（情況）を設定して、いかにして問題を解決するかを思考実験するのです。

近代という科学技術時代では、人間が無自覚に偉ぶるようになった。我々は自然を征服したとか、開拓して文明化したとか、自慢を言い始めた。結果はどうでしょう。我々の思い上がりが、温暖化という地球的危機を招いているのです。

一方、SFは、ウェルズの影響もあり、基本的に文明批評的要素もあるので、現状に対して批判的であり、また警告的であるのです。

地球そのものが、近き未来に居住不能になるかもしれないというのに、戦争をしている余裕などあるはずがない。無益な争いは止めて、人類が一つになって二〇世紀の科学技術と経済の文明を、より謙虚な文明に転換すべきなのです。

十分、それは可能だと考えます。なぜなら、最近の報道からもわかりますが、温暖化の元凶である化石燃料からのエネルギー転換の技術も研究が急速に進んでいますし、再生エネルギー運用には不可欠の蓄電池の性能アップの技術も日進月歩で進歩しています。

たとえば、海上型浮体式風力発電所が実現して、発電と同時に海水から新燃料の水素を作る。一方、超大型蓄電所が電気を貯蔵して電力の調整をはかる。あるいは、極めて安全な革新的軽水炉の実現など。さらに、水素と二酸化炭素から合成する人工原油の生産も……

こうした新技術の発明を、私は〈問題解決のための術〉と捉え、デビュー評論の「術の小説論」を一九七〇年に書いたのです。

我々人類は、他の動物たちとちがい、それがまちがいとわかれば、まちがいを正す智恵を持っているのです。

論語に曰く。

「過ちて改めざる　これを過ちといふ」

用語解説

◉序章　光のニヒリズム

〈光世紀《こうせいき》〉　作者の造語。〈光世紀〉の始まりをいつにするか迷うところだが、一応、アイザック・ニュートンの予言に基づき二〇六〇年としておこう。

〈人新世《ひとしんせい》〉　近年の気候変動の主要な原因が人類の活動であるという認識から付けられた現代を含む時代区分。

〈大破局《ビッグ・コラプス》〉　作者の造語。いつとは決めにくいが、二一世紀後半のいつかに起きる、大パンデミックによる地球人口激減を指す。

サロゲート／アバター　定義の仕方だが、メタバース界のような仮想現実《VR》世界での虚像の身代わりをアバターとし、実体を持つ代理人をサロゲートとする。なお、この時代では、自分の身代わりである代理人を複数持つにちがいない。実はジャック・デリダの概念、代補（シュプレマン）がこれに相当する。影武者、代行者、代替品、芸術の贋作、コピー商品など、身近には多くのシュプレマンが溢れている。

〈虚数神学〉　作者の造語。現実界における神学に対して、VR界のような実体のない世界において出現するかもしれない神学を指す。

〈アンドロギュノス〉　ギリシア語源では、両性具有者を指す。実は作者のSF小説には幾度か出てくる謎の存在。

ディオゲネス〈前四一二年?～前三二三年〉　プラトンと同時代の犬儒派の思想家。樽の中で物乞いのように暮らし、アテネ市民には人気があった。

第Ⅰ部

◉第Ⅰ章　独立都市トキヨ・シティー

独立都市トキヨ　〈大破局〉後の地球は人口が約一〇分の一に減少して国家システムが崩壊、世界各地に都市国家ができるというのが、本作の基本設定である。

〈壁面液晶モニター〉　室内の壁全体に広がる巨大モニター。

ポップアート／和式ポップアート　ポップアートは一九六〇年代のアメリカ合衆国を代表するアート。本作ではこれに倣った和式ポップアートが流行している。

天倪《あまがつ》　天児とも書くが、形代《かたしろ》のことである。『源氏物語』「薄雲」などにも出てくるが、木偶《でく》・人形のこと。作者のところには毎年、某神社から無病息災の祈願として、半紙を人の形に切り抜いたものが送られてくるが、これが形代である。これを自分の身体にすりつけて穢れを移して送り返すと祈祷してくれる。

なお、本作で主人公の姓を天倪にしたのには理由がある。作中に出てくるアバターやサロゲートはまさに天倪（形代）、身代わりに他ならない。さらにデリダ哲学の概念に〈代補《シュプレマン》〉がある。

おそらくＡＩロボットの我々の社会への参入が常識になる時代では、極めて重要な概念になるであろう。

大子《ダイゴ》　茨城県北部の山間にある。袋田《ふくろだ》の滝が有名。作者の遠いご先祖様の地であるらしい。『荒巻氏と高徳寺』（鈴木三郎・著／筑波書林）参照。

彼（they）　この表記の意味は？　多重人格者の表記として……

ペリスコープ式ビル　作者の造語。海中から上下する潜望鏡のように、地上と地下を上下する塔状のビル。

発電ビル／フレキシブル発電パネル　ビルの全体が、柔らかくて自在に変形するか、塗布式の太陽光発電パネルで覆われている。

なお、日本経済新聞朝刊（2023/06/05）一面に載っていたが、ペロブスカイト型という太陽光発電装置は、薄く、かつ軽くて曲げられるため、従来のシリコン製では不可能であった壁面や車の屋根にも設置可能。しかも材料を塗って乾かすだけですむし、安い。まさに近未来発電のホープといえる。

思うに、作者の私見であるが、英国で始まった産業革命は、歴史を超俯瞰的に見直すならば、まちがいだったのではないだろうか。なぜか。当時、新エネルギーとして大量に使うようになった石炭は、温暖化の主因である二酸化炭素を地中に封じ込める役目をしていたのだ。にもかかわらず、これを発掘して燃やすという行為は、パンドラの箱を開けるのと同じだ。封印されていた二酸化炭素を大気に戻すことだからだ。当時の人々は、なぜ太陽光という再生可能エネルギーの活用に、眼を向けなかったのだろうか。もし、太陽光発電システムが完成していれば、現在に到る世界史も劇的に変わっていたはずである。

青山《アオヤマ》ロングアイランド／武蔵野《ムサシノ》台地／渋谷《シブヤ》海峡／トキヨ浸水地区　本作の設定では、温暖化のために両極の氷が融けたため、海水面が約三〇メートル上昇している。こうした環境では、トキヨのモデルである東京の陸地は武蔵野台地に限られ、山の手線の内側は海没するが、ところどころに島ができる。

同性配偶者　本作では同性婚が認められている。

電子的戒厳令　大規模太陽フレアの襲来から、都市を守るために出される戒厳令。

〈アンゴルモア病原体〉／〈本体〉　作者の造語。人類の約九〇パーセントを死なせた〈アンゴルモア病原体〉は、なおも大気中で生存しているので、免疫力のない生き残りはカプセル内での生存を余儀なくされているという設定。彼らこそがサロゲートの〈本体〉であり、両者はテレパシー的に接続している。なお、ウイルスとせず、あえて病原体としたのは、マイクル・クライトンの名作『アンドロメダ病原体』（浅倉久志・訳／早川書房）へのオマージュのため。

テルさんの水田／陸奥《みちのく》緑茶　トキヨでは、海没のため放棄されたビルの屋上などを利用する水稲栽培が行われている。なお、亜熱帯化のため、茶は高緯度の東北地方と北海道で生産される。

〈デザイン・キッズ〉　ゲノム編集により、多数の遺伝子を配合して生まれた子供。

〈株主市民〉　都市国家トキヨ自体が、多種多様の事業を行い利益をあげる株式会社なので、投資をしている正規市民には配当金が支払われる。

〈半仮想的実戦〉　電子的虚像と実像が混在する〈MR戦場〉で行われるゲーム性の強い実戦であるが、本格的戦争ではない。この実弾が飛び交う最前線で戦う兵士は、サロゲートたちである。

MR　仮想現実《ヴァーチャル・リアリティ》（VR）とちがい、拡張現実《オーグメンテッド・リアリティ》（AR）は現実世界に仮想現実世界を重ね合わせる技術である。対してMR（複合現実《ミクスド・リアリティ》）は、VRとARが組み合わさり、建設や医療現場などで使われはじめている技術。（『メタバースと経済の未来』井上智洋・著／文春新書／三四〜三八ページ参照）

〈HMD〉 VR周辺機器《デバイス》の一種であるヘッドマウントディスプレイこと。頭にゴーグルのような装置を装着することによって、VR空間に視覚的に入り込める。

モニター・グラス 眼鏡でありながら、モニターの働きもして受信した情報を表示できる。

〈アフォーダンス・ネット〉 アフォーダンスとは、アメリカの心理学者J・J・ギブソンが提唱した知覚理論。たとえば、梯子がある文化は、それが存在するような環境があるからである。その環境がアフォーダンスである。英語のアフォード（afford／提供する）を名詞化したギブソンの造語。

〈リゾーム・ネット〉 リゾームはドゥルーズの概念。芝生の根のように地下に張り巡らされたネット社会作者の造語。

量子情報通信 通信理論および暗号理論の原理を、電磁気学、光学のみで処理するのではなく、量子力学まで含めて拡張した新通信技術。

〈枠組変換〉 パラダイムシフトのこと。元は科学技術の革命的変化を指す言葉であったが拡大解釈されて、ある時代の認識、思想、価値観が劇的に変化することを意味するようになった。わが国では敗戦によって社会のルールが劇的に変わったし、現在は生成AIやチャットGPTの出現で、時代の根底が変わりはじめている。

複製時代 かつて、芸術作品は、複製できない唯一性ゆえにオーラがあり神聖視されていた。しかし、写真や印刷技術によって複製されるようになると世俗化する。ポップアートのようなプリント作品は、そうした現代性を象徴する芸術活動であった。なお、同じ製品を大量生産する近代社会そのものが、複製文化・文明と言えるし、二一世紀ではさらに進化してメタバースのような現実世界そのものを仮想的に複製する技術も登場した。

〈自宅放送局〉 作者の造語。SNS《ソーシャル・ネットワーキング・サービス》などの普及で、自宅の放送局化は、すでに始まっている。

〈部屋そのものがコンピュータ〉　未来の家は、家具付きハウスがさらに進化して、家全体がコンピュータになっているかもしれない。

〈先進国共通通貨〉　〈光世紀〉の世界では、世界中に点在する都市国家がそれぞれ独自の地域通貨を発行しているが、世界基軸通貨も存在し、現在の$のように都市間貿易の決済に使われている。

立方体メモリー　平面的メモリーを積み重ねる際に、絶縁膜を挟んで3D化する。

クラウドからストリーミング　クラウドとは雲のことだが、自分のPCに端末さえあればインストールすることなく利用できる。ストリーミングは、音声や動画などインターネット上のマルチメディアファイルをダウンロードすることなく再生できる技術。（＊詳しい説明は作者の能力を超えています）

マルセル・プルースト（一八七一年〜一九二二年）の微睡み　二〇世紀を代表するフランスの作家、プルーストの代表作は、徹底して意識の流れを追う『失われた時を求めて』である。ある意味でインナースペースの追求と言えるわけで、〈光世紀〉にふさわしい文学と言えるだろう。

PGD《プラグド・ドラッグ》　作者の造語。服用や注射によらない未来の麻薬。

音声合成　人間の音声を人工的に作り出すこと。ミステリーを書くときは、考慮する必要がありそう。

〈繭の睡り〉　作者は『黄金繭の睡り』（徳間文庫）というSF小説を書いたことがあるが、映画『マトリックス』でも人間は繭の中で眠らされる。本作ではこれがヒントとなり、大気中に漂う強力な病原体から身を守る方法として使われている。

〈シンクロニシティー〉　意味のある偶然の一致。作者はよく経験するが、誰かのことを思い浮かべた途端、その人が現れるなど。ユング心理学の重要概念であるが、こうした現象は、二〇二〇年度ノーベル物理学賞受賞者ロジャー・ペンローズ（一九三一年〜）の〈量子脳理論〉と関係があるかもしれないと考える。

〈隠れ光子〉　暗黒光子《ダーク・フォトン》ともいう。性質は光子に似ているが、観測不能の光子。ロジャー・ペンローズの量子脳仮説にも出てくる仮説の量子で、意識の発火に関係するらしい。

虚光としたのは作者の造語だ。なお、拙作『もはや宇宙は迷宮の鏡のように』（彩流社）に出てくる心霊子は、このペンローズ仮説から思いついた未知の素粒子。

〈量子もつれ〉 一つの量子が強い相互関係にある状態。一方のスピンが上向きなら、もう一方は下向きになる。この状態は銀河の端と端の隔たりでも維持されるので、アインシュタインは「不気味な遠隔作用」と呼んだ。実験でも確認されており、この同期速度は光速を超える。

〈アソ&ベンソン量子脳説〉 作者の造語。

〈プラグド・インする方法〉 コンセントは和製英語らしく、プラグが正しい。映画『マトリックス』からのイメージであるが、サロゲートの人体をプラグと繋ぐという意味。

〈人は何処から来たり、何処に向かうか〉 生物学者エドワード・ウィルソンの『人類はどこから来て、どこへ行くのか』（化学同人）があるが、本作では、文明を捨ててタヒチへ移住したポール・ゴーギャンが描いた大作『我々はどこから来たか。我々は何者か。我々はどこへ行くか』がイメージされている。

〈用不用説〉 ジャン＝バティスト・ラマルク（一七四四年～一八二九年）が、一八〇九年に発表した生物進化の仮説。この説で扱われた退化の研究は、近年では遺伝子レベルで進められている。

〝はじめに〈言葉〉ありき〟 『新約聖書』ヨハネ伝第一章。創世は神の言葉（ロゴス）から始まった。従って言葉はすなわち神であり、この世の根源として神が存在する、という意味。

〈群れるという習性〉 言葉を獲得した人類は集団行動ができるようになった。ネアンデルタール人は家族単位だったようだが、ホモサピエンスが今日まで生き延びたのは、群れるという習性で社会を発明したからである。

蓄電量を誇る施設 再生エネルギーが主体になる時代では、発電のむらを調整するための大容量の電力を溜める施設が必要となるので、各国で研究が進んでいる。

スクリーンの貼り替え　シルクプリントに使われる道具のスクリーンのこと。

アンディ・ウォーホル（一九二八年〜一九八七年）　ポップアートを代表する作家。作者の考えでは、一九六〇年代のポップアートの流行と、歌麿ら江戸時代の浮世絵が大衆の大人気を得た情況は、非常に似ていると思う。

ダダ（イズム）／マルセル・デュシャン　一九一〇年代半ばに起こった美術運動。第一次世界大戦に対する抵抗、ニヒリズム、既成の秩序に対する否定と破壊。また偶然性と無意味性を重視する。デュシャン（一八八七年〜一九六八年）は、その一人である。

◉第Ⅱ章　百寿者と人工知能

〈BBI《ブレイン・ブレイン・インターフェース》技術〉　前段階として脳と機械をつなぐBMI《ブレイン・マシン・インタフェース》技術が考えられるが、脳に直接電極を埋め込むタイプと埋め込まないタイプが想定される。なお、スウェーデンでは手にチップを埋め込み、手をかざすだけで自動改札を通過できる技術が普及しているそうだ。この段階がさらに進化したのがBBIで、脳と脳を通信させる技術である。

詳しくは『メタバースと経済の未来』（井上智洋・著／文春新書）をお読みいただくとして、BMIは念力だが、BBIはテレパシーだそうだ。当然、脳が蓄えた知識の転送も可能になるので、アインシュタイン並の知識も簡単に獲得できるようになるかもしれないという。

セクソロイド　懐かしいSF用語。

ガレのランプ　アール・ヌーヴォーを代表するフランスの硝子工芸作家、エミール・ガレ（一八四六年〜一九〇四年）のランプ。高価である。

ベーシック・インカム　実験は、すでにスウェーデンでは行われている。失業が長引いている者に邦貨換算で七万二〇〇〇円／月を無条件で支給する（二年間）。将来、純粋機械化経済が成立するような社会では、ヒトは労働から解放され、生まれると同時に、これは一例だが月額七万円が生涯支給される制度になるという予測もある。

〈独立都市株式会社〉 ニール・スティーヴンスンの『スノウ・クラッシュ』（日暮雅通・訳／ハヤカワ文庫）に出てくるフランチャイズ国家と本作の設定は少し違う。『スノウ・クラッシュ』では、巨大化した企業が弱体化した国家を凌駕《りょうが》し、国家のノウハウ等を引き受けて経営する独立都市国家である。
一方、本作は似てはいるが少し異なり、都市自体が株式会社として経済活動を行う、ハンザ同盟に似た都市国家である。

知性と理性 知性とは、知識を元にして物事を判断する能力。理性は感情を排し、論理的に善悪を区別し、道徳的に道理に従い判断する力である。

産業革命と産業進化 産業革命は一八世紀後半から一九世紀にかけて起こった一連の変革。石炭を使うエネルギー革命があり、蒸気機関が生まれ、機械化が進み、社会そのものの構造をも変革した。対して、産業進化とは、新たな進化が生まれつつある現在の情況。つまり、メタバースや生成AI、チャットGPT、3Dプリンター、ドローン、自動運転などの新技術がめじろおしの現在は、第四次産業革命が進んでいる。かように産業は進化していくのだ。

3Dプリンター ドローンと共に、これからの世界に大きな影響をもたらす発明である。ネットで見つけたが、大林組が鉄筋・鉄骨を使わず3Dプリンター用の特殊モルタルや超高強度繊維補強コンクリートの開発に成功したとある。しかも、設備関係までも一括して印刷できるというから驚く。

〈ロボット工学三原則〉 アメリカSF御三家の一人、アイザック・アジモフ（一九二〇年〜一九九二年）の考えた規則。
第一条　ロボットは人間に危害を加えてはならない。また、危険を看過することによって、人間に危害を及ぼしてはならない。
第二条　ロボットは人間にあたえられた命令に服従しなければならない。ただし、あたえられた命令が、第一条に反する場合は、この限りではない。
第三条　ロボットは、前掲第一条および第二条に反するおそれのないかぎり、自己をまもらなければならない。

右三原則は、その後、多くの検討にさらされたが、もし人間が戦争や環境破壊によって、人類そのものを滅亡させるおそれがあるとき、高性能ロボットやＡＩが人間の行動を阻止する可能性もないとは言えないらしい。

ツァラトゥストラ　拝火教開祖のゾロアスターのドイツ名。ニーチェの『ツァラトゥストラかく語りき』の語り手。

超人　人間とは、獣と超人の間の深淵に結びつけられた一本の綱である。（ニーチェの考え）

科学哲学　科学の基礎、方法などに関する問題を哲学的に探求する学問の領域。

『善悪の彼岸』　フリードリヒ・ニーチェ（一八四四年～一九〇〇年）が、一八八六年に出版した著作。伝統的道徳を排し、善悪を超える領域を目指す。

〈永劫回帰〉　ニーチェの根幹をなすこの思想は、一八八一年にスイスの小さな村の湖畔を訪れたとき、突然、彼の脳に宿ったといわれる。しかし、今日の宇宙論では、宇宙は生成し消滅を繰り返すが、同じことが繰り返されることは否定されている。つまり、永劫回帰説は、ニーチェの個人的妄想だったことになる。

なお、彼は〈神の死〉を宣言しているが、これはこの時代のキリスト教の否定であるにすぎず、たとえ妄想であったにせよ、大いなる存在、つまり大宇宙霊の存在は認めていたような気がする。

〈禁止〉では〈よい・わるい〉を形成せず　竹田青嗣・著『新・哲学入門』（講談社現代新書／一九八ページ）より引用。

〈空集合〉　集合論の概念、英語では empty set。要素を一切持たない集合。

◉第Ⅲ章　トキヨ七賢人

ゲノム編集　遺伝情報は、アデニン（Ａ）・チミン（Ｔ）・グアニン（Ｇ）・シトシン（Ｃ）の四種の塩基の配列で構成されている。ＤＮＡ上の特定の場所を狙って、ハサミの作用をするツールで切断すると、自発的に修復されるが、時に突然変異が起きる。つまり、ゲノム編集とは、自然界では長いスパンで起きる変異を人為的に行う技術。一方、遺伝子組み換えは、ゲノムを別の生物から導入することで、新たな性質を付加する技術。

〈ヒト型超結核菌〉 作者の造語。〈アンゴルモア病原体〉の原型。

〈人類監視システム〉 特に新しくはないが、人類絶滅計画と結びつくケースが多いようだ。作者としては、駆け出しの頃読んだ『SF入門』（福島正実・編／早川書房）の巻末「SF用語辞典」にある〈人類家畜テーマ〉を思い出す。イギリスの作家、E・F・ラッセルの着想で、人類は異星人の家畜だったというもの。例『超生命ヴァイトン』など。

ソシオメトリー（sociometry） 心理療法家のヤコブ・L・モレノによって開発された、集団の中での人間関係、たとえば満足度や仲間意識などを測定する方法。語源はラテン語の socius（仲間）、metrum（測定）から来ている。今日、学校でも企業、組織でもいじめやパワハラが起きているが、ソシオメトリーの考え方は役立つような気がする。

系外惑星 太陽以外の恒星を回る惑星。観測技術が進み、数多く発見されている。

王権神授説 王権が神から付託されたものであるから、王は神に対してのみ責任を負い、神以外の何人にも拘束されないという説。

アウフヘーベン ドイツ語 aufheben。ゲオルグ・W・F・ヘーゲル（一七七〇年〜一八三一年）が弁証法の中で提唱した概念。和訳は止揚。正反合の原理で知られ、肯定と否定を合わせて新しい真理に到るという意味。

〈生成AI〉（Generative AI） たとえば、インターネット上の膨大な画像、動画、写真を学習して新たな作品を創り出す。他、テキスト、プログラムコード、音声や音楽などもだが、高速で機械学習したデータを〈集合知〉として、新たなアウトプットを生み出す汎用人工知能である。なお、現在、問題になっているのは元データの著作権である。

〈思考盗聴〉 思考を盗まれるという訴えは被害妄想とされるが、未来なら実現する技術らしい。

スだそうだ。仮想通貨、金融に関する取引、著作権、美術品の所有権など広く応用されているのは、公明かつ透明な記録が残せる仕組みだからだそうだ。

〈非代替性トークン〉　ブロックチェーン上に記録される一意で代替不可能なデータ単位――と、ネットにはあった。

〈光世紀症候群〉　作者の造語。サロゲートでも起きる精神病疾患。

マルチン・ハイデガー（一八八九年〜一九七六年）／**被投性**　ハイデッガーという表記もある。二〇世紀大陸哲学の最重要哲学者の一人。主著『存在と時間』を読むと、なぜか存在の深淵から問いかけられているような不思議な気分に陥る。被投性とは、我々ヒトが生まれてくるのは、〈この世に投げ込まれることだ〉という意味。

コピーハンド　作者の造語。たとえば、画家の手の動きをそっくり真似て絵を描くＡＩの腕。書道ではすでにあるらしい。

〈コピー脳〉　作者の造語。一世紀ぐらい先かと思うが、不可能ではない。

〈強伝導性ヒドロゲル〉　ヒドロゲルとは、無機物質と水だけからなる生き物のような材料。機械式ではない生き物に近いアンドロイドを製作するとすれば、必要になる材料だと言えるだろうか。

〈世界没落感〉　妄想の一つ。「世界が滅びる」、「森羅万象が生命を失った」、「最後の審判が始まった」などの不安感が、絶対的確信となって迫ってくる。一方、新世界誕生や自分が世界の中心にいるという確信が生まれ、宗教的恍惚感に陥るなど救済者妄想に転ずるケースもある。もしかするとアーサー・クラークの『幼年期の終わり』はこれかも……

自己配信作家　作者の造語。出版社を介さず著作を出版する作家。すでにホームページなどで実践されている。

ブロックチェーン　かなり難しいのでネットから引用。「ブロック」と呼ばれるデータの単位を作成し、鎖のように連結することでデータを保管するデータベー

◉第Ⅳ章 〈マトリックスX〉の戦友

マトリックス この言葉の元は、ラテン語の〈子宮〉らしく、モノを生み出すという意。和訳では母体・基盤など。映画『マトリックス』では、自我をもつ人工知能によって、人類は仮想現実システム〈マトリックス〉に幽閉される。

アデプト (adept) 普通は達人、名人の意味だが、オカルティズムの分野では最終的解脱者を意味する言葉。

マックス・ウェーバー (一八六四年〜一九二〇年) ドイツの社会学者 経済学者。近代資本主義とプロテスタンティズムの関連を解明。

『快楽の園』 『ヒエロニムス・ボスの「快楽の園」を読む』(神原正明・著／河出書房新社) 参照。マドリッドのプラド美術館にある。作者の『神聖代』にも出てくるモチーフ。

人工的に蛋白質を作る技術 ゲノム編集で、無限の組み合わせの中からアミノ酸の配列を、自在にデザインできる技術が、すでに確立しているらしい。価格を別にすれば、人工肉も実験室ではできている。他にも、創薬の分野などでも有望な新技術らしい。詳しくはネットで。

複雑系 (complex system) 多数の異質な要素が複雑多岐に絡み、相互作用しながら有機的に統一されるようなシステム。たとえば、気象、脳神経系、株価の変動など。具体的な視覚化の一例は二重振り子の軌跡である。参考文献『複雑系』(M・ミッチェル・ワールドロップ・著／田中三彦＋遠山峻征・訳／新潮社) など参照。

フィリップ・K・ディック (一九二八年〜一九八二年) ／『太陽クイズ』 ディックの作品を、単に未来ディストピアSFと定義してはいけないと思う。精神医学テーマとして再解釈する批評の方法もあるのでは。『太陽クイズ』では、最高権威の座をルーレットのような偶然に委ねる社会システムを提示する。

カオス 本作のキイ概念。今回、新たに読んだのは『バタフライ パワー』(J・ブリッグス＋F・D・ピート・著／高安美佐子＋山岸美枝子・訳／ダイヤモンド社)。

冒頭にある「北京《ペイジン》の空を飛ぶ蝶々《バタフライ》の羽ばたきが……」は、数学的カオスを説明するもっとも有名な比喩。

〈自己組織化〉　たとえば、生命の進化は、自然淘汰や突然変異のみで行われたのか。むしろ、完全な安定平衡（死）状態でも、完全なカオス（無秩序）でもない、その中間に、自ら変化して自ら秩序を産み出していく状態がある。これが〈カオスの縁〉だ。複雑系数学から派生する概念の一つだが、秩序の創発、複雑適応系など新概念が考えられる

『銀河帝国の興亡』　アイザック・アジモフ・著（創元推理文庫SF）。普通はアシモフだがアジモフが正しいらしい。テルミナスは銀河帝国の危機に際してファウンデーションが置かれた銀河の最果ての惑星。なお、〈歴史深層心理学〉は、同作主人公のハリ・セルダンが〈心理歴史学《サイコ・ヒストリー》〉の最高権威であるという設定に基づく。

G・I・グルジェフ（一八六六年〜一九四九年）アルメニア生まれ。舞踏家、著述家。「ワーク」として知られる精神的・実存的取り組みの主導で知られた人物。

ピョートル・ウスペンスキー（一八七八年〜一九四七年）ロシアの神秘思想家。コスモス・ライブラリーから二〇世紀神秘哲学の最高峰の一つとされる『ターシャム・オルガヌム』（高橋弘泰・訳／小森健太朗・解説／星雲社発売）が出ている。実はこの人物に、渡英した鈴木大拙が会っているのだ。（『鈴木大拙全集』第二一巻／岩波書店の「禅の世界化」一二〇ページ以下）

宇宙エレベーター　軌道エレベーターともいう。赤道に沿って建設されるかもしれない、地表と宇宙を結ぶ超巨大エレベーター。

カーボン・ナノ・チューブという軽量でありながら強靱な新材料の発明により、俄然、実現可能の見透しが立ってきたが、実現はまだ困難なようだ。わが国では大林組などがプロジェクトを立ち上げているらしい。しかし、実現すれば極めて安価に物資やヒトを軌道へ揚げることができるので、宇宙開発のための基本技術だと考える。ネットで検索すると、想像図を見ることができる。

〈超富豪同盟〉　作者の造語。本作では地球を脱出し、

宇宙都市や月面に住む。

三〇名と同居している多重人格者　『多重人格者として生きる』（キャメロン・ウエスト・著／堀内静子・訳／早川書房）の副題は「25の人格をもつ男の手記」である。他、手元にある関連書を列記しておく。『多重人格』（和田秀樹・著／講談社現代新書）、『多重人格者の日記』（ロバート・B・オクスナム・著／松田和也・訳／青土社）、『多重人格性障害』（フランク・W・パトナム・著／安克昌＋中井久夫・訳／岩崎学術出版社）

なお、今日では解離性同一性障害《かいりせいどういつせいしょうがい》（Dissociative Identity Disorder）という呼び名のほうが一般的である。

〈マトリックスシステム〉　たとえば、企業の場合、職能別、事業別、製品別、地域別などの軸で、組織構造を多次元的に構成する組織形態。ある人が製品部門とA支店の二つに属して複数の仕事を同時にこなすなど効率性が高まる。

私見だが、いわゆる縦割り組織の弊害を打破する目的で生まれた、新しい組織形態かもしれない。広義には、副業の奨励も新たな発想や市場開拓に役立つかもしれない。作者の場合、かつては画廊経営と作家業を並立させてきたが、両者の知識がプラスの相互作用を起こすことを経験している。たとえば、SF小説の知識は未来予測の訓練となるので企業経営に役立つなど。

遊戯人　ロジェ・カイヨワ・著『遊びと人間』（多田道太郎＋塚崎幹夫・訳／講談社）の他、ホイジンガの〈ホモ・ルーデンス〉やニーチェの〈遊戯の哲学〉など、人類と遊びの研究は多い。フロイトなど精神分析の分野でも取り上げられている。他、『遊びの心理学』（J・ピアジェ・著／大伴茂・訳／黎明書房）なども参照。

なお、平安文学で貴族などへの尊敬語に「遊ばされる」があるが、これは支配階級の彼らは労働から解放されて遊んでばかりいたからだという説を聞いたことがある。〈光世紀〉では労働をAIロボットが行うので、人間たちはいかに遊んで人生を送るかということが問題になるかもしれない。

〈高天原コングロマリット〉　コングロマリットとは多業種にまたがる巨大企業。しかし、広義では複業企業やグループ企業もそう呼ばれることがある。なお、〈光世紀〉は、おそらく仮想現実の技術が高度に発達した、エンターテインメント産業優位の世紀になるにちがいない。

〈道元療法〉／〈親鸞療法〉／〈日蓮療法〉 作者の造語。〈光世紀〉では、サロゲートですら精神障害が起こると想定されるので、宗教と精神療法をミックスした心理療法が流行する可能性があると思う。

ペンローズ三次元充填タイル 作者の造語。同一ではない二つ以上の形態のブロックで構成される。

ロジャー・ペンローズ（一九三一年〜） 英国の数理物理学者、科学哲学者。二〇二〇年度ノーベル物理学賞受賞。多くの著作が出ているが、たとえば、みすず書房刊の『皇帝の新しい心』（共に訳者は林一《はじめ》）、『ペンローズの〈量子脳〉理論』『心の影』（竹内薫＋茂木健一郎訳・解説／ちくま学芸文庫）など。知らぬ人はトンデモ本と思うかもしれないが、量子脳の提唱者にして最高の天才。実はエッシャーにヒントを与えたのも、父親と共に会った十代のペンローズだったという話がある。

『ブレードランナー』 フィリップ・K・ディックの作品を原作とするSF映画の傑作。監督リドリー・スコット、主演ハリソン・フォード。この映画の人造人間はレプリカントである。

ミーム (meme) 真似遺伝子。人は真似ることによって他人の経験と知識を獲得し、種としての大発展を遂げてきた。蛸も仲間の振る舞いを真似るらしい。そう、講談社現代新書の『脳と記憶の謎』（山元大輔・著）八ページに書いてあった。ともあれ、この人類本性のミーム・ウイルス性癖がIT時代では爆発的に広まると思う。

ドッペルゲンガー ドイツ語の Doppelgänger は生き霊。特にわが身の分身を意味する。

カレル・チャペック（一八九〇年〜一九三八年） チェコの小説家、劇作家。ロボットという造語は、チェコ語の労働を意味するロボタ（robota）からきているという。ナチスを激しく批判した小説『山椒魚戦争』と共にSFの古典である。

スパルタクス (Spartacus)（生年不詳〜紀元前

七一年）　共和制ローマの剣闘士。第三次奴隷戦争の指導者。この反乱は最盛期には数万～十数万人に膨れあがった。

『タルムード』　ヘブライ語では〈研究〉の意。モーゼが伝えたとされる「口伝律法」を収めた文書群。

グスタフ・マイリンク（一八六八年～一九三二年）カバラや錬金術、占星術、神智学の影響を受け、ホフマンやポーの流れを汲む幻想小説家。

『孫子』　前五〇〇年ごろ中国春秋時代の兵法書。

〈プラグド・ドラッグ〉　ＤＶＤで観た『マトリックス』から思いついた作者の造語。〈光世紀〉では、サロゲート用の電気的精神剤が使われていると想定。化学的薬物ではなく、電気的薬物。後頭部のプラグ（コンセント）は和製英語）で接続。脳内麻薬の発現を促す。

虚数的《イマジナリー・ナンバー》　〈光世紀〉的感覚は、虚数的になる。それ自体はマイナスだが、二乗すればプラスに変ずるという不思議な性質で定義されたのが虚数であるが、二〇世紀までを実数的とすれば、〈光世紀〉は虚数界に突入するのでは……。なお、スタニスワフ・レムの作品に『虚数』（長谷見一雄＋沼野充義＋西成彦・訳／国書刊行会）がある。

◉第Ⅴ章　ポップアート・ファクトリーの夜宴

千利休（一五二二年～一五九一年）／**侘茶**　戦国時代から安土桃山時代にかけて活躍した商人であり茶人。利休が完成した侘茶は〈草庵の茶〉のこと。

〈再生服飾家〉　作者の造語。戦前や戦後まもなくの頃は、和服の仕立て直し、洋服のリフォームは常識であったと記憶する。

イカケ屋　英語ではtinkerというらしい。戦前の日本では、釜や鉄瓶などの穴をふさぐイカケ屋の姿を、路上でよく見かけた。

〈手偏の文化〉　作者の造語。工場生産に対する手作りの文化。

〈文明の縫合〉　今日、もっとも重要な概念と作者が考える理由は、世界平和確立のもっとも具体的な思想だからだ。文明同士を対立衝突させるのではなく、縫合させる……この縫合の戦略はかつてアレクサンドロスが試みたような融和ともちがう。現にわが国は五族協和を唱えて、その実はアジアを侵略したではないか。

作者なりの私見で言うが、中国も、台湾やチベット、ウイグルなどを押さえ込み、あるいは融和させるのではなく、多民族国家であるのだから、縫い合わせて行く方法が賢いのではないかと思う。アジア人にはそれが可能だ。われわれアジア人を闘争的にしているのは、遺伝子的に合わない西欧イデオロギーにかぶれているからではないだろうか。

この縫合の概念は、イデオロギー闘争の対立解消にも役立つかもしれない。同じ色に染める必要はなく、多様な色柄を組み合わせるパッチワーク的ファッションも成り立つ。だが、イスラエルとパレスチナのように、原理と原理が衝突する闘争は永遠のものになる。参考文献『カルチュラル・アイデンティティの諸問題』(スチュアート・ホール+ポール・ドゥ・ゲイ・著/宇波彰・監訳・解説/柿沼敏江+林完枝・訳/大村書店)で述べられている戦略は、ジャック・ラカンの概念に学んだ〈縫合〉の戦略である。

〈裁縫師の外交〉 作者の造語。色合いのちがう諸国間をパッチワークのイメージで縫い合わせていくような外交戦略。

ジャクソン・ポロック(一九一二年〜一九五六年)／**抽象表現主義** ニューヨーク派の抽象表現主義を代表する画家。床に敷いたキャンバスの上から絵具を垂らしたりする彼の技法は、アクション・ペインティングと呼ばれ、一時期、わが国でも多くの模倣者を生んだ。

カール・マルクス(一八一八年〜一八八三年)／**『資本論』** プロイセン王国時代のドイツの哲学者、経済学者、革命家。敗戦直後の日本では、多くの人々が影響を受けた。作者も学生時代は『資本論』読破に挑戦したものである。ロンドン、ハイゲイト墓地に眠るマルクスの墓に詣でたこともある。

〈世界政府〉／**〈世界頭脳〉** 「全地球人類の平等のために、全国家を統合した世界国家(政府)を樹立するべきだ」という考え方。アインシュタインが強く主張したことで知られる。また、ネットによれば、スティーブン・ホーキングは、将来、AIが人類を滅ぼす可能性に触れ、それを防ぐ手段としての世界政府の樹立が必要だと提案している。なお、世界頭脳は、拙作『ビッグ・ウォーズ』で、全世界のPCをネットワークで統合する機構という意味で使った。

マニュファクチュア　この言葉はmanu（手）＋facture（製造）の合成語である。邦訳は工場制手工業。

〈包摂（subsumption）〉　一つの事柄を大きな範囲に包みいれること。実は、この言葉が、今後、重要になると、作者が考える理由は、マルクスの読み直しに繋がるからである。マルクスは、熟練工の技が機械工業化によって包摂され、賃金が安くなることを指摘した。この指摘以上のことが、AIの高度化と普及によって、近未来社会で起きようとしているのだ。

〈配達組合人〉　ニール・スティーヴンスンの『スノウ・クラッシュ』（ハヤカワ文庫）に出てくるのは、〈ピザの配達人《デリヴァレーター》〉。これをもじった作者の造語。

〈ゲノッシュ〉　ゲノム＋フイッシュから造った作者の造語。

『海底牧場』　クラークの長編SF（ハヤカワ文庫）

〈超台風《ギガ・タイフーン》〉　作者の造語であるが、現在以上に海水が高温になれば、上空の温度も上がるために上昇気流が起こらず、台風の数は減る。しかし、もしこうした条件下でも台風に成長するケースがあるならば、必然的に超大型になると理論的に予測されている。

アンビバレンツ　この表記はドイツ語読み。英語読みならアンビバレンス。形容詞はアンビバレント。相反する感情や考えを同時に心に抱えている状態。たとえば、〈愛憎〉など。

ミールワーム／〈海洋性農業〉　ミールワームはゴミムシダマシ科の甲虫の幼虫の総称。飼育動物への生き餌や釣り餌として利用。欧州では代替肉として普及し始めているという。〈海洋性農業〉は海藻栽培を意味する作者の造語だが、英国では海での農業を可能にする浮遊式水耕栽培の研究が進んでいるそうである。

〈生物ポンプ〉　海洋表層（有光層）から海洋内部へ生物的に炭素を移動させる経路をいう。なお、海面下で海藻を大繁殖させて二酸化炭素を光合成で取り込み、自らは枯れ、あるいは魚類に食べられ、魚の死とともに海底の泥として沈殿するなどの方法で、地球温暖化の原因を取り除く方法が考えられている。

印象派　印象派は一九世紀後半のフランスに発した絵画を中心とした芸術運動。印象派絵画の特徴は、意識的にあえて見せる筆のストローク、戸外制作、空間と時間による光の質の変化の描写、題材の日常性などである。

最初はまったく売れなかったらしいが、次第にこの時代に台頭してきた金融家、百貨店主、銀行家、医師、歌手などの上流市民階層に受け入れられるようになった。

マルセル・デュシャンの『泉』(Fontaine)　デュシャンのレディメイド作品。彼は既製品の男子用小便器にR. Mutt と署名して『泉』とタイトルをつけた。芸術作品の唯一性がもたらすオーラ性を破壊したという意味でも真性のダダイストである。

マン・レイ（一八九〇年～一九七六年）　アメリカ合衆国の画家、彫刻家、写真家、ダダイスト、シュールレアリスト。オブジェを多数制作。

ジャスパー・ジョーンズ（一九三〇年～）**の『旗』**　彼はネオダダ、ポップアートの先駆者。重い質感のアメリカ国旗を描いたこの作品は、あくまで風にはためく旗ではない。これはマグリットがパイプを描いて、『これはパイプではない』という題名を付けたのと同じ精神である。この関係は〈現実世界とV《ヴァーチャル》・R《リアリティ》世界〉の関係に似ていると思う。

ロバート・ラウシェンバーグ（一九二五年～二〇〇八年）　彼もネオダダを代表する画家。一九五四年から制作をはじめた〈コンバイン・ペインティング（Combine painting)〉は、従来の画材に加えて立体物を使い、二次元と三次元の融合を試みたスタイル。

ロイ・リキテンスタイン（一九二三年～一九九七年）　ポップアート画家。新聞連載の漫画の一コマを、印刷の編み目《ドット》まで拡大して描いた。たとえば、スーパーマンなど。

クレス・オルデンバーグ（一九二九年～二〇二二年）　彼の〈パブリック・アート〉は、日常のごくありふれたモノを超巨大化して複製したオブジェあるいはインスタレーション。

ジェイムズ・ジョイス（一八八二年～一九四一年）／**『ユリシーズ』**／**〈意識の流れ〉** 作者の書架にあるのは『ユリシーズ全三巻』（丸谷才一＋永川怜二＋高松雄一・訳／集英社）である。あわせて超難解な『抄訳フィネガンズ・ウェイク』（宮田恭子・編訳／集英社）も。なんとか生存中に読破したい。なお、〈意識の流れ〉は、絶え間なく移ろう主観的思考や感情を記述する文学の手法。

ハーマン・メルヴィル（一八一九年～一八九一年）書架にある『白鯨』は（原光・訳／八潮出版）。なお、巽孝之・著『白鯨 アメリカン・スタディーズ』（みすず書房）は、このアメリカを代表する大作の優れた手引き書である。

エンカウスティークの技法 着色した蜜蝋を塗りつけるもっとも古い画法の一つ。仏語はアンコスティック。ジャスパー・ジョーンズがこれを『旗』で復活させた。

アルチザン アーティストに対して、技巧に長けた職人的芸術家。

ヴァルター・ベンヤミン（一八九二年～一九四〇年）**の『複製技術時代の芸術』** ベンヤミンはドイツの文芸批評家、思想家、翻訳家、社会批評家。第二次世界大戦中、ナチスの追及を逃れてピレネー山脈の国境まで辿りつき、ここで阻まれ自殺したといわれるが、近年の研究では暗殺説もあるらしい。

『複製技術時代の芸術』（高木久雄・他訳／晶文社）は、写真印刷などの複製技術の発達によって、芸術作品からオーラが失われ、人間たちの芸術観も根本的に変わるだろうと、今の時代を予測していたことに、我々は気付く。他、パサージュ論、写真論など。

ピエト・モンドリアン（一八七二年～一九四四年）／**『ブロードウェイ・ブギウギ』** オランダ出身。カンディンスキーらと共に本格的抽象画を描いた先駆者の一人。『ブロードウェイ・ブギウギ』は〈コンポジション〉シリーズの一つ。この作品の良さは印刷ではわからない。ニューヨーク近代美術館で観た本物には感動した。

ルネ・マグリット（一八九八年～一九六七年）／**『これはパイプではない』** 前出あり。ベルギー出身のシュールレアリスト画家。

サイケデリック　一九六〇年代後半、ヒッピーを中心にアメリカ西海岸で流行。サイコロジーとデリシャスの合成語という説もあるらしい。

マリリン・モンロー（一九二六年～一九六二年）**は、あの時代のイコン**　一九五〇年代～六〇年代のセックス・シンボル。なお、イコンはイエスや聖人、天使、聖書のエピソードなどを描いた聖画。

〈電脳自閉症《AIオウティスム》〉　このアイディアを思いついたのは、NHKで放映中の『アストリッドとラファエル——文書係の事件簿』の主人公の女性が、自閉症だからである。作者は大学が心理学専攻なので、一応、精神医学の文献には眼を通してきたが、自閉症に関してははっきりした説明がないのである。しかし、このフランス製のミステリーでは、その説明が非常に具体的でわかりやすい。実は、第二部に入った冒頭の「ホシムクドリ」のシーンに大人の自閉症の人たちの集まりがあり、その中で、「私たちには印象派の絵画が絵具の塊にしか見えない」という台詞があるのだ。つまり健常者は絵画の全体を見る統合的な鑑賞をするが、自閉症者は細部にこだわる。結果、健常者が見落とす手がかりを細部に発見するのである。

これって、AIの特徴ではないだろうか。デジタル思考するAIは、将棋ソフトの場合に持ち前の高速読みで一番適切な手をみつけるが、人間の棋士は直観という方法で全体認識を行い、次の手を見つける……

第II部

◉第VI章　ヴァーチャル界の禅僧

ジル・ドゥルーズ（一九二五年～一九九五年）**／フェリックス・ガタリ**（一九三〇年～一九九二年）

ドゥルーズはベルグソンの〈生の哲学〉を源流にもつフランスの哲学者。微分の思想から〈差異の哲学〉を創造した。なお、精神分析学者のガタリは彼の盟友である。

以下、作者個人の直観であるが、彼らの哲学と〈SFの思想〉はシンパシーがあるように思えるのだ。なぜなら、ヘーゲルらの大陸哲学ではその理論が〈抽象て造られた用語。遊牧論とも訳される。歴史は定住民によって書かれてきたが、〈光世紀〉では具体的に定住しない、あるいは都会生活者でも意識的には遊牧的生き方が増えるはずだ。

〈電気羊〉 他でもない、フィリップ・K・ディックの『アンドロイドは電気羊の夢を見るか?』（浅倉久志・訳／ハヤカワ文庫）の電気羊であるが、SF映画の名作『ブレードランナー』の複数の原作の一つだともいわれている。

その冒頭に、クック船長が、一七七七年、トンガ王に贈ったカメが死んだというロイター通信社の記事（一九六六年）が載っているのだ。ディックが、なぜこの記事を引用したのかはわからないが、カメの話は『ブレードランナー』の冒頭部に、かなり唐突に出てくる。で、同時に『流れよわが涙、と警官は言った』（友枝康子・訳／ハヤカワ文庫）も再読したが、巻末の大森望氏の解説によれば、あの時代（一九七〇年前後）のディックは薬物《ドラッグ》と関係があった。一方、作者自身も、一九七〇年代初めに発表した初期作品（メタSF）を、

の階段〉を上に昇るが、ドゥルーズらの哲学では、〈抽象の階段〉を下へ降りる印象があるからである。

遊牧民《ノマド》 この語はドゥルーズの概念。デカルト、ヘーゲル、ラカンに至る定住型哲学者の対抗軸として、エピクロス、スピノザ、ニーチェに至る遊牧的哲学者がおり、融合状態の多様性に目を注ぎ、二項対立や一対多や抽象的尺度ではかること拒む。従って、当然であるが、カオス状態の現在に馴染むのだ。

ジャック・アタリも『21世紀事典』（産業図書）の襌の項で、〝ノマド〟が必要とするものと述べる。アタリによれば移民、政治亡命者、土地を追われた農民もノマドである。おそらく今日、大量発生する失業者、パートタイマーもであろう。

なお、デラシネとは根無し草のことだが、〈光世紀〉の特徴となり、消費者も勤労者も定住的ではなくなる。一方、殻に閉じこもることをコクーニング（繭化）という。

遊牧型哲学 ノマドロジーあるいはノマディズムともいい、ジル・ドゥルーズとフェリックス・ガタリによっ

学生時代のＬＳＤ被験者体験に基づいて書いているので、感覚的に共感できるところがある。私的レトリックで表現すれば、それが〈虚数感覚〉なのである。
　当時のディックは妻と娘に去られ、十代の麻薬常習者と付き合っていた。彼自身も鬱病に罹り、アンフェタミンの常用者であり、自殺まで企てたという。

ジックラト　日干し煉瓦を幾層にも積み上げた古代メソポタミアの巨大な聖塔。アッカド語で〈高い所〉を意味する。彼らには高い山に対する信仰があったらしい。ということはわが国の神体山信仰に繋がる。作者はイラクへ旅行した際、古代都市ウルの復元されたジックラトの頂に上ったことがある。

ビート禅　作者の造語。本来、ビートとは、音楽における構成要素の一つで強拍、弱拍の足踏みなど、拍子記号だが、ここでは一九五〇年代から一九六〇年代初頭にかけてアメリカ合衆国で大流行したアレン・ギンズバーグ、ウィリアム・S・バロウズ、ジャック・ケルアックなどのビートニクスの影響を受けた禅という意味。

アレン・ギンズバーグ（一九二六年～一九九七年）訳書として『ギンズバーグ詩集』（諏訪優・訳編／思潮社）を挙げる。東京で六〇年安保闘争に参加していた作者とギンズバーグは同世代（彼は七歳上だが）であった。この人物は移民したロシア人を母にもつユダヤ系の詩人であり、一九五六年の『吠える』で、一躍、ウィリアム・バロウズやジャック・ケルアックと共に、ビート・ジェネレーションの教祖となる。一九六一年、インドでの修行の帰途、日本にも立ち寄って禅を学び、京都～東京間の急行の中で自己覚醒したと言われる。一九七二年の『アメリカの没落』はベトナム反戦詩である。ディックとも同世代。
　一九六〇年代から一九七五年までつづいたベトナム反戦運動は、わが国でも大きなうねりとなった。ヒッピー、ドラッグ、同性愛、放浪、サイケデリック、コミューン、カウンター・カルチャー、新左翼といった言葉が氾濫した時期でもあるし、かつまた、作者も末席を汚して経験した日本ＳＦ第一期運動とも重なるのだ。
　他、手元にある参考文献を挙げれば、現代詩手帖の「アレン・ギンズバーグ総特集」（思潮社／一九九七年一二月三一日発行）、同「ビート読本」（一九九二年八月一日発行）。

〈プラグド禅〉 電気的刺激によって禅の境地を得る〈光世紀〉特有の異端的禅。

なお、禅に関する書物は、専門書から啓蒙書まで幅広く存在するが、ここではわかりやすさでは良くできているムック本『禅の本』（学研）を挙げておこう。

あえてと断りつつ、ひと口で言えば、〝空の思想〟としか言えないが、これが朧気ながらでもわかるにはそうとう時間もかかるし、多分、多くは人生の黄昏、死の門がそろそろ視野に入る年代からであろう。

作者の場合は、学生時代に鎌倉の寺で少しやり、それからもの書きになった関係で人並み以上に本も読み、それでやっと奥義の門の框《かまち》がわかりかけたといったところだが、禅思想は論理ではないからむずかしい。

禅の理解は、本に書いてあるとおり覚えておけばよい――というものではなく、体験的に納得するしかない。禅の凄いところは、たとえば学問のすべてを学んでのち、それを捨てることにあると思う。つまり、禅の本を読み、老師の教えを聞くだけではだめなのである。要するに、悟りは耳学問《うけうり》ではない。

もとより、起源は、釈迦が菩提樹の下で悟りを開いたという話からもわかるとおり、インド仏教だが、中国に渡ると老荘思想の精神風土と化合する。それが空の思想であるが、わからないなりに、繰り返し、たとえば、『般若心経』などを読むとおぼろげにわかる時がくる。

よく、経を百万遍唱えるなどというが、これには意味があるのかもしれない。繰り返すうちに意味はわからないのに言葉だけが先に身に付く、しかも文字としてではなく、発声として。多分、蔵識《ぞうしき》ともいわれる無意識層に言葉が記録されるのではないだろうか。

たしかに、百万遍といわずともそうなる。そもそも、言葉がそういうものであり、われわれは意味がわかって覚えるのではなく、普通は耳から入り、そのまま記録される。で、そのまま放っておいても、何かの弾みで、たとえば本を読んだり、人の話などからだが、突然、意味がわかる。閃《ひらめ》くのだ。悟りとまでは言わずとも、これが理解《わか》することなのである。この時、これまで見聞きしたり感じたりした諸々の経験も総動員される。一輪の花、軒の蜘蛛の網、流れ行く雲などのほんとうの意味が……である。それらが身近になるのだ。

他にも様々な理解の仕方があるだろうが、作者はそう思う。若いころにはいろいろなことに気を奪われて気付きもしなかったが、余生を送る時期ともなると世間様がめんどうになり、ごく身近なまわりのものの存在に気付きはじめる。この満ちた感覚が禅の境地ではないかと思うわけだ。

良寛さんをご存じだろう。この人は嫌いなものとして、詩人の詩、書家の書、料理人の料理をあげた。なぜか。作為からもっとも離れているのが禅だからである。

が、反対に、変化自在、融通無碍でもあるのが禅だから、「これぞ作為だぞ」と堂々と差し出されれば、これも禅である。たとえば、「全部、嘘だあ〜」のSFがそうだ。この境地は良寛が愛した遊びである。もっとも、これには達人の境地が必要であり、凡人がやれば身を滅ぼし、あるいは狂う……そういう禅精神病に罹る修行僧もまた多いらしいのである。

〈MR戦争ゲーム〉　作者の造語。VR（実世界から仮想空間に入り込む）とAR（仮想空間を実空間に呼び寄せる）の組み合わさった複合現実（MR）を大規模にした現実と仮想が入り交じったゲーム戦場で、自分のサロゲートを戦わせる戦争ゲーム。ある意味では、作者の『ニセコ要塞』などの「要塞シリーズ」は、このMR戦争ゲームだったのかもしれない。

ミトコンドリア　ネットで検索したが、最新生物学の基礎知識がないので説明が難しい。しかし、SF作家のイメージで言えば、真核細胞とは異なるDNAを有するミトコンドリアは、牧場で飼われている家畜の牛のような存在である。

神仙思想　方丈《ほうじょう》・蓬莱《ほうらい》・瀛州《えんしゅう》などの楽園世界と神仙たちを信じる古代中国の民間思想。道教の中心的教説でもある。もしかすると『旧約』のエデンの園と同じ淵源を持つのかもしれない。となると、未発見の楽園がウルム氷期時代の地球のどこかに存在していたのかもしれないし、神仙国もエデンもこの未知の伝承を受け継いだ思想とも考えられるのではないだろうか。

生き甲斐芸術家　作者の造語。完全機械経済社会が実現したとき、仕事のなくなったヒトは生き甲斐のため、芸術に励むようになるのではと思う。

パラダイムシフト　シフトは車のギア変換《シフト》と同じ。〈思考の枠組み変換〉という意味で作者は使っている。現代芸術や思想全体の大きな枠組みの変化を指す。なお、パラダイムの元の意味は文法の語形変化表など事例、範例の意。

〈ルサンチマン〉　『ルサンチマンの哲学』（永井均・著／河出書房新社）が参考になる。ニーチェの思想だが、元はキリスト教である。ローマ支配に対し物理的抵抗の手段がなかったヘブライの民が抱いた怨念。彼らは意識の中で、虐げられた民こそが天国へ行けると価値観を逆転させた。

二重拘束／ダブル・バインド　ダブルは二重、バインドは拘束だから、訳語は二重拘束。ニューサイエンス派の元祖的科学哲学者グレゴリー・ベイトソンが、精神病の原因解明のために発見した概念。たとえば、幼い子供にとって、親は絶対的支配力を有する。ある意味では生殺与奪権さえ持つのが親だが、最近、露わになっている子供虐待はこの権力の無謀な行使である。しかも家庭内という密室で行われるため、発見されにくい。

政治家は、多分、票にならないのでこの問題を看過しているのだろうが、たとえば女性議員が先頭にたち欧米並に児童関係法を、至急、改正し、かつ救出のために予算を投ずるべきであろう。

ベイトソンの指摘によれば、子供から見れば絶対権威の立場にある親の命令や評価が、その日その日で異なることで、どうすればいいか自分で判断ができなくなり、精神病の引き金になる。

実は、これと同じ場が、老師と弟子の関係にある。老師は弟子がそれまで身につけている考え方、判断のしかたを破壊するために常識を破る質問をするのだ。正解がないこうした問題を臨済《りんざい》では公案というが、弟子は元々それが論理では無理な問いであることに気付かねばならない。

ベイトソンによれば、公案のパラドックスは、われわれが、普段、使っている論理構造とは別の階梯にある。“不立文字《ふりゅうもんじ》”という言葉が禅にはあるが、字句どおり言葉化される以前の言葉《なにか》だ。

意識活動のここでは、意味となる以前の生成が行われている。あたかもハッブル宇宙望遠鏡が見た宇宙の果てで行われている星や星系の誕生のように……

かつ、このあたりに、多分、ハイデガーの試みがあり、ウィトゲンシュタインの哲学もあるのだ。従って、道元《どうげん》に繋がる、古今東西、知の系譜も成立するが、詳しくは『道元とウィトゲンシュタイン』（春日佑芳・著／ぺりかん社）に委ねる。

が、ひと言……われわれの脳が、西欧近代の受容の結果としてデカルト的パラダイムに縛られていることを、まず、自覚する必要がある。心と外的世界は異質なものでもなく、分けられてもいないものだ。客観・主観のような二項対立で考える思考の枠組みを取り払わなければ、ウィトゲンシュタインにも道元にも辿り着けない。彼らの営為はまさにそこにあったのだから。

なお、『現代思想』（特集ベイトソン／一九八四年／VOL.12.5）所収の秋山さと子「禅とダブル・バインド」がわかりやすく参考になる。

阿頼耶識《あらやしき》　梵語、大乗仏教瑜伽行派《ゆいがぎょう》独自の概念。個人存在の根本にある通常は意識されることのない識のこと。

カール・グスタフ・ユング（一八七五年～一九六一年）／**集合的無意識**　今回、ウィキペディアで初めて知ったが、ユングはニーチェによって、近代心理学を受容する準備ができたらしい。また、ニーチェの「神は死んだ」を分析して、彼の精神障害は無意識に呑み込まれたからだと分析しているそうだ。なお、ユングの分析的精神医学の根底にあるのが、集合的無意識である。英語は collective unconscious であるが、collective property と言えば共有財産のことだから、つまり民族全体に共有されている無意識を意味する。従って、民族類型とも邦訳されているが、個人の経験を超えた（生まれる前からある）先天的な構造領域を指す。なお、無意識とは〈意識が無い〉という意味ではなく、意識上に上がってこない意識下にある意識ことである。

『荒野の狼』 ドイツ生まれのスイスの文豪、ヘルマン・ヘッセ（一八七七年～一九六二年）のこの作品はグノーシス思想で書かれた節がある。また、『ガラス玉遊戯』（井出貢夫訳／角川文庫）は、西暦二五世紀の欧州のある国を舞台にした長編であるが、やはりSF作品と理解してよいと思う。約一一年を要したこの作品の執筆期間は、ナチズム台頭と第二次世界大戦の時期と重なる。他、臨川書店版全集（日本ヘルマン・ヘッセ友の会／研究会・編訳）もある。なお、この第一巻の帯に、萩尾望都の「私はヘッセの世界に抱きしめられた」という惹句がある。

超紐理論／ツイスター理論 超紐理論は物質の極限は粒子ではなく、振動する一〇次元のリングとする理論。ツイスター理論は、一九六七年にペンローズによって提唱された量子論に関係した数学の理論だが、作者の理解を超える領域。ネットで検索できる。

マニエリスム禅／量子禅／複合マニエリスム いずれも作者の造語。イメージとしては、本物の禅の思想と修行法から、光世紀の時代風潮によって逸脱、あるいは本質剥離した禅。

ホログラム ホログラムは三次元像を記録した写真のこと。このホログラムの製造技術がホログラフィーで、語源はギリシア語の（全体の）＋（記録）だそうだ。

ウエアラブル 〈光世紀〉では身につけるだけではなく、〈着る〉ことが〈AIを装着する〉意味で使われる。

廃墟派建築家 ヒトラーの千年王国思想には、帝国が滅亡する一〇〇〇年後に廃墟として美しく遺る建築を目指す考えがあった。ゲルマン独特のニヒリズムと言えるかもしれない。作者がニュルンベルクでみた大広場にその雰囲気を感じた。

ソーマ サンスクリット語。ヴェーダなどインド神話に出てくる神々の飲み物。一種の儀式用飲料らしい。

電子感応機メビウス 作者の造語。

『満月に吼える』 もとより萩原朔太郎の詩集『月に吠える』のパロディである。

テルミン 一九二〇年、ロシアで初演奏された電子楽器。レフ・テルミン博士の発明。空間に手を翳すだけで演奏できる高周波楽器。SF映画『来訪者』のBGMでも使われている。DVD『テルミン』(アスミック発売)、DVD『テルミン演奏のすべて』(同)など参考。

魔女キルケ／アルゴー船 女キルケは、ギリシア神話の魔女。鷹を意味するらしい。アルゴー船は黄金の羊の毛皮を得るための冒険航海用に建造された巨大な船。

マナ 『旧約』に登場する食べ物。イスラエルの民がシンの荒野で飢えたとき、モーゼが祈って天から降らせたとも。

ジョルジョ・デ・キリコ(一八八八年〜一九七八年)形而上絵画を創出したイタリアの画家。彼はアルゴー船の出港地とされるエーゲ海に面したヴォロスで生まれた。

〈新しき中世〉 「21世紀の世界システム」と副題に記されている『新しい「中世」』(田中明彦・著／日本経済新聞社)を参照。一九九六年刊の本書の趣旨は、冷戦構造消滅後の世界システムの変更についての考察だ。

たしかに、戦後世界を生きてきた作者なりに推測しても、あたかも地球のプレートがその接触面で起こす地震のように、二大勢力の境界線で起きた紛争がそれだと考えられなくもない。だが、これから始まる〈光世紀〉では、さらなる分極化が起きるのではないか。

たとえば、ウォーラーステインが一九八〇年代に起てた歴史図式は、一七世紀のオランダ、一九世紀のイギリス、二〇世紀のアメリカの覇権交代であるが、これらの覇権争奪戦は大陸勢力と海洋勢力の間で行われ、海洋勢力の勝利で終わるのである。その典型が第一次と第二次世界大戦、その延長戦の冷戦である。

だが、物から情報へ、〈物流〉と本質的にちがう〈情流〉の時代では、支配者の考えかたが二〇世紀の地政学的でもないかぎり、物理的な国境は無意味となるのではないだろうか。従って、近未来はともかく中未来的には、次第に国家体制、イデオロギー、民族性、宗教などが融合、ヒトは〈ザ・人類〉として、一体化していくと思う。

かくして、近代世界構築の基盤であった国民国家の権力装置は縮小され、次の世代で国家に代わるのは超巨大企業であり、かつ、これと対になるのが全世界的にネットワークされた個人企業の集塊（註、ドゥルーズに倣い〈リゾーム型企業態〉と名付けたい）となるのではないだろうか。

〈他者地獄〉「他者は地獄だ」は、ジャン＝ポール・サルトルが「出口なし」で用いた言葉だ。理性や意識で精神に向きあうと、あらゆる価値が相対的に有効になる。結果、真実を見失う。ここからサルトル哲学の核心部分「実存は本質に先立つ」の命題が導かれる。さらに「自由への道」に発展する。

分別智　分別は、仏教用語。思惟《しゆい》、計度《けたく》、とも訳される。物事の是非、道理を判断する知恵。あるいは我にとらわれた意識的知恵。

◉第Ⅶ章　旗の台島の茶人

〈七賢人会議〉　作者の造語。完全ＡＩ化したトキヨの市政を補佐する目的で作られた、七人の覚醒した賢人らによって構成される会議。

イマヌエル・カント（一七二四年〜一八〇四年）カントの三批判のうち、単純化して言うと、『純粋理性批判』は推論する能力。『実践理性批判』は普遍的道徳判断。『判断力批判』は美を判定する力である。

ドーパミン　中枢神経系に存在する神経伝達物質。

〈第三の眼〉／松果体　第三の眼は神や人間が両眼以外に持つとされる特別な感覚器。額の奥にある松果体がこの第三の眼とする考えがオカルティズムにはあり、目覚めるとテレパシーが使えると信じる人もいる。

代替食品　大豆などの穀類やナッツを原材料として、それらしく似せて加工した食品。肉類の他、米粉のチーズや蒟蒻《こんにゃく》の鮪《まぐろ》などもできているそうだ。

恐竜族の大規模発掘　七〇〇〇万年前の巨大隕石の落下により恐竜族は絶滅したといわれてきたが、近年の研究では南米大陸と陸続きだった南極へ避難した恐竜がいたらしい。

◉第Ⅷ章　原郷大子《ダイゴ》への旅

〈プラットフォーマー〉　第三者がビジネスや交流な

どを行うための基盤（プラットフォーム）を利用するためのソフト、アプリケーション、機器等のサービスを構築、運営する事業者。フェイスブック、アマゾン、グーグル、アップルなどがその典型である。

データ経済圏　巨大デジタル企業が膨大なデータを蓄積、周辺企業がそれを利用することで生まれる新しい経済圏。

南極大陸並びに北極圏開発　作者の造語。高温になった地球では氷床が融け、新たに極地開発が始まると思う。北極海を経由するいわゆる北西航路が東西を結ぶ主要航路となるであろう。

アジール　アサイラムともいう。聖域、自由領域、避難所などの訳語がある。語源はギリシア語で、神聖な場所の意。

クオリア　感覚質と訳される。感覚体験に伴う独特な鮮明な質感をいう。脳科学では、近年、注目されている分野。

全翼機（Flying wing aircraft）　胴体部、尾翼などがなく、主翼のみによって機体全体が構成された飛行機。ステルス性に富み、B2爆撃機に応用されている。将来は旅客機も出現するであろう。

宇宙太陽光利用システム　未来技術。赤道上の宇宙空間、高度三万六〇〇〇キロメートルの軌道上に太陽光発電所を造り、地上への送電はマイクロ波で行うシステム。

エコマネー　地域通貨。地域内の互助的人間関係を築くことを目的とする。

アルフレッド・テニスン（一八〇九年〜一八九二年）英国ヴィクトリア朝を代表する桂冠詩人

老人問題　親鸞『歎異抄』の中に「煩悩具足の凡夫、火宅無常の世界……」とあるが、まさのこの末法の世の中こそが現在である、ということが、『二十一世紀をどう生きるか』（野田宣雄・著／PHP新書）に書かれていた。人間の愚かさ、人生の虚しさが剝き出されている今こそ、われわれはどう生きるかを、特に余生に入った老人らはしっかりと考える必要があると思う。著者は「今こそただ念仏」というが、それもわかる。が、一方、ほぼ同時代に現れた道元や日蓮の道もある。

ともあれ、親鸞の生きた一二世紀後半～一三世紀前半の日本は、大陸の南宋との交易が盛んで、多くの宋銭も流入するなど、それまでの農業主体の経済から、俄然、金融経済になる。いわば中世のバブル期だったとも言える。この時、親鸞は、巨利を得た新興階層の商人らの心の悩み、罪悪感に気付いたようだ。おそらく、有名なあの〈悪人正機〉の考えも、こうした世情の観察から必然的に生まれてきたのであろう。親鸞はそのことによって弾圧もされるのだが、所詮は迷い悩むのがわれわれ人間なのだ。自己修行ではなかなか救われないのだから、最初から諦めて、ただ阿弥陀様の慈悲にすがりなさい――と、教えたのだと思う。

言われてみれば、たしかにそうだ。無辺の彼方から見れば、われわれと虫けらは区別すらつかない。どんなに威張っても人間の知能などたいしたものではない。せめて一万年の寿命があれば少しは知恵もつくだろうが、大半は一〇〇歳まで生きられない。ま、広大無辺の大宇宙の隅っこにいる人間はナイも同然、元々、無理なのだから、最初からおすがりしなさい――というわけである。

人間はなぜ、齢をとると虚しさを感じるのだろうか。若い頃はそうではない。しかし、ほんとうは、もともと、われわれの生の世界が空しいものだからこそ、学問や職業生活に没頭していたのだ。老いると、そうした現場から、体力的にも離れなければならなくなるので、本来の空虚性が復活してくるだけの話なのである。

それで、忙しくてできなかった趣味生活をはじめる。むろん、それはそれで楽しいが、プロにはなれない。多くは中途半端に終わるが、しかし、しないよりはしたほうがよく、その理由は自分でもやることによって、芸術の奥義に少しずつ近付けるからである。ともあれ、これからの時代、定年になったら、失業したら、自分は何をするかを若い頃からシミュレートしておくべきであろう。

起承転結は小説の基本だが、人生も自分の一生という一種の長編小説である以上、その配分を考えておくべきだと考える。

リハビリ画家　頭の老化を含む精神疾患の治療に

効果があると思われる一種の作業療法。

絵具だらけの電子偽腕　作者の造語。書道ではすでに一流書家の腕と手の動きを真似るロボットの書家がある。〈光世紀〉では一流画家の絵を描く手順を真似て描く、ロボット画家が現れるにちがいない。

ブレーズ・パスカル（一六二三年～一六六二年）一七世紀のフランスに現れた万能の天才。「人間は考える葦である」で知られた『パンセ』の著者。

アンドロイド教師　毎年、同じ内容を教えるのであれば、近・中未来の教場にはアンドロイド教師が登場するにちがいない。

複雑系（complex system）　多くの要素からなり、部分が全体に、全体が部分に影響を与えるために複雑に振る舞う系。実例として振り子の先にもう一つ振り子のついた二重振り子が挙げられる。

ウィリアム・ギャン（一八七八年～一九五五年）アメリカの投資家。

リアル・ハプティクス能力　ロボットが、力加減を感じる触覚により、壊れやすいものや堅い物を掴むときの制御を行う能力。

大豆コーヒー／豆乳アイスクリーム／3D成形ショートケーキ　いずれも、今日、実現している嗜好品。そういえば、太平洋戦争中、わが国が物不足に陥ったときも、多くの代替品の工夫がなされた。例、イタドリの葉の煙草など。

〈電脳神学〉　作者の造語。もしかすると人工知能も人間を凌ぐほど高度に発達した暁には、独自の神学を編み出すのでは？

ノストラダムス（一五〇三年～一五六六年）ルネサンス期に現れたフランスの医師、占星術家にして未来予言書『諸世紀』の著者。

トポロジー／数理言語学　トポロジーの邦訳は位相幾何学。図形を構成する点の連続的位置のみに着目した幾何学。お皿と茶碗はトポロジー的には同一である。また数理言語学は数理モデルを用いて自然言語の構造を解析する学問。

新老人　若い人には理解しにくいのが老いである。しかし、生きているかぎり人は老いるから、いやでも体験せざるを得なくなるのだ。参考にした『「新老人」を生きる』（日野原重明・著／光文社）には、「生活は簡素に、思いは高く」と書かれていたが、そのとおりだと思う。この著者によれば、七五歳から第三の人生がはじまるそうだ。近年では〈人生一〇〇年時代〉などといわれ、わが国ではますます高齢化が進んでいる。

●第Ⅸ章　里山資本主義

〈ポストモダン・リバイバル・ファッション〉　作者の造語。

スーパー・ブロード・バンド　電波や光信号などの幅が相対的により広いこと。そのような広い周波数帯をもった高速大容量の通信回線や通信方式をいうらしい。詳しくはネットなどで調べてください。

ジャック・ラカン（一九〇一年～一九八一年）　フランスの精神科医・哲学者。フロイトの理論を構造主義的に発展させる。代表作『エクリ』（邦訳は全三巻／佐々木孝次・他訳／弘文堂）。「無意識は他者の言説であり、言語のように構造化されている」は有名。その他の参考文献／『ラカン派精神分析入門――理論と技法』（ブルース・フィンク・著／中西之信＋椿田貴史＋舟木徹男＋信友建志・訳／誠信書房）、『ラカン――象徴的なものと想像的なもの』（ジャン＝ミシェル・パルミエ・著／岸田秀・訳／青土社）、『ラカンの仕事』（ビチェ・ベンヴェヌート＋ロジャー・ケネディ・著／小出浩之＋若園明彦・訳／青土社）

鏡像段階　生後六ヶ月から一八ヶ月の幼児は、鏡に映った像を見て、それが自分であり、統一体であると気付くという考え方。エジプトのイシス神話（バラバラ死体）も関連があるかもしれない。

アーサー・クラーク（一九一七年～二〇〇八年）　ハインラインやアジモフと共に欧米ＳＦ界御三家の一人。

『幼年期の終わり』　クラークの名作。地球が最後の日を迎えるとき、何が現れるか。

〈救命艇の理論〉　〈救命ボートの倫理（lifeboat ethics）〉が正しいようだ。一九七四年にアメリカのギャレット・ハーディンという人が提示した資源分配の比喩。もし六〇人乗りの救命ボートにすでに五〇人が乗っていて、海中にはまだ大勢がいるとして、どういう選択をするかという問題に、我々はどう答えるだろうか。この問題は、豊かな国へ貧しい国からの移民をどれだけ受け入れるかという難しい国家の選択と、パターンが同じである。

排出炭素回収・貯留方式　各種工場などの大規模廃棄物である二酸化炭素（CO_2）を回収、貯留場に移送、地下の地層に圧入するプロセスをいう。詳しくはネットで。

メタンハイドレート　海底などの低温、高圧の条件下でメタン分子が水分子に囲まれて固体になったもの。未来の新エネルギーとされているが……？

スクリュー・パイプ発電／バイオマス発電　スクリュー・パイプ発電というのは作者の造語だが、アイディアはすでにある。パイプ内に仕込んだ螺旋構造を水流で回して発電するアイディア。これを浅い川に沈めて、発電量は少ないが発電する。バイオマス発電は火力発電の一種だが、燃料に木工場などのおが屑、廃材、食品廃材、間伐材、家畜の糞が出すメタンガスなどを使う。ただし、最近は木質ペレットを使う例が多く、森林破壊の観点から見直しも始まっているという。

〈里山資本主義〉　角川書店から同名の書が出ている。著者は藻谷浩介（日本総合研究所調査部主席研究員）およびNHK広島取材班である。ネットで調べてみると、これでは持続可能な社会は作れない、田舎がすべてパラダイスであるわけではない、失敗例が書かれていない、などの批判も見受けられたが、作者の私見では今日の社会や国際情勢、大規模気候変動の現状から考えても、人口の大都市集中から地方分散の傾向が強まるだろうし、それが国家の政策になる可能性が高いと思う。

実は『資本主義経済の幻想』（ポール・クルーグマン・著／北村行伸・編訳／ダイヤモンド社）および『強欲資本主義は死んだ』（ポール・コリアー＋ジョン・ケイ・共著／池本幸生＋栗本寛幸・共訳／勁草書房）を再読して思ったが、大量生産、消費拡大、地球資源の浪費、戦争を含む市場獲得競争、グローバル・スタンダード経済などの要素を含む資本主義経済は、行き詰まりに来ている。とすれば、里山資本主義の考えかたは必然のような気がするのだ。

私見ではあるが、外交、防衛力など国土全体に関係する分野は国家の役割とし、これと並行して、自給自足を理想とし脱マネー経済を目指す里山式経済で暮らす、自治性の強い里山経済圏もあっていいのではと思う。

たとえば、〈オフ・グリッド（off grid）〉という新語を見かけたが、これは送電網から切り離された生活のことである。今後、多くのドローンや3Dプリンター、スマホなどで田舎での自律的生活も容易になるのではないだろうか。

アンギラ島　カリブ海西インド諸島の島。

エシュロン（Echelon）　以前、新聞・テレビでも報道されたので、わが国では周知の秘密になってしまった。『SAPIO』（2001/7/11）にも、富山大学教員小倉利丸氏の『「協力者・ニホン」をも盗聴の対象にする「アングロ・サクソン国家のエシュロン」暴走』という記事が載り、興味深い。

その正体は、〝全地球的／地引き網的盗聴機関〟であり、日に数百万件の通信をキーワード検索できるDictionaryと称されるシステムを備えるそうだ。

さらに、潜水艦を海底電線のジョイント部に近付け、直接、情報を盗むことも行われているらしい。電子メールにしても該当国へ直接ルートを辿るとは限らず、たとえばアメリカ経由もあるから、盗まれる可能性があるそうだ。また、驚いたことに、フランスには「フレンシュロン」という独自のシステムがあるそうだが、わが国にも「ジャパロン」があるのだろうか。なお、本作で使われているエシュロンは、元は固有名詞だが、〈光世紀〉では普通名詞である。

〝壁に耳あり、障子に目あり〟　第二次世界大戦下、わが国でスパイ警戒の標語となり、盛んに言われた諺。

公開鍵暗号　大きな素数の積を利用する暗号だが、量子コンピュータが実現すれば、簡単に計算されてしまうといわれる。なお、サイモン・シン・著『暗号解読』（青木薫・訳／新潮社）によれば、量子コンピュータが実用化すれば、現行のあらゆる暗号を瞬時に解読してしまうといわれる。ＩＢＭはじめ、わが国を含む各国でも研究が進み、実用化は間近いようだ。

電子警察　作者の造語。今後、急速に増えると思われる電子的サイバー犯罪を専門的に取り扱う警察。

ジョージ・オーウェル（一九〇三年～一九五〇年）ＳＦの古典である『一九八四年』の原題は*Nineteen Eighty-Four*、または*1984*。内容は、全体主義国家によって分割統治された近未来世界を描くディストピアＳＦ。

原著発表は、一九四九年であるが、執筆は一九四八年のはずだから、48をひっくり返して84年にしたらしい。なお、二〇〇九年に、新訳版（ハヤカワ文庫）が高橋和久・訳で出ており、同書には〈ニュースピークの諸原理〉が併録されている。

今回、この本を読み返したのは、マサチューセッツ工科大学教授スティーブン・ピンカー・著『言語を生みだす本能』（椋田直子・訳／ＮＨＫブックス）の上巻七三ページにこの名著が挙げられていたからである。

ご存知のとおり、『一九八四年』の世界は三大ブロックにわけられ、その一つ、オセアニア国〈アングロ・サクソン・ブロック〉では〈ニュースピーク〉という新語法が強制されている。もとより、この新システムは、究極の思想統制を目的とするのだ。

たとえば、〈フリー〉という言葉は束縛されないことだが、もし、〈政治的自由〉とか〈言論の自由〉などの意味で使われると、体制を揺るがしかねない。

そこで、新語法では、フリーは〈この犬はノミにとりつかれていない〉とか〈この畑では雑草が生えていない〉などの文脈でのみ使えると制限され、それ以外の語法は検閲対象になる。自由という言葉は、〈言論の自由〉とか、権力体制を揺るがしかねない危険な言葉だからだ。この例は、以前、わが国でも行われた〈言葉狩り〉と同じである。

〈アトムたちの革命〉　作者の造語。地球が〈光世紀〉へ移行する直前に出現した青年たちの政党（アトム党）が行った大胆な政治改革は、里山資本主義であった。**〈物欲〉**から**〈事欲《ことよく》〉**へ　物質的な豊かさの追求は、少なくとも先進国では、地球への負荷の増大に対する反省から終わり始めていると思う。〈物事〉という言葉があるが、二一世紀では物から事への欲望の転換が優勢になるだろう。事とは、たとえば芸術や知識欲など、精神面の向上である。

〈神武¥〉 作者の造語。

〈彼ら《オーバーロードたち》〉 クラーク『幼年期の終わり』に出てくる者たちを比喩的に使った表現。

志賀直哉（一八八三年～一九七一年）／**『城の崎にて』** 志賀直哉は白樺派を代表する作家。『城の崎にて』

は一九一七年に発表された短編。心境小説の代表といわれる。なお、城崎温泉は兵庫県にある。

機械昆虫／**擬似昆虫** 作者の造語。大規模気候変動や農薬などの影響で受粉に必要な昆虫が絶滅したとき機械的あるいはより高度な偽の昆虫が現れるかもしれない。

農夫ロボット／**個人農園** 作者の造語。将来的に脱サラしたり、あるいはAI革命で失業した人たちの（下放運動のような）田舎への分散がはじまり、脱給料生活のための自給自足的な小規模農業が行われるとする。この際、活躍するのが人型万能ロボット農夫ではないかと思う。

タントリズム タントラとはサンスクリット語の枠組み、教義のこと。厳格な修行や生活態度で、主体の復権と解放を促し、ヒトが潜在的に持っているはずの神性を蘇らせるということだろうか。なお、私見であるが、ナレンドラ・モディ首相らによるインド外交の基本には、このタントリズムの思想があるのではと思う。

チャクラ サンスクリット語で円盤を表す、ヨーガの身体観である。会陰部から頭頂部までの各所に宇宙的エネルギーの集結点が六カ所あるとされる。

◉第X章　アンドロギュノス・シンジケート

アンドロギュノス・シンジケート 作者の作品にしばしば出てくる秘密結社。アンドロギュヌスの表記もある。例、ビッグ・ウォーズ／徳間書店。あるいは超弦回廊シリーズ／中央公論新社など。

〈清貧人〉『清貧の思想』（中野孝次・著／文藝春秋）、

あるいは『貧しさ』（マルティン・ハイデガー＋フィリップ・ラクー＝ラバルト・著／西山達也・訳・解題／藤原書店）など参照。

『方丈記』 作者は鴨長明（一一五五年？～一二一六年）。平安末期から鎌倉時代にかけて現れた歌人にして、中世文学を代表する随筆家。

芥川龍之介（一八九二年～一九二七年）『羅生門』、『鼻』、『芋粥』など説話文学で活躍した大正期の作家。昭和二年、「ぼんやりした不安」という言葉を残して服毒自殺。

影 ユング心理学の概念。影は、外づらであるペルソナ（仮面）と対になる。影は無意識の中で渦巻く自分の暗い部分。意識面に上がらない未分化の心であり、夢では同性の友人として現れることが多いといわれる。

謎の長命族 『寿命遺伝子』（森望・著／BLUE BACKS）という本を読むと、寿命にまつわる一二種の遺伝子があると書いてある。

〈長命人種〉は初期SFではよく見かけたテーマであるが、〈人生百年時代〉といわれる時代なので大いに関心がもたれるであろう。

テラフォーミング 惑星の地球化をいう。たとえば、火星に大気や海を造り、人類の移住を可能にする。

『火星年代記』 滅び行く火星人文明と地球人の交流を描いた、レイ・ブラッドベリ（一九二〇年～二〇一二年）の傑作SF。作者にも〈ビッグ・ウォーズ・シリーズ枝篇〉に、『精霊荒野に咽きて』、『響かん天空の梯子』がある。

リーマン・ショック この言葉は和製英語だそうだ。英語では、the financial crisis of 2007–2008 などと呼ぶらしい。

二〇〇八年九月一五日、住宅市場の悪化によるサブプライム住宅ローンの危機がきっかけとなり、投資銀行リーマン・ブラザーズ・ホールディングスが破綻。これが引き金となって世界的金融危機が起きた。わが国でも、日経平均株価が、同年九月一二日（金曜日）には一万二二一四円であったものが、一〇月二八日には七〇〇〇円を割るまで暴落した。

◉終　章　聖なる侵入

聖なる侵入　同名の著作がある。すなわち、フィリップ・K・ディック・著『聖なる侵入』（大瀧啓裕・訳／創元推理文庫SF）は、名作『ヴァリス』の第二部とされるSF長編である。

エピステーメー　フランスのポスト構造主義者、ミシェル・フーコー（一九二六年～一九八四年）が、主著『言葉と物』や『知の考古学』で提唱した概念。

エピステーメーとは、我々人間の思考を特定付け、影響を与える、各々の時代が持つ基本的思考体系を指す。すなわち、我々の価値判断はメタ知識構造に支配されてしまう。たとえば、作者が戦時下の少年時代に経験した神国思想などもそうであろう。だが、明治以降のわが国を支配した戦前の価値観は、敗戦によって切り替わり、さらに今現在は、AI革命を迎えようとしている。つまり、新しい酒は新しい革袋に入れなければ、来たるべき新しい時代には適応できないということであろう。

〈群体頭脳〉　作者の造語。長年の夢である全人類の統一国家ができた未来では、もしかすると人類すべての脳が一つに繋がるスーパー・プロジェクトが完成するかもしれない。

〈あたしの同居人〉　多重人格者を指す。

〈全脳エミュレーション計画〉／〈ヒト・コネクトーム〉　前出『メタバースと経済の未来』二五〇ページ参照。

〈フルダイブ型〉　同前、二四八ページ参照。

〈大宇宙への播種計画〉　伝統的なハードSFではあり得るテーマ。たとえば、テレビで放映されたスタートレック・シリーズなど。人類の領域が太陽系を超えて銀河系に広がる。

〈メタバース酔い〉　時間の流れが速いメタバースで起きる症状。

〈脱存在論的世界〉　作者の造語。完全メタバース世界では、二〇世紀型の存在論は成り立つであろうか。かなり悩ましいテーマであるが、近年の哲学で少しずつ論じられている。たとえば、メタバース世界の中では本を開いて読むことができるが、ピアノは弾けない。なぜなら、それは視覚的には存在するが、手で触れることはできない（将来はできるかもしれないが）。参考文献／『リアリティ＋（上・下巻）』（デイヴィッド・J・チャーマーズ・著／高橋則明・訳／NHK出版）。この本の副題は、「バーチャル世界をめぐる哲学の挑戦」である。

〈電子ソーマ〉 作者の造語。

ナジャ 『ナジャ』（アンドレ・ブルトン・著／栗田勇＋峰尾雅彦・訳／現代思潮社）参照。冒頭は〝ぼくは誰だ？〟に始まり、巻末は〝……美とは痙攣的なものであり、さもなくば存在すまい。〟に終わる、シュールレアリスムを代表する作品。初版は一九二八年、ガリマール書店刊。

〝嘘も方便〟 本来は仏教用語らしく、人を救うためならば、ときには大らかに嘘も許そうという意味。大乗仏教の考え方だろうか。英語では〈白い嘘（white lie）〉という言葉もある。実は『古事記』にもあり、国譲りを迫って大國主が治める出雲へ、高天原から送られた使者たちがみな、この国が気に入って本国へ何の報告もしないという件が書かれているが、これなども裏切りという嘘の例だと思う。第一、大東亜戦争を経験した作者にとっては、最大の嘘つきは、負けているのに「勝った、勝った」と宣伝した国家である。

〈外挿された〉 外挿（extrapolation）は、初期SF時代では、キャンベルの提言として知られた言葉だ。既知の数値データを基にして、そのデータの範囲の外側で予想される数値を求めること。

〈リゼルグ酸ジエチルアミド効果〉 LSD効果のこと。

〈超人思想〉 ニーチェの有名な言葉。超人は、絶望の極にあってもなお生きようとする。超人は、積極的に生を肯定する強靭な精神の持ち主。ニヒリズムの克服を鼓舞する思想だと思う。

芸術工学者 〈光世紀〉では芸術は多彩な工学的機械や装置、技術、化学反応などを駆使したアートとなるはずだ。

二卵性双生児の妹 フィリップ・K・ディックにも、幼くして死んだ二卵性双生児の妹がいたといわれる。

全登場人物一覧

天倪丈太郎《あまがつじょうたろう》　本作の主人公。和式ポップアート作家。なお、天倪とは、祓《はら》いに際して、形代《かたしろ》として災厄を負わせるために、幼児の傍らに置く人形。作者がこの姓を採用したのは、メタバースのアバターはもしかするとこの形代（天倪）ではないかと考えたからである

銀　狐《ぎん　ぎつね》　廃墟詩人

ニコラス・ハミルトン　丈太郎の同性配偶者。アジール大子《タイゴ》に住み、多重人格者でもある

天野照子《あまのてるこ》　家庭料理レストランのオーナー・シェフ（トキヨ七賢人／農林＋水産・担当）

阜　隼人《おか　はやと》　失業中の元大手放送会社社員

澳　秀雄《おく　ひでお》　ダダ画材店店主

サ　ラ　秀雄の妻

美　蛾《び　が》　海亀商店店員

鈴木無鉢《すずきむはつ》　詩人。ビート禅道場主（トキヨ七賢人／文部＋科学技術・担当）

鸛　髯亀《かん　ぜんき》　海亀商店オーナー（トキヨ七賢人／総務＋法務・担当）

久延和彦《くえかずひこ》　地底の農園〈まほろば村〉のオーナー

潮見月江《しおみつきえ》　電脳クリニック〈イカヅチ〉の医師

壇　亨《だん　とおる》　高級玩具の設計と販売。工学博士

朱鷺鶴子《ときつるこ》　再生服飾家。トキヨ市長の母親（トキヨ七賢人／家庭＋福祉・担当）

朱鷺《とき》一郎《いちろう》　トキヨ市長（トキヨ七賢人／外務担当）
ダン　アービング・フェラス財団主席学芸員
羽豆《うず》媛子《ひめこ》　〈ギャラリー・ファクトリー〉の社長
蝉丸《せみまる》蕪久《かぶひさ》　昆虫飼育有限会社インセクト社の代表取締役
芳野《ほうの》東明《とうめい》　美術評論家
玄舟《くろふね》幻斉《げんさい》　廃墟派建築家
蓮《れん》　雲水《うんすい》　電子禅詩人
九頭《くず》宗易《そうえき》　茶人。実業家（トキヨ七賢人会議議長／財務＋建設・担当）
玉《たま》　依絵《よりえ》　版画工房主
太《おおの》　安朗《やすあき》　請負作家
ピナツボ　偽名。梅園主。アジール大子の連絡員
幸太《こうた》と花菜《かな》　共に丈太郎とニコラスの養子
天倪《あまがつ》光太郎《こうたろう》　丈太郎の〈代父〉
遠山《とおやま》計太郎《けいたろう》　大子の塾長
パルバティ　亡命科学者
下藤《しもふじ》史郎《しろう》　ゲノム研究者
ドゥニ　電脳神学の神父
普賢《ふげん》電輔《でんすけ》　ディオゲネス結社総長（トキヨ七賢人／デジタル＋電子的防衛・担当）

【著者】

荒巻義雄

（あらまき　よしお）


1933年、小樽市生まれ。早稲田大学で心理学、北海学園大学で土木・建築学を修める。日本SFの第一世代の主力作家の一人。

1970年、SF評論「術の小説論」、SF短編「大いなる正午」で『SF マガジン』（早川書房）デビュー。以来、執筆活動に入り現在に至る。

単行本著作数190冊以上（文庫含まず）。1990年代の『紺碧の艦隊』（徳間書店）『旭日の艦隊』（中央公論新社）で、シミュレーション小説の創始者と見なされている。

1972年、第3回星雲賞（短編部門）を『白壁の文字は夕陽に映える』で受賞。

2012年、詩集『骸骨半島』で第46回北海道新聞社文学賞（詩部門）。

2013年度札幌芸術賞受賞。

2014年2月8日～3月23日まで、北海道立文学館で「荒巻義雄の世界」展を開催。

2014年11月より『定本　荒巻義雄メタSF全集』（全7巻＋別巻／彩流社）を刊行。

2017年には『もはや宇宙は迷宮の鏡のように』（彩流社）を満84歳で書き下ろし刊行。

2019年、北海道文学館俳句賞・井手都子記念賞。『有翼女神伝説の謎』（小鳥遊書房）書き下ろし刊行。

2020年、『高天原黄金伝説の謎』（小鳥遊書房）書き下ろし刊行。

2021年、これまでのSF評論を一冊にまとめた大著『SFする思考』（小鳥遊書房）を刊行。

2022年、『出雲國 国譲りの謎』（小鳥遊書房）を刊行し、「小樽湊シリーズ」を完結させる。

2023年、『小樽湊殺人事件』（小鳥遊書房）刊行。『SFする思考』にて第43回日本SF大賞受賞。

現在も生涯現役をモットーに、作家活動を続けている。

海没都市《かいぼつとし》TOKIYO《トキヨ》

2023年11月30日　第1刷発行

【著者】
荒巻義雄

発行者：高梨 治
発行所：株式会社**小鳥遊書房《たかなし》**
〒102-0071　東京都千代田区富士見1-7-6-5F
電話 03-6265-4910（代表）／FAX 03-6265-4902
https://www.tkns-shobou.co.jp
info@tkns-shobou.co.jp

装画・装丁　YOUCHAN（トゴルアートワークス）
編集協力　三浦祐嗣
編集協力　有限会社ネオセントラル
印刷・製本　モリモト印刷株式会社

ISBN978-4-86780-031-7　C0093